Joanna Russ

Eine Weile entfernt

Deutsch von Hiltrud Bontrup

SF - Social Fantasies 2059

aria∂ne

SF - Social Fantasies
Herausgegeben von Else Laudan und Hannes Riffel
www.socialfantasies.de

Titel der US-Originalausgabe: The Female Man
Copyright © 1975 by Joanna Russ
Übersetzt von Hiltrud Bontrup auf Grundlage der deutschen Übersetzung
von Werner Fuchs erschienen 1979 bei Droemer Knaur unter dem Titel
Planet der Frauen

© Argument Verlag 2000
Eppendorfer Weg 95a, 20259 Hamburg
Telefon 040/4018000 - Fax 040/40180020
www.argument.de
Umschlaggestaltung und Satz: Martin Grundmann
Belichtung: Satzwerk, Göttingen
Druck: Alfa Druck, Göttingen
Gedruckt auf säure- und chlorfreiem Papier
ISBN 3-88619-959-2

Dieses Buch ist Anne, Mary und den anderen eindreiviertel Milliarden von uns gewidmet.

Prolog

Wenn Jack etwas zu vergessen gelingt, nützt ihm das wenig, wenn Jill ihn immer wieder daran erinnert. Er muss sie dazu bringen, das zu unterlassen. Am sichersten wäre es, wenn er nicht nur ihr Schweigen, sondern auch ihr Vergessen erreichen könnte.

Jack kann in mancherlei Weise auf Jill einwirken. Er kann Schuldgefühle in ihr wecken, weil sie immer wieder »davon anfängt.« Er kann ihre Erfahrung *invalidisieren*, und zwar mehr oder weniger radikal. Er kann andeuten, etwas sei unwichtig und trivial, während es für sie wichtig und signifikant ist. Darüber hinaus kann er die *Modalität* ihrer Erfahrung von der Erinnerung zur Vorstellung verschieben: »Das bildest du dir alles nur ein.« Weiter kann er den *Gehalt* abstreiten: »Das ist niemals so passiert.« Und schließlich kann er nicht nur Signifikanz, Modalität, Gehalt, sondern ihr Erinnerungsvermögen überhaupt invalidisieren und obendrein noch Schuldgefühle in ihr wecken.

Dies ist nichts Ungewöhnliches. Die Menschen tun sich dauernd solche Dinge an. Damit solch eine transpersonale Invalidation wirken kann, ist es jedoch ratsam, sie mit einer dicken Patina aus Mystifikation zu belegen – z.B. durch Leugnen, dass man so etwas tut, durch Bestreiten, dass so etwas überhaupt getan wird, durch Einwürfe: »Wie kannst du nur so etwas denken?« »Du musst paranoid sein.« Und so weiter.

Ronald D. Laing: The Politics of Experience. Penguin Books, Ltd., London 1967. S. 31-32.

Erster Teil

1

Ich wurde auf einer Farm auf Whileaway geboren. Als ich fünf war, wurde ich auf eine Schule auf dem Südkontinent geschickt (wie alle anderen auch), und als ich zwölf wurde, kehrte ich zu meiner Familie zurück. Der Name meiner Mutter war Eva, der Name meiner anderen Mutter Alicia. Ich bin Janet Evason. Mit dreizehn ging ich auf die Pirsch und tötete einen Wolf, ganz allein, auf dem Nordkontinent, oberhalb des achtundvierzigsten Breitengrades, nur mit einem Gewehr. Ich baute für Kopf und Pfoten ein Schleppgestell, dann ließ ich den Kopf liegen und kam schließlich mit einer einzelnen Pfote zu Hause an. Beweis genug (dachte ich). Ich habe in den Bergwerken gearbeitet, bei einem Radiosender, auf einer Milchvieh-Farm, auf einer Gemüsefarm und, nachdem ich mir das Bein gebrochen hatte, sechs Wochen als Bibliothekarin. Mit dreißig brachte ich Yuriko Janetson zur Welt. Als man sie fünf Jahre später abholte, um sie zu einer Schule zu bringen (nie habe ich ein Kind so wütend protestieren gesehen), beschloss ich, mir frei zu nehmen und nach dem alten Haus meiner Familie zu suchen – denn nachdem ich geheiratet hatte, waren sie weggezogen und hatten sich auf dem Südkontinent in der Nähe von Mine City niedergelassen. Der Ort war jedoch nicht wieder zu erkennen. Unsere ländlichen Regionen verändern sich ständig. Außer den Dreifüßen der computergesteuerten Leuchtsignale, einer seltsamen Getreideart auf den Feldern, die ich noch nie gesehen hatte, und einem Haufen wandernder Kinder konnte ich nichts finden. Sie gingen nach Norden, um die Polarstation zu besuchen, und boten mir für die Nacht einen Schlafsack an, aber ich lehnte ab und blieb bei der Familie, die jetzt dort wohnte. Am nächsten Morgen machte ich mich wieder auf den Weg nach Hause. Seitdem arbeite ich als Sicherheitsoffizierin in unserem Bezirk, das heißt, für S&F (Sicherheit und Frieden), einen Posten, den ich nun seit sechs Jahren innehabe. Mein korrigierter Stanford-Binet (wie Sie es nennen würden) beträgt 187, der meiner Frau 205, der meiner Tochter 193. Die mündlichen Prüfungen bringen Yuki zur Weißglut. Ich habe die Aufsicht beim Ausheben von Feuergräben geführt, Babys in die Welt gesetzt, Maschinen repariert und mehr Muh-Kühe gemolken, als ich mir je in meinen wildesten Träumen ausgemalt hätte. Aber Yuki ist ganz verrückt nach Eiskrem. Ich liebe meine Tochter. Ich liebe meine Familie (insgesamt sind wir neunzehn). Ich liebe meine Frau (Vittoria). Ich habe vier Duelle ausgefochten. Ich habe viermal getötet.

2

Jeannine Dadier (DEYD-jer) arbeitete in New York City als Bibliothekarin für den W.P.A., drei Tage in der Woche. Sie arbeitete in der Filiale am Tomkins Square in der Abteilung für junge Erwachsene. Sie fragte sich manchmal, ob es wirklich ein Glücksfall war, dass Herr Shicklgruber 1936 gestorben war (die Bibliothek besaß Bücher darüber). Am dritten Montag im März 1969 sah sie die ersten Schlagzeilen über Janet Evason, schenkte ihnen jedoch keinerlei Beachtung. Sie verbrachte den Tag damit, Stempel in die Jugendbücher zu drücken und die Linien um ihre Augen im Taschenspiegel zu mustern *(Ich bin erst neunundzwanzig!)*. Zweimal musste sie ihren Rock über die Knie hochziehen und die Leiter zu den höher stehenden Büchern hinaufsteigen; einmal musste sie die Leiter zu Mrs. Allison und dem neuen Assistenten hinüberschieben, die unter ihr standen und gelassen die Möglichkeit eines Krieges mit Japan diskutierten. In der *Saturday Evening Post* stand ein Artikel darüber.

»Ich glaube es nicht«, sagte Jeannine Nancy Dadier sanft. Mrs. Allison war eine Schwarze. Der Tag war ungewöhnlich warm und diesig, und im Park zeigte sich ein wenig Grün: imaginäres Grün vielleicht, als ob die Welt eine seltsame Abzweigung genommen hatte und den Frühling in irgendeiner düsteren Seitenstraße niedermähte, wo die Bäume von imaginären Wolken umgeben waren.

»Ich glaube es nicht«, wiederholte Jeannine Dadier, ohne zu wissen, worüber die beiden anderen sprachen. »Sie sollten es aber glauben!«, sagte Mrs. Allison scharf. Jeannine balancierte auf einem Fuß. (Anständige Mädchen tun so was nicht.) Sie stieg mit den Büchern die Leiter hinab und setzte die Last auf dem Tisch ab. Mrs. Allison mochte W.P.A.-Mädchen nicht. Wieder sah Jeannine die Schlagzeile, auf der Zeitung von Mrs. Allison.

FRAU ERSCHEINT AUS DEM NICHTS
POLIZIST LÖST SICH IN LUFT AUF – MITTEN AUF DEM BROADWAY

»Ich glaube –« *(Ich habe meinen Kater, ich habe mein Zimmer, ich habe mein warmes Essen und mein Fenster und den Götterbaum).*

Aus den Augenwinkeln sah sie Cal draußen auf der Straße. Er ging mit federndem Schritt, den Hut ein wenig ins Gesicht gezogen. Bestimmt würde er wieder irgendein dummes Zeug erzählen, wie es ist, Reporter zu sein, oder so was. Kleines blondes Beilgesicht und ernste blaue Augen. »Eines Tages werde ich ganz groß rauskommen, Baby.« Jeannine schlüpfte zwischen die Bücherstapel und versteckte sich hinter Mrs. Allisons Abendzeitung: Frau erscheint aus dem Nichts, Polizist löst sich in Luft auf – mitten auf dem Broadway. Sie erging sich in Tagträumen darüber, wie sie Früchte auf dem Freimarkt kaufen würde, obwohl sie immer so feuchte Hände bekam, wenn sie nicht im Regierungsladen einkaufte und keine Sonderangebote finden konnte. Sie würde Katzenfutter besorgen und als erstes Mr. Frosty füttern, wenn sie auf ihr Zimmer zurückkehrte. Er fraß von einer alten Porzellanuntertasse. Jeannine stellte sich vor, wie Mr. Frosty um ihre Beine strich, sein Schwanz formte zur Begrüßung ein freundliches Fragezeichen. Mr. Frosty war über und über schwarz-weiß gescheckt. Mit geschlossenen Augen sah Jeannine ihn auf den Kaminsims springen und durch ihre Sachen stolzieren: ihre Muscheln und Miniaturen. »Nein, nein, *nein!*«, sagte sie. Der Kater sprang herunter und stieß dabei eine ihrer japanischen Figurinen um. Nach dem Abendessen ging Jeannine mit ihm nach draußen, dann erledigte sie den Abwasch und versuchte ein paar ihrer älteren Kleider auszubessern. Sie würde die Lebensmittelkarten durchgehen. Bei Einbruch der Dunkelheit würde sie sich im Radio das Abendprogramm anhören oder lesen, vielleicht auch vom Drugstore aus telefonieren und sich nach der Pension in New Jersey erkundigen. Sie könnte ihren Bruder anrufen. Und mit Sicherheit würde sie die Orangenkerne einsäen und gießen. Sie dachte daran, wie Mr. Frosty zwischen den winzigen Orangenbäumchen mit bebender Schwanzspitze auf die Pirsch gehen würde. Er würde wie ein Tiger aussehen. Falls sie im Regierungsladen leere Konservendosen bekommen konnte.

»Hey, Baby?« Es war ein fürchterlicher Schock. Es war Cal.

»Nein«, sagte Jeannine hastig. »Ich habe keine Zeit.«

»Baby …« Er zog sie am Arm. Komm doch auf einen Kaffee mit. Aber sie konnte nicht. Sie musste Griechisch lernen (das Buch lag im Reserveschreibtisch). Es gab zu viel zu tun. Er legte die Stirn in Falten und sah sie bittend an. Sie konnte schon das Kissen unter ihrem Rücken fühlen, und Mr. Frosty blickte sie mit seinen seltsamen blauen Augen an, während er entgegen dem Uhrzeigersinn um die Liebenden herumstolzierte. Er hatte einen Teil Siamkatze in sich. Cal nannte ihn den Fleckigen Dürren Kater. Cal wollte immer Experimente mit ihm machen, ihn von der Stuhllehne schubsen, ihm irgendwelche Sachen in den Weg legen, sich vor ihm verstecken. Mr. Frosty ignorierte ihn mittlerweile voller Verachtung.

»Später«, sagte Jeannine verzweifelt. Cal beugte sich über sie und flüsterte ihr ins Ohr. Sie hätte am liebsten geheult. Auf den Absätzen wippte er vor und zurück. »Ich werde warten«, sagte er dann. Er setzte sich auf Jeannines Magazinstuhl, nahm die Zeitung und fügte hinzu:

»Die verschwindende Frau. Das bist du.« Sie schloss die Augen und begab sich in einen Tagtraum von Mr. Frosty, wie er zusammengerollt und friedlich schlafend auf dem Kaminsims lag, alle Katzenhaftigkeit der Welt zu einem Kreis verschmolzen. So ein verdorbener Kater.

»Baby?«, sagte Cal.

»Oh, na gut«, sagte Jeannine resigniert, »na gut.«

Ich werde den Götterbaum betrachten.

3

Janet Evason erschien um zwei Uhr nachmittags in Unterwäsche auf dem Broadway. Sie verlor nicht den Kopf. Obwohl ihre Nerven die vorangegangenen Reize noch verarbeiten wollten, ging sie eine Sekunde nach ihrer Ankunft in Abwehrstellung (gut für sie). Ihr blondes, schmutziges Haar flog herum, ihre Khakishorts und ihr Hemd waren mit Schweißflecken übersät. Als ein Polizist sie am Arm zu fassen versuchte, ging sie im Savate-Stil auf ihn los, doch er verschwand. Sie schien die Menschenmassen, die sie umgaben, mit einem besonderen Grauen zu betrachten. Der Polizist tauchte eine Stunde später wieder an derselben Stelle auf, ohne Erinnerung an die dazwischenliegende Zeit, aber Janet Evason war nur wenige Augenblicke nach ihrer Ankunft zu ihrem Schlafsack in New Forest zurückgekehrt. Ein paar Worte auf Pan-Russisch, und sie war verschwunden. Das letzte davon weckte ihre Bettgenossin in New Forest.

»Schlaf doch endlich«, sagte die anonyme Freundin-für-die-Nacht, eine Nase, eine Braue und eine Locke schwarzes Haar in den Sprenkeln des Mondlichts.

»Wer hat bloß diesen Unsinn mit meinem Kopf angestellt?«, sagte Janet Evason.

4

Als Janet Evason nach New Forest zurückkehrte und die Versuchsleiterinnen in der Polstation sich vor Lachen fast nass machten (denn es war beileibe kein Traum), saß ich auf einer Cocktailparty mitten in Manhattan. Ich hatte mich gerade in einen Mann verwandelt, ich, Joanna. Ich meine natürlich einen weiblichen Mann. Mein Körper und meine Seele waren noch genau die gleichen.

Ich gehöre also auch dazu.

5

Der erste Mann, der einen Fuß auf Whileaway setzte, tauchte auf dem Nordkontinent auf einem Rübenfeld auf. Er war wie ein Wanderer gekleidet, blauer Anzug und blaue Mütze. Die Farmleute waren schon unterrichtet worden. Eine sah das Blinken auf dem Infrarotsucher des Traktors und holte ihn ab. Der Mann in Blau sah eine Flugmaschine ohne Flügel, die auf einer Wolke aus Staub und Luft schwebte. Die bezirkseigene Reparaturhalle für Landmaschinen befand sich diese Woche ganz in der Nähe, also brachte die Traktorfahrerin ihn dorthin. Er machte keine verständlichen Aussagen. Er sah eine lichtdurchlässige Kuppel, deren Oberfläche leicht waberte. Auf einer Seite war ein Abgasventilator eingelassen. Unter der Kuppel erstreckte sich eine Maschinenwüste: tot, auf der Seite liegend, das Innerste nach außen gekehrt, quollen ihre Eingeweide auf das Gras. Von einem mächtigen Träger unter dem Dach schwangen Hände, so groß wie drei Menschen. Eine davon ergriff ein Auto und ließ es wieder fallen. Die Seitenteile des Wagens fielen zu Boden. Kleinere Hände reckten sich aus dem Gras hervor.

»Hey, hey!«, sagte die Traktorfahrerin und klopfte auf ein massives Teil in der Wand. »Es ist umgefallen, es hat das Bewusstsein verloren.«

»Schickt es zurück«, sagte eine Technikerin und kroch unter

ihrem Steuerhelm am anderen Ende der Halle hervor. Vier andere kamen hinzu und umringten den Mann im blauen Anzug.

»Hält sein Verstand das aus?«, fragte eine.

»Wissen wir nicht.«

»Ist er krank?«

»Hypnotisiert ihn und schickt ihn zurück.«

Wenn der Mann in Blau sie gesehen hätte, er hätte sie sehr seltsam gefunden: mit glattem Gesicht, glatter Haut, zu klein und zu rundlich, ihre Overalls am Hintern zu ausladend. Sie trugen Overalls, weil man nicht alles mit den mechanischen Händen reparieren konnte; manchmal mussten sie schon selbst ran. Eine war alt und hatte weißes Haar, eine war sehr jung, eine trug das Haar lang, wie es die Jugend auf Whileaway manchmal vorzog, auf Whileaway – »wo man sich die Zeit vertreibt«. Sechs neugierige Augenpaare musterten den Mann im blauen Anzug eingehend.

»Das, *mes enfants*«, sagte die Traktorfahrerin schließlich, »ist ein Mann.«

»Das ist ein echter Erdenmann.«

ᒃ

Manchmal bückt man sich, um sich den Schuh zuzubinden, und dann bindet man ihn entweder zu, oder man lässt es bleiben. Danach richtet man sich sofort wieder auf, oder auch nicht. Jede Wahl erzeugt mindestens zwei Möglichkeitswelten, das heißt, eine, in der man es tut, und eine andere, in der man es lässt. Oder wahrscheinlich noch viel mehr: eine, in der man es schnell tut, eine, in der man es langsam tut, eine, in der man es nicht tut, aber zögert, eine, in der man zögert und die Stirn runzelt, eine, in der man zögert und niest, und so weiter. Führt man diese Argumentationskette weiter, dann kommt man zu dem Schluss, dass es eine unendliche Zahl möglicher Universen geben muss (so ist das eben mit der Fruchtbarkeit Gottes), denn es gibt keinen Grund anzunehmen, dass die Natur dem Menschen besonders zugetan sei. Jede Verlagerung eines jeden Moleküls, jede Veränderung in der Umlaufbahn eines jeden Elektrons, jedes Lichtquant, das hier und nicht dort auftrifft – all dies muss irgendwo seine Alternative haben. Allerdings ist es auch möglich, dass es so etwas wie eine klare Linie oder einen Strang der Wahrscheinlichkeit gar nicht gibt und dass wir auf einer Art gedrehter Kordel leben und, ohne es zu wissen, von einer Windung zur anderen taumeln, so lange wir uns innerhalb der Grenzen bestimmter Variationen bewegen, die jedoch keine wirklichen Alternativen darstellen. Auf diese Weise schwindet das Paradoxon der Zeitreise dahin, es existiert einfach nicht mehr, denn die Vergangenheit, die jemand besucht, ist dann nicht mehr die eigene Vergangenheit, sondern immer die eines anderen Menschen. Oder anders ausgedrückt, der Besuch einer Person in der Vergangenheit schafft augenblicklich eine andere Gegenwart (eine Gegenwart, in welcher der Besuch der Vergangenheit schon stattgefunden hat), und was diese Person dann besucht, ist die Vergangenheit der veränderten Gegenwart – eine Zeit, die ganz anders ist als die ursprüngliche Vergangenheit. Und mit jeder Entscheidung, die sie trifft (dort, in der Vergangenheit), verzweigt sich das neue wahrscheinliche Universum und schafft damit gleichzeitig eine neue Vergangenheit und eine neue Gegenwart, oder, um es radikal auszudrücken, ein neues Universum. Und wenn die betreffende Person in ihre eigene Gegenwart zurückkehrt, dann weiß nur sie allein, wie es in der anderen Vergangenheit ausgesehen hat und was sie dort unternommen hat.

Also ist es wahrscheinlich, dass Whileaway – das ist der Name der Erde in zehn Jahrhunderten, aber es ist nicht *unsere* Erde, wenn Sie mir folgen können – keineswegs von diesem Ausflug in eine ganz andere Vergangenheit beeinflusst wurde. Und umgekehrt, natürlich. Die beiden Welten könnten auch völlig unabhängig voneinander existieren.

Whileaway liegt – wie Sie wissen – in der Zukunft.

Aber nicht in *unserer* Zukunft.

7

Bald darauf sah ich Jeannine in einer Cocktail-Lounge, in die ich mich begeben hatte, um Janet Evason im Fernsehen zu sehen (ich selbst habe keinen Apparat). Jeannine wirkte sehr deplatziert. Ich setzte mich neben sie, und sie vertraute mir an: »Ich passe nicht hierher.« Ich kann mir überhaupt nicht vorstellen, wie sie hereingekommen war, höchstens rein zufällig. Sie sah aus, als sei sie für einen Kostümfilm ausstaffiert, wie sie mit ihrem Haarband und ihren Keilabsätzen im Halbdunkel saß, ein langgliedriges, unerfahrenes Mädchen in Kleidern, die ihr ein wenig zu klein waren. Die Mode (so scheint es) erholt sich nur sehr gemächlich von der Großen Depression. Hier und jetzt natürlich nicht. »Ich passe nicht hierher!«, flüsterte Jeannine Dadier noch einmal beunruhigt. Sie war sehr zappelig. »Orte wie diesen *mag* ich einfach nicht«, sagte sie. Sie bohrte mit dem Finger eine Mulde in das rote Kunstleder ihres Sessels.

»Was?«, sagte ich.

»Letzten Urlaub war ich wandern«, sagte sie mit großen Augen. »So etwas mag ich. Es ist gesund.«

Ich weiß, dass es als tugendhaft gilt, gesund durch Blumenwiesen zu rennen, aber ich ziehe nun mal Bars, Hotels, Klimaanlagen, gute Restaurants und Düsenjets vor, und das sagte ich ihr auch.

»Jets?«, fragte sie verwundert.

Janet Evason erschien auf dem Bildschirm. Es war nur ein Standbild. Dann kamen die Nachrichten aus Kambodscha, Laos, Michigan, dem Canandaiguasee (Umweltverschmutzung) und die sich drehende Weltkugel in voller Farbenpracht, samt ihrer siebzehn Satelliten, die sie umkreisen. Die Farbe war scheußlich. Ich bin vor langer Zeit einmal in einem Fernsehstudio gewesen: Entlang der Seitenwände des Schuppens verläuft eine Galerie, und jeder Quadratzentimeter des Daches ist mit Scheinwerfern behängt, so dass darunter die kleine Kindfrau mit der piepsigen Stimme ungestört über einem Herd oder einer Spüle schmollen kann. Dann erschien Janet Evason mit jenem klecksigen Aussehen, das die Leute nun mal auf der Mattscheibe haben. Sie bewegte sich vorsichtig und betrachtete alles mit großem Interesse. Sie war adrett gekleidet (trug einen Anzug). Dann schüttelte der Gastgeber oder Showmaster oder Wie-auch-immer-Sie-ihn-nennen ihr die Hand, und danach schüttelten alle allen die Hand, wie bei einer französischen Hochzeit oder in einem alten Stummfilm. *Er* trug einen Anzug. Jemand führte sie zu einem Sessel, und sie lächelte und nickte übertrieben, wie man nickt, wenn man nicht weiß, ob man sich richtig verhält. Sie sah sich um und hielt die Hand schützend über ihre Augen. Dann begann sie zu sprechen.

(Der erste Satz, den der zweite männliche Besucher auf Whileaway von sich gab, lautete: »Wo sind hier nur die Männer?« Als Janet Evason im Pentagon erschien, breitbeinig, die Hände in den Hosentaschen, sagte sie: »Wo zum Teufel sind hier nur die Frauen?«)

Im Fernsehen gab es eine kurze Tonstörung, und dann war Jeannine Dadier weg. Sie verschwand nicht, sie war einfach nicht mehr da. Janet Evason stand auf, schüttelte wieder Hände, sah sich um, fragte mit den Augen, pantomimte Verstehen, nickte und trat aus der Reichweite der Kameras. Die Wachleute der Regierung zeigten sie uns nie.

Ich hörte später davon, und so lief alles ab:

Showmaster: Wie gefällt es Ihnen hier, Miss Evason?

JE (sieht sich verwirrt im Studio um): Es ist zu heiß.

Showmaster: Ich meine, wie gefällt es Ihnen hier auf ... nun ... auf der Erde?

JE: Aber ich lebe doch auf der Erde. (An dieser Stelle wirkt sie ein wenig überfordert.)

Showmaster: Vielleicht sollten Sie uns näher erklären, was Sie damit meinen ... ich denke dabei an die Existenz verschiedener Wahrscheinlichkeiten und so weiter ... Sie sprachen vorhin schon davon.

JE: Das steht alles in der Zeitung.

Showmaster: Aber Miss Evason, haben Sie doch die Freundlichkeit und erklären Sie es den Zuschauern an den Fernsehgeräten.

JE: Sollen sie es doch lesen. Können sie nicht lesen? (Einen Augenblick lang herrschte Schweigen. Dann sprach der Showmaster.)

Showmaster: Unsere Sozialwissenschaftler wie auch unsere Physiker geben uns zu verstehen, dass unter dem Eindruck der Informationen, die uns von unserer reizenden Besucherin aus einer anderen Welt übermittelt wurden, eine ganze Reihe von Theorien in einem völlig neuen Licht erscheinen und revidiert werden müssen. Auf Whileaway hat es seit acht Jahrhunderten keine Männer mehr gegeben, und diese Gesellschaft, die einzig und allein aus Frauen besteht, hat natürlich großes Aufsehen erregt, seit vergangene Woche ihre Abgesandte, ihre erste Botschafterin, die Dame hier zu meiner Linken, erschien. Janet Evason, können Sie uns schildern, wie ihre Gesellschaft auf Whileaway auf das Wiedererscheinen von Männern von der Erde – ich meine natürlich von unserer jetzigen Erde – nach einer Isolation von achthundert Jahren reagieren wird, ihrer Meinung nach?

JE (Bei dieser Frage sprang sie auf, wahrscheinlich, weil es die erste war, die sie verstand): Neunhundert Jahre. Was für Männer?

Showmaster: Was für Männer? Sie erwarten doch sicher, dass Männer aus unserer Gesellschaft Whileaway besuchen.

JE: Warum?

Showmaster: Um sich zu informieren, um Handel zu treiben ... äh ... um kulturellen Kontakt zu pflegen, natürlich (lacht). Ich fürchte, Sie machen es mir sehr schwer, Miss Evason. Als die ... äh ... Seuche, von der Sie sprachen, die Männer auf Whileaway dahinraffte – wurden sie da nicht vermisst? Brachen die Familien nicht auseinander? Änderten sich nicht die gesamten Lebensmuster?

JE (langsam): Ich schätze, die Leute vermissen immer das, woran sie gewöhnt sind. Ja, sie wurden vermisst. Ganze Wortfamilien wie »er«, »Mann« und was damit zu tun hat, wurden aus der Sprache verbannt. Die zweite Generation gebraucht sie wieder, unter sich, um möglichst verwegen zu erscheinen, die dritte Generation ist höflich und nimmt solche Worte nicht in den Mund, und die vierte, wen von ihnen interessiert das überhaupt noch? Wer erinnert sich überhaupt noch?

Showmaster: Aber sicherlich ... ist das ...

JE: Entschuldigen Sie, vielleicht habe ich nicht genau verstanden, worauf Sie hinauswollten. Die Sprache, in der wir uns unterhalten, ist nur ein Hobby von mir, und ich spreche sie nicht so fließend, wie ich mir wünschte. Wir sprechen ein Pan-Russisch, das noch nicht einmal die Russen selbst verstehen würden. Auf Ihre Sprache bezogen wäre das wie Mittelenglisch, nur umgekehrt.

Showmaster: Ich verstehe. Aber kehren wir zu der Frage zurück –

JE: Ja.

Showmaster (hat keinen leichten Stand zwischen den Fernsehgewaltigen und dieser seltsamen Person, die sich wie der Häuptling eines Wildenstammes in Ignoranz hüllt: ausdruckslos, aufmerksam, möglicherweise zivilisiert, ohne einen blassen Schimmer. Schließlich fuhr er fort): Wollen Sie nicht, dass die Männer nach Whileaway zurückkehren, Miss Evason?

JE: Warum?

Showmaster: Ein Geschlecht ist nur die halbe Spezies, Miss Evason. Ich zitiere (und er zitierte einen berühmten Anthropologen). Wollen Sie den Sex von Whileaway verbannen?

JE (mit großer Würde und völlig natürlich): Wie bitte?

Showmaster: Ich sagte: Wollen Sie den Sex von Whileaway verbannen? Sex, Familie, Liebe, erotische Anziehungskraft – nennen Sie es, wie Sie wollen –, wir alle wissen, dass Ihr Volk aus tüchtigen und intelligenten Individuen besteht, aber glauben Sie, dass das genügt? Sie kennen doch sicher die biologischen Eigenheiten anderer Spezies, also müssten Sie doch auch wissen, wovon ich rede.

JE: Ich bin verheiratet. Ich habe zwei Kinder. Worauf, zum Teufel, wollen Sie hinaus?

Showmaster: Ich ... Miss Evason ... wir ... nun, wir wissen, dass Sie Verbindungen eingehen, die Sie Ehe nennen, Miss Evason. Wir wissen, dass die Abstammung Ihrer Kinder jeweils zwei Partnern zugesprochen wird, dass Sie sogar ›Stämme‹ haben – ich nenne sie mal so, wie Sir —— sie nennt. Ich weiß, die Übersetzungen treffen nicht immer ganz zu, und wir wissen, dass diese Ehen oder Stämme Einrichtungen sind, die den ökonomischen Unterhalt der Kinder und eine genetische Durchmischung auf geradezu ideale Weise gewährleisten. Ich muss sogar zugeben, dass Sie uns in den biologischen Wissenschaften weit voraus sind. Ich rede jedoch nicht von ökonomischen oder auf Zuneigung basierenden Einrichtungen, Miss Evason. Natürlich lieben die Mütter auf Whileaway ihre Kinder, das bezweifelt ja niemand. Und man hat auch Gefühle füreinander, auch daran zweifelt niemand. Aber es gibt doch noch mehr, viel, viel mehr – und damit meine ich die sexuelle Liebe.
JE (geht ein Licht auf): Oh! Sie meinen Kopulation.
Showmaster: Ja.
JE: Und Sie behaupten, so etwas gäbe es bei uns nicht?
Showmaster: Ja.
JE: Wie dumm von Ihnen. Natürlich gibt es das bei uns.
Showmaster: Ach? (Eigentlich möchte er sagen: »Wollen Sie mich auf den Arm nehmen?«)
JE: Ja, untereinander. Wenn ich Ihnen das näher erklären darf –

Ein Werbespot, der in poetischen Worten die Vorzüge ungeschnittenen Brotes pries, schnitt ihr augenblicklich das Wort ab. Sie konnten nur mit den Achseln zucken (was die Kameras nicht aufnahmen, versteht sich). Es wäre nicht einmal so weit gekommen, wenn Janet sich nicht strikt geweigert hätte, in aufgezeichneten Sendungen aufzutreten. Bei dieser Übertragung handelte es sich um eine Live-Sendung, die mit nur vier Sekunden Verzögerung ausgestrahlt wurde. Ich beginne sie allmählich immer mehr zu mögen. Sie sagte: »Wenn Sie von mir erwarten, dass ich Ihre Tabus auslasse, dann müssen Sie mir schon genauer sagen, was Ihre

Tabus sind.« In Jeannine Dadiers Welt wurde (würde) sie von einer Kommentatorin gefragt:
Wie frisieren die Frauen auf Whileaway ihr Haar?
JE: Sie hacken es sich mit Muschelschalen ab.

♁

»Menschlichkeit ist unnatürlich!«, verkündete die Philosophin Dunyasha Bernadetteson (344–426 n.K.), die ihr ganzes Leben lang unter dem Fehlgriff einer Genchirurgin litt, die ihr den Kiefer der einen Mutter und die Zähne der anderen gegeben hatte – auf Whileaway ist Kieferorthopädie äußerst selten notwendig. Die Zähne ihrer Tochter dagegen waren makellos. Die Seuche brach im Jahre 17 v.K. (vor der Katastrophe) über Whileaway herein und endete 3 n.K., als die Hälfte der Bevölkerung gestorben war. Sie hatte so langsam begonnen, dass niemand sie bemerkte, bis es zu spät war. Nur Personen männlichen Geschlechts wurden von ihr befallen. Während des Goldenen Zeitalters (300–ca. 180 v.K.) war die Erde wieder exakt in ihre ehemalige Form gebracht worden, und so boten die natürlichen Konditionen erheblich weniger Schwierigkeiten, als es bei einer Katastrophe tausend Jahre früher der Fall gewesen wäre. Zur Zeit der Verzweiflung (wie sie auch im Volksmund genannt wurde) besaß Whileaway zwei Kontinente, der Einfachheit halber Nord- und Südkontinent genannt, und eine Vielzahl idealer Buchten und Ankerplätze entlang der Küste. Innerhalb 72° südlicher und 68° nördlicher Breite herrschten nie extreme klimatische Bedingungen. Der normale Wasserverkehr war zur Zeit der Katastrophe fast ausschließlich dem Frachttransport vorbehalten, der Personenverkehr spielte sich auf den flexiblen Routen der kleineren Hovercrafts ab. Die Häuser waren dank tragbarer Energiequellen zu autonomen Einheiten geworden, Alkoholverbrennungsmotoren oder Solarzellen hatten das frühere Zentralheizsystem abgelöst. Die spätere Erfindung der praktischen Materie-Antimateriereak-

toren (K. Ansky, 239 n.K.) sorgte ein Jahrzehnt lang für großen Optimismus, aber diese Geräte erwiesen sich für den Privatgebrauch als zu unhandlich. Katharina Lucyson Ansky (201–282 n.K.) war auch für die Grundlagen verantwortlich, die schließlich die Genchirurgie ermöglichten. (Die Verschmelzung von Eizellen war damals schon seit einhundertfünfzig Jahren praktiziert worden.) Vor dem Goldenen Zeitalter war das Tierreich derart dezimiert worden, dass Enthusiastinnen während der Ansky-Periode viele Arten wieder neu kreierten. 280 n.K. gab es auf Newland (einer der Landesenge des Nordkontinents vorgelagerten Insel) eine Kaninchenplage, eine Seuche, die nicht ohne geschichtliche Vorläufer ist. Dank der brillanten Aufklärungsarbeit der großen Betty Bettinason Murano (453–502 n.K.) wurden die terranischen Kolonien auf dem Mars, Ganymed und im Asteroidengürtel wieder neu gegründet, wobei ihr die Mondliga gemäß dem Vertrag vom Mare Tenebrum (240 n.K.) zur Seite stand. Als sie dann gefragt wurde, was sie im Weltraum zu finden hoffte, antwortete Betty Murano mit ihrer berühmt gewordenen Spitzfindigkeit:
»Nichts.« Im dritten Jahrhundert n.K. war Intelligenz ein kontrollierbarer, vererbbarer Faktor, obgleich die Chirurginnen Begabung und Neigungen nicht in den Griff bekamen und auch die Intelligenz nur schwer angehoben werden konnte. Im fünften Jahrhundert hatte die gesellschaftliche Organisation in Klans ihren gegenwärtigen, komplexen Stand erreicht und das Recycling von Phosphor gelang beinahe problemlos. Im siebten Jahrhundert ermöglichte der Bergbau auf Jupiter die Umstellung der riesigen Glas- und Keramiktechnologie auf einige Metalle (die ebenfalls wieder aufbereitet wurden), und zum dritten Mal in vierhundert Jahren (auch Modeerscheinungen kehren manchmal zyklisch wieder) wurden Duelle zu einem ernsten sozialen Ärgernis. Einige örtliche Gildenräte forderten, dass eine siegreiche Duellantin sich der für Totschlag üblichen Bestrafung unterziehen und ein Kind gebären müsse, um das verlorene Leben zu ersetzen. Diese Lösung war jedoch zu einfältig, als dass sie sich hätte durchsetzen können. Da war zum Beispiel das Alter der

Kontrahentinnen, das es zu bedenken galt. Zu Beginn des neunten Jahrhunderts n.K. war der Steuerhelm zu einer viel versprechenden Möglichkeit geworden, die Industrie veränderte sich auf drastische Weise, und der Mondliga war es schließlich gelungen, den Südkontinent in der Menge produzierten Proteins pro Kopf und Jahr zu überrunden. Im Jahr 913 n.K. verband eine unbekannte und unzufriedene Nachfahrin Katy Anskys verschiedene Elemente mathematischen Wissens und entdeckte – oder erfand – so die Wahrscheinlichkeitsmechanik.

Zu Zeiten Jesus von Nazareths, liebe Lesenden, gab es keine Automobile. Trotzdem gehe auch ich gelegentlich noch zu Fuß.

Das heißt, kluge Ökologen lassen die Dinge möglichst genauso exakt arbeiten, wie sie es selbst tun würden, aber sie bewahren in der Scheune gleichzeitig die Kerosinlaterne auf, nur für den Fall. Und normalerweise führt eine Meinungsverschiedenheit über die Frage, ob man ein Pferd halten solle, zu der Entscheidung, dass es zu viel Ärger macht. Deshalb lässt man die Idee mit dem Pferd wieder fallen. Aber die Erhaltungsstelle in La Jolla hält Pferde. Wir würden sie nicht erkennen. Der Steuerhelm verleiht einer einzelnen Arbeiterin nicht nur eine unbändige Kraft, sondern auch die Flexibilität und Kontrollübersicht von Tausenden. Er stellt die Industrie Whileaways völlig auf den Kopf. Die meisten Menschen auf Whileaway gehen zu Fuß (natürlich sind ihre Füße perfekt). Manchmal drückt sich ihre Hast auf seltsame Weise aus. In früheren Zeiten genügte es ihnen, nur am Leben zu bleiben und Kinder in die Welt zu setzen. Jetzt sagen sie: »Wenn die Re-Industrialisierung abgeschlossen ist« – und gehen immer noch zu Fuß. Vielleicht mögen sie es so. Die Wahrscheinlichkeitsmechanik bietet die Möglichkeit der Teleportation – man schlängelt sich in ein anderes Kontinuum, genauer gesagt. Chilia Ysayeson Belin lebt in italienischen Ruinen (ich glaube, es handelt sich um einen Teil des Viktor-Emanuel-Denkmals, obwohl ich nicht weiß, wie es nach Newland gekommen ist), zu denen sie ein sentimentales Verhältnis hat. Wie kann jemand dort auf diskrete Weise Inneninstallationen anbringen, ohne einen unerhört hohen Arbeitsaufwand? Ihre Mutter, Ysaye, lebt in einer Höhle (diejenige Ysaye, die die Theorie der Wahrscheinlichkeitsmechanik aufstellte). Fertighäuser sind innerhalb von zwei Tagen lieferbar und sind in null-komma-nichts aufgebaut. Es gibt achtzehn Belins und dreiundzwanzig Moujkis (Ysayes Familie, ich war schon bei beiden zu Gast). Auf Whileaway gibt es keine Städte im eigentlichen Sinn. Und natürlich schleift der Schwanz der Kultur mehrere Jahrhunderte hinter ihrem Kopf her. Whileaway ist so pastoral, dass wir uns manchmal fragen, ob der ultimative Entwicklungsgrad uns nicht alle in eine Art präpaläolithische Morgendämmerung zurückversetzen könnte, in einen Garten ohne Artefakte, bis auf die, die wir Wunder nennen würden. Eine Moujki erfand 904 n.K. in ihrer Freizeit nicht-wegwerfbare Lebensmittelbehälter, weil sie von dieser Idee so fasziniert war. Leute sind schon aus nichtigeren Gründen umgebracht worden.

Mittlerweile ist der ökologische Haushalt riesig geworden.

9

JE: Ich gebar mein Kind mit dreißig, das tun wir alle. Das bedeutet Urlaub. Fast fünf Jahre lang. Die Säuglingszimmer sind voll von Leuten, die lesen, malen, singen, so viel sie können, für die Kinder, mit den Kindern, über die Kinder … wie bei dem alten chinesischen Brauch der dreijährigen Trauer, eine Unterbrechung genau zur richtigen Zeit. Davor hat es überhaupt keine Freizeit gegeben, und danach wird es nur wenig geben – alles, was ich mache, verstehen Sie, ich meine, was ich wirklich mache, muss ich sorgfältig in diesen fünf Jahren beginnen. Man arbeitet mit fieberhafter Hast … Mit sechzig werde ich einen ortsgebundenen Job bekommen und wieder ein bisschen Zeit für mich haben.

Kommentator: Und das hält man auf Whileaway für ausreichend?

JE: Mein Gott, nein.

10

Jeannine trödelt herum. Sie hasst es aufzustehen. Am liebsten würde sie auf der Seite liegen und den Götterbaum betrachten, bis ihr der Rücken weh täte. Dann würde sie sich herumdrehen, versteckt hinter den Schleiern des Laubes, und einschlafen. Die letzten Bilder ihrer Träume, bis sie wie eine Pfütze im Bett liegt und die Katze auf ihr herumklettert. An Werktagen stand Jeannine früh auf, bewegte sich durch eine Art wachen Alptraum: sie fühlt sich krank, stolpert durch den Korridor ins Badezimmer, noch immer in Schlaf gehüllt. Vom Kaffee wurde ihr übel. Sie konnte sich nicht in den Sessel setzen oder die Hausschuhe abstreifen oder sich bücken oder anlehnen oder hinlegen. Mr. Frosty spaziert auf dem Fenstersims herum, promeniert vor dem Götterbaum auf und ab: ein Tiger auf dem Palmzweig. Das Museum. Der Zoo. Der Bus nach Chinatown. Anmutig wie eine Meerjungfrau sank Jeannine in den Baum. Sie trug einen Teewärmer bei sich, den sie dem jungen Mann geben wollte, über dessen Kragen, an der Stelle, wo sein Gesicht hätte sein sollen, ein riesiger Muffin zitterte. Vor Erregung zitterte.

Der Kater sprach zu ihr.

Sie schreckte hoch. *Ich werde dir etwas zu fressen geben, Mr. Frosty.*

Mrrrr.

Cal konnte es sich wirklich nicht leisten, sie irgendwohin auszuführen. Sie fuhr schon so lange mit dem Bus, dass sie alle Strecken kannte. Sie gähnte schrecklich, goss Wasser über Mr. Frostys Katzenfutter und setzte die Untertasse auf den Fußboden. Er fraß geziert, und sie erinnerte sich daran, wie sie ihn einmal zu ihrem Bruder mitgenommen hatte. Dort hatten sie ihm einen frischen, rohen Fisch gegeben, den einer der Jungen gerade erst im Teich gefangen hatte. Mr. Frosty hatte sich daraufgestürzt und ihn verschlungen, er war ganz verrückt danach. Fisch mögen sie wahnsinnig gern. Jetzt spielte er mit seiner Untertasse und stupste sie mit den Pfoten hin und her, obwohl er schon ausgewachsen war. Katzen wären wirklich viel glücklicher, wenn man sie ... wenn man sie ... (sie gähnte). Oh, heute fand das chinesische Fest statt.

Wenn ich das Geld hätte, wenn ich mir die Haare machen lassen könnte ... Er kommt in die Bibliothek, er ist Collegeprofessor; nein, er ist ein Playboy. »Wer ist dieses Mädchen?« *Spricht mit Mrs. Allison, schmeichelt sich hinterhältig bei ihr ein.* »Das ist Jeannine.« *Sie schlägt die Augen nieder, voll weiblicher Macht. Habe mir heute die Nägel lackiert. Und diese Kleider sind schön, sie haben Geschmack, sie unterstreichen meine Individualität, meine Schönheit.* »Sie hat das gewisse Etwas«, *sagt er.* »Gehen Sie mit mir aus?« *Später auf dem Dachgarten, beim Champagner:* »Jeannine, wirst du ...«

Mr. Frosty, unbefriedigt und eifersüchtig, schlägt seine Pranke in ihre Wade. »Schon gut!«, sagt sie mit erstickter Stimme. *Zieh dich an, schnell.*

Ich (dachte Jeannine und musterte sich in dem wertvollen, körpergroßen Spiegel, den der Vormieter unerklärlicherweise innen an der Schranktür zurückgelassen hatte), *ich sehe fast aus wie ...wenn ich mein Gesicht etwas zur Seite drehe. Oh! Cal wird SO WÜTEND werden ...* Sie huscht zurück zum Bett, streift den Pyjama ab und schlüpft in die Unterwäsche, die sie am Abend zuvor auf die Kommode gelegt hat. Jeannine, die Wassernymphe. *Ich träumte von einem jungen Mann, irgendwo ...* So ganz kann sie nicht ans Kartenlegen oder an Wahrsagerei glauben – das ist doch völlig idiotisch –, aber manchmal fängt sie an zu kichern und denkt, dass es schön wäre. *Ich habe große Augen. Sie werden einem hoch gewachsenen, dunkelhaarigen ...*

Resolut setzt sie Mr. Frosty auf das Bett, dann zieht sie sich Pullover und Rock an, bürstet ihr Haar, während sie die Bürstenstriche leise mitzählt. Ihr Mantel ist so alt. Nur ein kleines bisschen Make-up, Lipgloss und Puder. (Sie passte schon wieder nicht auf und bekam Puder auf den Mantel.) Wenn sie früh hinausging, würde sie Cal nicht in ihrem Zimmer treffen müssen. Ansonsten würde er mit dem Kater spielen (auf Händen und

Knien) und danach Liebe machen wollen, nein, so war es besser. Der Bus nach Chinatown. In ihrer Hast stolperte sie die Stufen hinunter und griff nach dem Geländer. Die kleine Miss Spry, die alte Dame im Erdgeschoss, öffnete gerade in dem Augenblick ihre Wohnungstür, als Miss Dadier fliegenden Schrittes durch das Treppenhaus eilte. Jeannine sah ein kleines, runzeliges, besorgtes altes Gesicht, schütteres weißes Haar und einen Körper wie ein Mehlsack, zusammengehalten in einem formlosen schwarzen Kleid. Eine fleckige, mit hervortretenden Venen überzogene Hand umklammerte den Türrahmen. »Wie geht's, Jeannine? Gehen Sie aus?«

In einem Anfall von Hysterie verdoppelte Miss Dadier ihr Tempo und entfloh. *Ooh! Wie kann man nur so aussehen!*

Da war Cal. Er ging gerade an der Bushaltestelle vorbei.

11

Etsuko Belin lag kreuzförmig ausgestreckt auf einem Gleiter. Sie verlagerte ihr Gewicht und setzte zu einer sanften Drehung an. Fünfzehnhundert Fuß unter ihr sah sie, wie sich die aufgehende Sonne Whileaways in den Gletscherseen des Mount Strom spiegelte. Sie vollführte eine halbe Rolle und segelte auf dem Rücken an einem Falken vorbei.

12

Vor sechs Monaten, beim Chinesischen Neujahrsfest, hatte Jeannine in der Kälte gestanden und sich die Fäustlinge auf die Ohren gepresst, um den schrecklichen Lärm der Feuerwerkskörper nicht hören zu müssen. Cal, der neben ihr stand, sah dem Drachen zu, wie er durch die Straße tanzte.

13

Ich traf Janet Evason auf dem Broadway, am Rande einer Parade, die ihr zu Ehren gegeben wurde (stand ich). Sie beugte sich aus der Limousine und bat mich einzusteigen. Umringt von Geheimagenten. »Die da«, sagte sie.

Nach und nach werden wir alle zusammenkommen.

14

Jeannine, völlig fehl am Platz, legt sich die Hände über die Ohren und schließt die Augen. Sie sitzt auf einer Farm auf Whileaway, an einem Bocktisch unter Bäumen, wo alle anderen essen. *Ich bin nicht hier. Ich bin nicht hier.* Chilia Ysayesons Jüngste hat Gefallen an der Neuen gefunden. Jeannine sieht große Augen, große Brüste, breite Schultern, dicke Lippen, alles ist so groß. Mr. Frosty wird von achtzehn Belins verwöhnt, verhätschelt und gefüttert. *Ich bin nicht hier.*

15

JE: Evason bedeutet nicht ›Sohn‹, sondern ›Tochter‹. Das ist *Ihre* Übersetzung.

16

Und hier sind wir.

Zweiter Teil

1

Wer bin ich?
Ich weiß, wer ich bin, aber wie lautet mein Name?
Ich, mit einem neuen Gesicht, einer aufgedunsenen Maske. In Plastikstreifen über die alte gelegt, ein blonder Hallowe'en-Ghul oben auf der SS-Uniform. Darunter war ich dürr wie eine Bohnenstange, mit Ausnahme der Hände, die auf ähnliche Weise behandelt worden waren, und diesem wahrhaft eindrucksvollen Gesicht. Ich habe das während meiner Geschäfte, auf die ich noch ausführlicher eingehen werde, nur einmal gemacht, und den idealistischen Kindern, die einen Stock tiefer wohnen, einen riesigen Schrecken eingejagt. Ihre zarte Haut wurde rot vor Angst und Abscheu. Ihre hellen jungen Stimmen erhoben sich zu einem Lied (um drei Uhr morgens). Ich bin nicht Jeannine. Ich bin nicht Janet. Ich bin nicht Joanna.
Ich mache das nicht oft (behaupte ich, der Ghul), aber es ist eine tolle Sache, im Aufzug jemandem den Zeigefinger ins Genick zu drücken, während du am vierten Stock vorbeifährst und weißt, dass er nie herausfinden wird, dass du gar nicht da bist.
(Es tut mir Leid, aber geben Sie Acht.)
Sie werden mich später treffen.

2

Wie ich schon sagte, hatte ich (nicht das Ich von oben, bitte) am siebten Februar neunzehnhundertneunundsechzig ein Erlebnis.
Ich wurde zu einem Mann.

Ich war schon vorher einmal ein Mann gewesen, aber nur kurz und inmitten einer Menschenmenge.

Sie hätten es nicht bemerkt, wenn Sie dabei gewesen wären.

Männlichkeit, Kinder, erreicht man nicht durch Mut oder kurzes Haar oder Insensibilität, oder indem man sich in Chicagos einzigem Wolkenkratzerhotel aufhält (so wie ich), während draußen ein Schneesturm tobt. Ich befand mich auf einer Cocktailparty in Los Angeles, umgeben von geschmacklosen Barockmöbeln, und hatte mich in einen Mann verwandelt. Ich sah mich zwischen den schmutzigweißen Schnörkeln der Spiegeleinfassung, und das Ergebnis stand außer Frage: Ich war ein Mann. Aber was ist dann Männlichkeit?

Männlichkeit, Kinder ... *ist Männlichkeit*.

3

Janet bat mich in die Limousine, und ich stieg ein. Die Straße war sehr dunkel. Als sie die Wagentür öffnete, sah ich ihr berühmtes Gesicht unter der runden Lampe über dem Vordersitz. Im Scheinwerferlicht wucherten Bäume elektrischgrün aus der Dunkelheit. Auf diese Weise traf ich sie wirklich. Jeannine Dadier war eine verschwommene Silhouette auf dem Rücksitz.

»Grüß dich«, sagte Janet Evason. »Hallo. Bonsoir. Das ist Jeannine. Und wer bist du?«

Ich sagte es ihr. Jeannine begann zu erzählen, was ihr Kater für schlaue Dinge angestellt hatte. Vor uns wogten und bogen sich die Bäume. »In mondhellen Nächten fahre ich oft ohne Licht«, sagte Janet. Sie bremste den Wagen auf Schrittgeschwindigkeit ab und knipste die Scheinwerfer aus. Ich meine, ich sah, wie sie verschwanden – die Landschaft hob sich nebelig und bleich wie ein schlecht ausgestellter Watteau vom Horizont ab. Im Mondlicht habe ich immer das Gefühl, als wären meine Augen schlechter geworden. Der Wagen – etwas Teures, obwohl es zu dunkel war, um die Marke zu erkennen – seufzte geräuschlos. Jeannine war beinahe verschwunden.

»Ich bin ihnen, wie es so schön heißt, entwischt«, sagte Janet mit ihrer überraschend lauten, normalen Stimme und schaltete die Scheinwerfer wieder ein. »Und ich muss sagen, dass das nicht ganz sauber ist«, fügte sie hinzu.

»Das ist es *wirklich* nicht«, sagte Jeannine auf dem Rücksitz. Als die Straße leicht abfiel, kamen wir an einem Motelschild vorbei, und hinter den Bäumen blitzte ein beleuchtetes Etwas auf.

»Es tut mir sehr Leid«, sagte Janet. *Der Wagen?* »Gestohlen«, sagte sie. Sie starrte für einen Moment durch das Seitenfenster, wandte einfach ihre Aufmerksamkeit von der Straße ab. Jeannine keuchte entrüstet. Eigentlich kann nur die Fahrerin genau erkennen, was im Rückspiegel vor sich geht, aber hinter uns war ein Auto. Wir bogen auf einen Feldweg ab – das heißt, sie bog ab – und fuhren ohne Scheinwerferlicht in den Wald hinein – und auf eine andere Straße, an deren Ende sich ein einzelnes, unbeleuchtetes Wohnhaus befand, so sauber und ordentlich, wie man es sich nur wünschen kann.

»Auf Wiedersehen, entschuldigt mich«, sagte Janet leutselig und schlüpfte aus dem Wagen. »Fahrt bitte weiter«, und sie verschwand im Haus. Sie trug ihren Fernsehanzug. Ich saß verdutzt da, während Jeannine ihre Hände um die Lehne meines Sitzes krallte (so wie es Kinder manchmal tun). Der andere Wagen kam hinter uns zum Stehen. Sie stiegen aus und kreisten mich ein (du bist ja so im Nachteil, wenn du dasitzt und die Lampen dir in den Augen wehtun). Brutal kurzer Haarschnitt und eine irgendwie unangenehme Kleidung: streng, breitschultrig, sauber und doch nicht robust. Können Sie sich vorstellen, wie ein Polizist in Zivil sich die Haare rauft? Natürlich nicht. Jeannine hatte sich zusammengekauert, war außer Sichtweite oder irgendwie verschwunden. Kurz bevor Janet Evason auf der Veranda des Hauses auftauchte, begleitet von einer strahlenden Familie – Vater, Mutter, Teenagertochter und ein Hund (alle überglücklich, berühmt zu sein) –, verriet ich mich idiotischerweise, indem ich hitzig ausrief:

»Nach wem suchen Sie? Hier ist niemand. Ich bin ganz allein.«

4

Versuchte sie wegzulaufen? Oder nur nach dem Zufallsprinzip Leute auszuwählen?

5

Warum haben sie mich gesandt? Weil sie mich entbehren können. Etsuko Belin schnallte mich fest. »Ah, Janet!«, sagte sie. (Selber ah.) In einem nackten, kahlen Raum. Der Käfig, in dem ich liege, verliert und erhält seine Existenz vierzigtausendmal pro Sekunde. Mir erging es nicht so. Kein letzter Kuss von Vittoria, niemand konnte an mich heran. Im Gegensatz zu dem, was Sie erwarten, wurde mir weder übel noch kalt, noch fühlte ich mich durch ein endloses Was-auch-immer fallen. Das Problem ist, dein Gehirn reagiert weiterhin auf die alten Stimuli, während es die neuen schon empfängt. Ich versuchte die neue Wand in die alte *einzufügen*. Wo das Käfiggitter gewesen war, befand sich nun ein menschliches Gesicht.
Späsibo.
Es tut mir Leid.
Lass mich erklären.
Ich war so durchgerüttelt, dass ich anfangs gar nicht realisierte, dass ich mitten auf ihrem ... es war ein Schreibtisch, wie ich später lernte... lag. Und es kam noch schlimmer. Ich lag quer darüber, einfach so (während mich fünf andere anstarrten). Wir hatten mit anderen Entfernungen experimentiert, jetzt holten sie mich zurück, nur um sicherzugehen, dann schickten sie mich wieder ab, und ich lag wieder auf ihrem Schreibtisch.

Was für eine seltsame Frau. Dick und dünn, ausgetrocknet, mit kräftigem Kreuz und einem großmütterlichen Schnurrbart. Sie war klein. Wie ein Leben in unaufhörlicher Plackerei dich doch ausdörren kann.

Aha! Ein Mann.

Soll ich sagen, dass es mir kalt über den Rücken lief? Schlecht für die Eitelkeit, aber so war es nun mal. Dies musste ein Mann sein. Ich stieg vom Schreibtisch dieses Wesens herunter. Vielleicht wollte es sich gerade auf den Weg zur Arbeit machen, denn wir waren ähnlich angezogen, nur dass es codierte Farbstreifen über seine Taschen genäht hatte, eine gut durchdachte Erkennungsmarke für eine Maschine oder so was. In perfektem Englisch sagte ich:

»Wie geht es Ihnen? Ich muss mein plötzliches Erscheinen erklären.

Ich komme aus einer anderen Zeit.« (Wir hatten *Wahrscheinlichkeit/Kontinuum* als zu unverständlich verworfen.)

Keiner rührte sich.

»Wie geht es Ihnen? Ich muss mein plötzliches Erscheinen erklären. Ich komme aus einer anderen Zeit.«

Was sollte ich tun, ihnen Schimpfwörter an den Kopf werfen? Sie bewegten sich nicht. Ich setzte mich auf den Schreibtisch, und einer von ihnen schlug ein Stück Wand zu. Also haben sie Türen, genau wie wir. Das Wichtigste in einer unbekannten Situation ist, nicht die Nerven zu verlieren, und in meiner Tasche befand sich genau das richtige Mittel für solch einen Notfall. Ich holte ein Stück Schnur hervor und begann das Fadenspiel zu spielen.

»Wer sind Sie?«, fragte einer von ihnen. Sie alle hatten diese kleinen Streifen auf den Taschen.

»Ich stamme aus einer anderen Zeit, aus der Zukunft«, antwortete ich und hielt das Fadengebilde vor mich hin. Es stellte nicht nur das universelle Friedenssymbol dar, sondern war auch ein ganz netter Zeitvertreib. Allerdings hatte ich erst die einfachste Figur gebildet. Einer lachte, ein anderer schlug sich die Hände vor die Augen. Der, auf dessen Schreibtisch ich saß, wich zurück, ein Vierter meinte: »Soll das ein Witz sein?«

»Ich komme aus der Zukunft.« Man muss nur lange genug sitzen bleiben, dann wird die Wahrheit schon einsickern.

»Was?«, sagte Nummer Eins.

»Wie wollen Sie es sich sonst erklären, dass ich einfach so aus dem Nichts aufgetaucht bin?«, sagte ich. »Leute gehen wohl kaum durch die Wand, oder?«

Als Antwort darauf zog Nummer Drei einen kleinen Revolver hervor, und das überraschte mich. Wo doch allgemein bekannt ist, dass Wut und Ärger jenen gegenüber am intensivsten sind, die man kennt: Es sind die Liebenden und die Nachbarn, die sich gegenseitig umbringen. Es ergibt einfach keinen Sinn, sich einer völlig fremden Person gegenüber so zu verhalten. Wo ist da die Befriedigung? Keine Liebe, kein Verlangen. Kein Verlangen, keine Frustration. Keine Frustration, kein Hass, richtig? Es muss Furcht gewesen sein. In diesem Moment öffnete sich die Tür, und eine junge Frau kam herein, eine Frau in den Dreißigern oder so, sorgfältig angemalt und gekleidet. Ich weiß, ich hätte nichts voraussetzen sollen, aber man muss mit dem arbeiten, was zur Verfügung steht. Ich setzte voraus, dass ihr Kleid sie als Mutter auswies. Das heißt, eine Frau auf Urlaub, eine mit Freizeit, eine, die von den Informationsmedien erreicht wird und voll intellektueller Neugier steckt. Wenn es eine Oberschicht gibt (sagte ich zu mir), dann muss es diese hier sein. Ich wollte niemanden von wichtiger Handarbeit abhalten. Und ich dachte, ich sollte vielleicht einen kleinen Scherz anbringen. Ich sagte zu ihr:

»Bringen Sie mich zu ihrer Anführerin.«

6

... eine hoch gewachsene, blonde Frau im blauen Pyjama, die aufrecht stehend auf Colonel Q——s Schreibtisch erschien, als käme sie aus dem Nichts. Sie holte etwas hervor, das wie eine Waffe aussah. ... Keine Antwort auf unsere Fragen. Seit den Unruhen im letzten Sommer bewahrt der Colonel einen kleinen Revolver in der obersten Schublade seines Schreibtisches auf. Er nahm ihn heraus. Sie wollte unsere Fragen einfach nicht beantworten.

Ich glaube, in diesem Augenblick kam Miss X—— herein, die Sekretärin des Colonels. Sie hatte keine Ahnung, was hier vor sich ging. Zum Glück behielten Y——, Z——, Q—— und ich selbst einen klaren Kopf. Dann sagte sie: »Ich komme aus der Zukunft.«

FRAGESTELLER: Miss X—— sagte das?

ANTWORT: Nein, nicht Miss X——. Die ... die Fremde.

FRAGESTELLER: Sind Sie sicher, dass sie *aufrecht stehend* auf Colonel Q——s Schreibtisch erschien?

ANTWORT: Nein, ganz sicher bin ich nicht. Warten Sie. Jetzt hab ich's. Sie saß darauf.

7

INTERVIEWER: Es kommt uns allen so seltsam vor, Miss Evason. Sie wagen sich in ein ... nun, in ein absolut unbekanntes Gebiet vor ... und haben angeblich keine anderen Waffen bei sich als ein Stück Schnur. Erwarteten Sie von uns, dass wir uns friedlich verhalten?

JE: Nein. Hundertprozentig friedfertig ist niemand.

INTERVIEWER: Dann hätten Sie sich bewaffnen sollen.

JE: Niemals.

INTERVIEWER: Aber Miss Evason, eine bewaffnete Person ist doch viel beeindruckender als eine hilflose. Eine bewaffnete Person ruft viel schneller Furcht hervor.

JE: Eben.

8

Diese Frau lebte einen Monat lang mit mir zusammen. Das soll nicht heißen, dass sie in meinem Haus wohnte. Janet Evason war im Radio, in den Talkshows, den Zeitungen, den Wochenschauen, den Magazinen, sogar in der Werbung. Eines Nachts erschien sie mit jemandem, ich nehme an, mit Miss Dadier, in meinem Schlafzimmer.

»Ich bin verloren.« Sie meinte: Auf welcher Welt bin ich?

»Um Himmels willen, gehen Sie auf den *Gang* raus, wird's bald?« Stattdessen schmolz sie durch den chinesischen Druck an der Wand, vermutlich hinaus auf den leeren, teppichbedeckten Drei-Uhr-morgens-Korridor. Manche Leute bleiben nie in der Nähe. In meinem Traum wollte jemand wissen, wo Miss Dadier war. Gegen vier wachte ich auf und ging ins Badezimmer, um mir ein Glas Wasser zu holen. Da stand sie, auf der anderen Seite des Badezimmerspiegels, und redete in einer wilden Zeichensprache auf mich ein. Sie starrte aus aufgerissenen Augen verzweifelt in den Raum, beide Fäuste gegen das Spiegelglas gepresst.

»Er ist nicht hier«, sagte ich. »Geh weg.«

Ihre Lippen formten etwas Unverständliches. Der Raum sang:

Du führtest uns in Gefang-
gen-schaft
Ge-fan-ge-ne!

Du führtest uns in Gefang-
gen-schaft
Ge-fan-ge-ne!

Ich befeuchtete einen Waschlappen und wischte den Spiegel damit ab. Sie wimmerte. Mach das Licht aus, sagten mir meine feineren Instinkte, und so schaltete ich das Licht aus. Sie blieb hell erleuchtet. Ich tat das Ganze als eine Verirrung der Welt ab, nicht als meine eigene, und ging wieder ins Bett.

»Janet?«, sagte sie.

ף

Janet gabelte Jeannine beim Chinesischen Neufest auf. Miss Dadier erlaubte nie jemandem, sie abzuschleppen, aber bei einer Frau war das etwas anderes, das machte einen gewaltigen Unterschied. Janet trug einen hellbraunen Regenmantel. Cal war gerade um die Ecke verschwunden, um in einem chinesischen Schnellimbiss ein paar Dim Sun zu holen, als Miss Evason nach der Bedeutung eines Banners fragte, das man vor ihnen durch die Straße trug.

»Glückliche Ausdauer, Madam Tschiang«, antwortete Jeannine.

Dann sprachen sie über das Wetter.

»Oh, das könnte ich nicht«, sagte Jeannine plötzlich. (Sie presste sich die Hände auf die Ohren und schnitt eine Grimasse.) »Aber das ist etwas anderes.«

Janet Evason machte einen anderen Vorschlag. Jeannine sah interessiert aus und schien bereitwillig zuzuhören, wenn auch ein wenig verdutzt.

»Cal ist da drin«, sagte Jeannine hochnäsig. »Ich könnte dort nicht hineingehen.« Sie spreizte die Finger vor sich wie zwei Fächer. Sie war hübscher als Miss Evason und froh darüber. Miss Evason ähnelte einem großen Pfadfinder mit wehendem Haar.

»Sind Sie Französin?«

»Ah!«, sagte Miss Evason und nickte.

»Ich war noch nie in Frankreich«, bemerkte Jeannine gelangweilt. »Ich habe schon oft gedacht, ich sollte ... nun, ich bin einfach noch nicht dazu gekommen.« *Starr mich nicht so an.* Sie ließ ihre Schultern hängen und kniff die Augen zusammen. Sie wollte eine Hand heben und geziert ihre Augen vor der Sonne schützen, sie wollte ausrufen: »Sehen Sie! Dort ist mein Freund Cal!«, aber es war nichts von ihm zu sehen, und wenn sie sich zum Schaufenster umdrehen würde, wäre es voller Fischinnereien und Streifen getrockneten Fischs; sie wusste das.

Es ... würde ... sie ... *krank* ... machen! (Sie starrte auf einen Karpfen, dessen Innereien hervorquollen.) *Ich zittere am ganzen Körper.* »Wer hat Ihnen das Haar gemacht?«, fragte sie Miss Evason, und als diese sie nicht verstand: »Wer hat Ihr Haar so wundervoll frisiert?«

»Die Zeit.« Miss Evason lachte und Miss Dadier lachte. Miss Dadier lachte wunderschön, atemberaubend, warf den Kopf zurück, und alle bewunderten die sanfte Wölbung von Miss Dadiers Hals. Augenpaare wandten sich ihr zu. *Ein wunderschöner Körper und ein Charisma zum Verbrennen.*

»Ich kann unmöglich mit Ihnen gehen«, sagte Miss Dadier mit bezaubernder Stimme, während ihr Pelzmantel um sie herumwirbelte. »Da ist Cal, da ist New York, da ist meine Arbeit, New York im Frühling, ich kann nicht einfach von hier weggehen, dies ist mein Leben«, und der Frühlingswind spielte mit ihrem Haar.

Versteinert nickte die verrückte Jeannine.

»Gut«, sagte Janet Evason. »Wir werden Ihnen einen Abgang aus der Arbeit besorgen.« Sie pfiff, und im selben Moment kamen zwei Zivilbullen in hellbraunen Regenmänteln um die Ecke gewetzt: massige, entschlossene Männer mit breiten Kiefern und Stiernacken, die – im toten Rennen – durch den Rest dieser Erzählung hetzen werden. Doch wir schenken ihnen keine Aufmerksamkeit. Jeannine schaute verwundert von ihren Regenmänteln auf Miss Evasons Regenmantel. Sie konnte das *ganz und gar nicht* gutheißen.

»Also deshalb passt er Ihnen nicht«, sagte sie. Janet sah zu den Polizisten hinüber und deutete auf Jeannine.

»Jungs, ich hab eine.«

10

Das Chinesische Neufest war eine Einrichtung, um die Wiedereroberung Hongkongs von den Japanern zu feiern. Tschiang Kai-Tschek starb 1951 an einem Herzanfall, und Madam Tschiang ist Premierministerin des Neuen China. Japan kontrolliert das Festland und verhält sich relativ ruhig, da es nicht auf die Unterstützung eines – zum Beispiel – wieder erwachten Deutschland zählen kann. Wenn es je wieder zum Krieg kommen sollte, wird er zwischen der Göttlichen Japanischen Kaiserlichkeit und der Union der Sozialistischen Sowjetrepubliken (davon gibt es zwölf) stattfinden. Die Amerikaner machen sich keine großen Sorgen. Deutschland behakt sich gelegentlich mit Italien oder

England. Frankreich (durch den misslungenen Putsch von '42 gedemütigt) bekommt allmählich Schwierigkeiten mit seinen Kolonien. Britannien – viel schlauer – gab 1966 Indien die provisorische Selbstverwaltung zurück.

Die Wirtschaftskrise herrscht noch immer weltweit.

(Aber denken Sie – denken Sie nur mal! –, was hätte geschehen können, wenn die Welt nicht so glücklich gebremst hätte, wenn es wirklich zum großen Krieg gekommen wäre, denn große Kriege sind Rüstschmieden der Wissenschaft, Wirtschaft, Politik. Denken Sie, was geschehen wäre und was nicht geschehen wäre. Es ist eine glückliche Welt. Jeannine hat das Glück, in ihr zu leben.

Sie selbst denkt darüber anders.)

11

(Cal, der gerade zur rechten Zeit aus dem chinesischen Schnellimbiss trat, um zu sehen, wie sein Mädchen mit drei anderen Leuten davonging, warf nicht etwa in einem Anfall verzweifelter Wut das Päckchen mit dem Luch auf den Boden und trampelte darauf herum. Ein paar gehetzte polnische Vorfahren starrten ihm aus den Augen. Er war so dünn und schmächtig, dass seine Ambitionen aus ihm hervorschienen: Eines Tages schaffe ich es, Baby. Ich werde der Größte sein. Er setzte sich auf einen Hydranten und begann die Dim Sun zu essen.

Sie wird zurückkommen müssen, um ihren Kater zu füttern.)

Dritter Teil

1

Dies ist die Vorlesung. Falls Sie so etwas nicht mögen, können Sie ja bis zum nächsten Kapitel weiterblättern. Bevor Janet auf diesem Planeten ankam, fühlte ich mich nicht wohl in meiner Haut, ich war launisch, unglücklich und wenig umgänglich. Ich genoss mein Frühstück nicht. Ich verbrachte den ganzen Tag damit, mein Haar zu kämmen und mich zu schminken. Andere Mädchen übten sich im Kugelstoßen oder verglichen ihre Ergebnisse beim Bogenschießen, ich aber – Wurfspeer und Armbrust interessierten mich nicht, Gartenbau und Eishockey widerten mich einfach an – ich

zog mich an für Den Mann
lächelte für Den Mann
sprach geistreich zu Dem Mann
hatte Mitleid mit Dem Mann
schmeichelte Dem Mann
zeigte Verständnis für Den Mann
unterwarf mich Dem Mann
machte Witze für Den Mann
unterhielt Den Mann
lebte für den Mann.

Dann trat ein neues Interesse in mein Leben. Nachdem ich Janet angerufen hatte – einfach nur so – oder sie hatte mich angerufen (bitte lesen Sie nicht zwischen den Zeilen, dort steht nichts), begann ich zuzunehmen. Mein Appetit steigerte sich, Freunde begrüßten meine wieder erwachte Lebensfreude, und eine schmerzhafte Knöchelverkrümmung, die mich seit Jahren gequält hatte, verschwand einfach über Nacht. Ich erinnere mich nicht einmal mehr an das letzte Mal, als ich ins Aquarium gehen und meine Seufzer ersticken musste, indem ich den Haien zusah. Ich fuhr in geschlossenen Limousinen mit Janet zu Fernsehauftritten, ganz so, wie Sie es schon aus dem letzten Kapitel kennen. Ich beantwortete ihre Fragen, ich kaufte ihr ein Taschenwörterbuch, ich nahm sie mit in den Zoo, ich zeigte ihr nachts die Skyline von New York, als gehörte sie mir persönlich.

Oh, ich brachte diese Frau auf Trab, das können Sie mir glauben!

Nun, in dem Operndrehbuch, das unser Leben regiert, wäre Janet an dieser Stelle auf eine Party gegangen, und auf dieser Party hätte sie einen Mann kennen gelernt, und dieser Mann wäre etwas ganz Besonderes gewesen. Er wäre ihr anders vorgekommen als alle Männer, die sie je getroffen hatte. Später hätte er Komplimente über ihre Augen gemacht und sie wäre vor Freude errötet. Sie hätte das Gefühl gehabt, dass gerade dieses Kompliment irgendwie anders war als alle Komplimente, die sie bisher gehört hatte, weil es von diesem Mann kam. Sie hätte diesem Mann so wahnsinnig gern gefallen, und gleichzeitig spürte sie, wie ihr das Kompliment durch Mark und Bein ging. Sie hätte sich auf den Weg gemacht und Mascara gekauft für die Augen, die von jenem Mann so gelobt worden waren. Und noch später wären sie zusammen spazieren gegangen, und danach wären sie essen gegangen, und diese intimen Tete-a-tetes mit diesem Mann wären anders gewesen als alle anderen Abende, die Janet je erlebt hatte. Und bei Kaffee und Weinbrand hätte er ihre Hand genommen, und später wäre Janet auf der schwarzen Ledercouch in seinem Apartment dahingeschmolzen, ihren Arm auf dem Cocktailtisch (aus elegantem Teakholz) ausgestreckt, hätte ihren Drink mit teurem Scotch abgesetzt und die Besinnung verloren. Sie hätte einfach die Besinnung verloren. Sie hätte gesagt:

Ich Liebe Diesen Mann. Das Ist Der Sinn Meines Lebens. Und dann natürlich, Sie wissen schon, was dann passiert wäre.

Ich brachte sie auf Trab. Ich tat alles, nur eine passende Familie fand ich nicht für sie. Die fand sie selbst, wenn Sie sich erinnern.

Aber ich brachte ihr bei, wie man eine Badewanne benutzt, und ich korrigierte ihr Englisch (ruhig, langsam, die Spur eines Flüsterns im ›se‹, mit einem Hauch Ironie). Ich zog ihr den Arbeiterinnenanzug aus und murmelte (während ich ihr Haar einseifte) Satzfragmente, die ich irgendwie nie beenden konnte:
»Janet, du musst ... Janet, wir dürfen nicht ... aber man hat immer ...«

Das ist etwas anderes, sagte ich, *das ist etwas anderes.*
Ich könnte das nicht, sagte ich, *oh, ich könnte das nicht.*
Was ich sagen will, ist, dass ich es versucht habe. Ich bin ein gutes Mädchen. Ich mache es, wenn du es mir zeigst.

Aber was willst du machen, wenn diese Frau die Hand durch die Wand steckt? (Durch die stuckverzierte Trennwand zwischen Kochnische und Wohnzimmer, um genau zu sein.)
Janet, setz dich.
Janet, lass das.
Janet, tritt nicht nach Jeannine.
Janet!
Janet, nicht!

Ich stelle sie mir vor: höflich, reserviert, uneindringbar förmlich. Sie hielt ihre eigenen Umgangsformen monatelang aufrecht. Dann, glaube ich, entschied sie, dass sie auch ohne Manieren durchkommen konnte. Oder vielleicht auch, dass wir ihr Benehmen nicht würdigten, was sollte es also? Für jemand aus Whileaway muss es etwas Neues gewesen sein, die offizielle Toleranz allem gegenüber, was sie tat oder zu tun versuchte, der Müßiggang, die Aufmerksamkeit, die schon an Vergötterung grenzte. Ich habe das Gefühl, dass jede von ihnen so aufblühen kann (welch ein Glück, dass sie es nicht tun, was?), Jahrhunderte entfernt vom nachgiebigen Netz ihrer Verwandtschaft, umgeben von Barbaren, über Monate im Zölibat und alleine einer Kultur und Sprache ausgeliefert, die sie, wie ich denke, im Grunde ihres Herzens verachtet haben muss.

Ich hauste für sechseinhalb Monate mit ihr zusammen in einer Hotelsuite, die normalerweise ausländische Diplomaten beherbergte. *Ich zog dieser Frau Schuhe an.* Ich hatte einen meiner Träume erfüllt – einer Ausländerin Manhattan zu zeigen – und ich wartete darauf, dass Janet auf eine Party gehen und diesen Mann treffen würde. Ich wartete und wartete. In der Suite lief sie immer nackt herum. Sie hatte einen schrecklich dicken Hintern. Auf dem weißen Wohnzimmerteppich pflegte sie ihre Yogaübungen zu machen, wobei sich die Schwielen an ihren Füßen in seinem weichen Flaum verfingen, ob Sie es glauben oder nicht. Wenn ich Janet Lippenstift auftrug, war für gewöhnlich zehn Minuten später nichts mehr davon zu sehen. Ich zog sie an, und sie strahlte wie eine Dreijährige: freundlich, nett, untadelig höflich. Ihre grausamen Späße erschreckten mich, aber sie machte dann nur noch schlimmere.

Soviel ich weiß, nahm sie nie Verbindung mit ihrer Heimat auf.

Sie wollte einen Mann nackt sehen (wir besorgten Bilder).

Sie wollte ein männliches Baby nackt sehen (wir liehen uns von irgendjemand den kleinen Neffen aus).

Sie wollte Zeitungen, Romane, Geschichtsbücher, Illustrierte, Leute zum Interviewen, Fernsehprogramme, Statistiken über die Gewürznelkenproduktion in Ostindien, Handbücher über Weizenanbau, eine Brücke besuchen (was wir taten). Sie wollte die Baupläne (die wir bekamen).

Sie war ordentlich, aber faul – ich habe sie nie irgendetwas tun sehen.

Das Baby hielt sie äußerst fachgerecht, gurrte es an, drehte sich mit ihm, schaukelte es sanft auf und ab, so dass es zu schreien aufhörte und auf ihr Kinn starrte, so wie es Babys nun mal tun. Dann zog sie es aus. »Tss.« »Ach du meine Güte.« Sie war erstaunt.

Sie schrubbte mir den Rücken und bat mich, den ihren zu schrubben. Sie nahm den Lippenstift, den ich ihr gegeben hatte, und malte Bilder auf die gelben Damastwände. (»Soll das heißen, sie sind nicht *abwaschbar?*«) Ich brachte ihr Herrenmagazine mit, und sie sagte, sie würde daraus nicht schlau. Ich sagte: »Janet, hör auf mit diesen Scherzen«, und sie war überrascht. Sie hatte keine machen wollen. Eines Tages überraschte ich sie dabei, wie sie mit dem Zimmerservice ihre Spielchen trieb. Über das weiße Hoteltelefon rief sie die verschiedenen Nummern an und gab ihnen gegenteilige Aufträge. Diese Frau wählte die Nummern mit ihren Füßen. Ich schleuderte das Telefon quer über eins der Doppelbetten.

»Joanna«, sagte sie. »Ich verstehe dich nicht. Warum soll ich nicht spielen? Es wird niemandem wehtun, und dir schiebt niemand die Schuld zu. Warum also sollte ich diesen Vorteil nicht ausnutzen?«

»Du Lügnerin!«, rief ich. »Du Lügnerin, du verdammte Lügnerin!« Das war alles, was mir einfiel. Sie versuchte verletzt auszusehen, was ihr nicht gelang – sie sah nur blasiert aus –, also wischte sie jeglichen Ausdruck aus ihrem Gesicht und begann von neuem.

»Angenommen, wir gehen von einer hypothetischen Annahme aus –«

»Geh zum Teufel«, antwortete ich. »Zieh dir was an.«

»Vielleicht kannst du mir anhand dieser Sex-Sache erklären«, fuhr sie fort, »warum diese hypothetische Annahme –«

»Warum, zum Teufel, rennst du immer nackt herum?«

»Mein Kind«, sagte sie sanft, »du musst das verstehen. Ich bin weit weg von zu Hause. Ich will fröhlich bleiben, ja? Und was diese Männer angeht – du darfst nicht vergessen, dass sie für mich eine völlig fremde Spezies sind. Man kann es mit einem Hund treiben, oder? Aber doch nicht mit etwas, das dir selbst so unglücklich nahe steht. Verstehst du, wie ich so empfinden kann?«

Meine Würde – durcheinander. Sie widmete sich wieder dem Lippenstift. Wir schafften es, sie anzuziehen. Sie sah ganz passabel aus, bis auf die unglückliche Angewohnheit, mit einem Grinsen im Gesicht herumzuwirbeln, die Hände zu einem Judogriff ausgestreckt. Na ja, schon gut! Ich habe Janet Evason einigermaßen anständige Schuhe angezogen. Sie lächelte. Sie legte den Arm um mich.

Oh, das könnte ich nicht!
?
Das ist etwas anderes.
(Wenn man darauf achtet, hört man diese zwei Sätze sehr oft im Leben. Ich sehe, wie Janet Evason sich schließlich selbst anzieht. Es ist eine Studie in reinster Ehrfurcht, wie sie die halb durchsichtigen Dessous aus Nylon und Spitze eins nach dem anderen ins Licht hält, märchenhafte Gewebe, rosafarbene Elastikstrümpfe – »Oh, wow«, »Ach du meine Güte«, sagt sie –, um sich schließlich völlig verwirrt eins um den Kopf zu wickeln.)

Als sie sich hinunterbeugte, mit freundlich-verdattertem Blick, um mich zu küssen, trat ich nach ihr.

In diesem Moment steckte sie die Faust durch die Wand.

2

Wir gingen auf eine Party am Riverside Drive – inkognito. Janet hielt sich dicht hinter mir. An der Tür, dort hielt sie sich dicht hinter mir. Draußen fiel der Februarschnee. Im vierzigsten Stock traten wir aus dem Aufzug, und ich überprüfte mein Kleid im Korridorspiegel: Mein Haar fühlt sich an, als fiele es nach unten, mein Make-up ist zu dick, nichts ist da, wo es hingehört, vom Schritt der Strumpfhose über den hoch gerutschten BH bis zum Ring, dessen schwerer Stein ihn ständig über den Knöchel gleiten lässt. Und ich trage noch nicht einmal falsche Wimpern. Janet – tierisch frisch – gibt ihren üblichen Trick vom verschwindenden Lippenstift zum Besten. Sie summt leise vor sich hin. Hirnverbrannte Joanna. Um das gesamte Gebäude herum sind Polizisten postiert, Polizisten auf der Straße, Polizisten im Aufzug. Niemand will, dass ihr etwas passiert. Sie stößt vor Aufregung und Freude einen kleinen Jauchzer aus – die erste unkontrollierte Begegnung mit den tierischen Wilden.

»Du sagst mir, was ich tun muss«, meint sie, »nicht wahr?«
Haha. Hihi. Hoho. Was für ein Spaß. Sie hüpft auf und ab.

»Warum konnten sie keinen schicken, der weiß, was er zu tun hat!«, flüstere ich zurück.

»Was *sie* zu tun hat«, sagt sie selbstbewusst und legt sekundenschnell einen anderen Gang ein. »Unter Feldbedingungen kann niemand mit allen Eventualitäten rechnen, verstehst du. Wir sind keine Übermenschen, nicht eine von uns, auch wir glauben an den Sinn allen Lebens, auch des schwachen. Deshalb wählt man eine aus, die man entbehren kann. Es ist wie dieses –«

Ich öffnete die Tür. Janet war dicht hinter mir.

Ich kannte die meisten Frauen dort: Sposissa, dreimal geschieden, Eglantissa, die nur Kleider im Kopf hat, Aphrodissa, die wegen ihrer falschen Wimpern die Augen kaum aufhalten kann, Clarissa, die Selbstmord begehen wird, Lucrissa, deren zerfurchte Stirn zeigt, dass sie mehr Geld macht als ihr Ehemann, Wailissa, die in das ›Ist-es-nicht-furchtbar‹-Spiel mit Lamentissa vertieft ist, Travailissa, die gewöhnlich nur arbeitet, jetzt aber sehr still auf der Couch sitzt, damit ihr Lächeln nicht die Party verdirbt, und die ungezogene Saccharissa, die an der Bar eine Runde Sein-kleines-Mädchen mit dem Gastgeber spielt. Saccharissa ist fünfundvierzig. Genau wie Amicissa, der ›Super Kumpel‹. Ich hielt nach Ludicrissa Ausschau, aber die ist zu direkt, um auf solch eine Party eingeladen zu werden, und natürlich laden wir auch niemals Amphibissa ein, aus verständlichen Gründen.

Wir spazierten hinein, Janet und ich, die rechte und die linke Hand einer Bombe. Man könnte wirklich sagen, dass sich alle gut amüsierten. Ich stellte sie jedem einzelnen Gast vor. Meine Kusine aus Schweden. (Wo ist Domicissa, die in der Öffentlichkeit nie den Mund aufmacht? Und Dulcississa, deren Standardsatz »Oh, du siehst wundervoll aus!« heute Abend seltsamerweise nicht die Luft schwängert?) Ich beschattete Janet.

Ich spielte mit meinem Ring.

Ich wartete auf eine Bemerkung, die mit den Worten »Frauen ...« oder »Frauen können nicht ...« oder »Warum machen Frauen ...« beginnt, und hielt eine oberflächliche Konversation zu meiner Rechten aufrecht. Links neben mir stand Janet: sehr aufrecht, mit strahlenden Augen, von Zeit zu Zeit schnell den Kopf drehend, um den Lauf der Ereignisse auf der Party zu verfolgen. In solchen Momenten, wenn ich mich down fühle, wenn ich verzagt bin, kommen mir Janets Wachsamkeit wie eine Parodie auf die Wachsamkeit und ihre Energie unerträglich hoch vor. Ich hatte Angst, sie würde vor Lachen herausplatzen. Irgendjemand (männlich) holte mir einen Drink.

EINE RUNDE »SEIN-KLEINES-MÄDCHEN«

SACCHARISSA: Ich Bin Dein Kleines Mädchen.
GASTGEBER (schmeichelnd): Bist du das wirklich?
SACCHARISSA (selbstgefällig): Ja, das bin ich.
GASTGEBER: Dann musst du aber auch ganz schön dumm sein.

GLEICHZEITIG STATTFINDENDE RUNDE: »IST-ES-NICHT-FURCHTBAR«

LAMENTISSA: Wenn ich den Fußboden geschrubbt habe und er kommt nach Hause, sagt er nie, wie wunderschön alles aussieht.
WAILISSA: Nun, Schätzchen, ohne ihn können wir nun mal nicht leben, oder? Du musst es eben noch *besser* machen.
LAMENTISSA (wehmütig): *Du* kannst das besser, da gehe ich jede Wette ein.
WAILISSA: Ich wische den Fußboden besser auf als sonst irgendeine Frau, die ich kenne.
LAMENTISSA (aufgeregt): Hat er dir jemals gesagt, dass er wunderschön aussieht?
WAILISSA (aufgelöst): Er sagt überhaupt nichts.

(Jetzt folgt der Chor, der dem Spiel seinen Namen gibt. Ein vorübergehendes männliches Wesen, das den Dialog mitgehört hatte, bemerkte: »Ihr Frauen habt es gut, dass ihr nicht zur Arbeit zu gehen braucht.«)
Jemand, den ich nicht kannte, kam auf uns zu: scharfsinnig,

schütteres Haar, die Brille reflektiert zwei Flecken Lampenlicht. Ein langer, schlanker, akademisch gebildeter, mehr-oder-weniger junger Mann.

»Möchten Sie etwas trinken?«

Janet gab ein lang gezogenes »A-a-a-a-h« von sich, mit übersteigertem Enthusiasmus. Lieber Gott, lass sie sich nicht blamieren. »Was gibt es denn?«, antwortete sie prompt. Ich stellte meine Kusine aus Schweden vor.

»Scotch, Punsch, Rum-Cola, Rum, Ginger-Ale?«

»Was ist das?« Ich glaube, dass sie nicht zu schlecht aussah, selbst wenn man es kritisch betrachtete. »Ich meine«, sagte sie (sich selbst korrigierend), »was für eine Art Droge ist das? Entschuldigen Sie, mein Englisch ist nicht so gut.« Sie wartet und scheint mit allem höchst zufrieden. Sie lächelt.

»Alkohol«, antwortet er.

»*Äthyl*alkohol?« In einer unfreiwillig komischen Geste legt sie sich die Hand aufs Herz. »Der wird doch aus Getreide gemacht, oder? Aus Nahrungsmitteln? Kartoffeln? Oje! Was für eine Verschwendung!«

»Warum sagen Sie so etwas?«, fragt der junge Mann lachend.

»Weil es eine Verschwendung ist, wenn man Nahrungsmittel vergären lässt«, sagt meine Janet. »Jedenfalls sehe ich das so! Anbau, Düngemittel, Pestizide, Erntearbeiten und so weiter – alles umsonst. Dann geht beim Gärungsprozess noch einen Großteil der Kohlenhydrate verloren. Wenn Sie mich fragen, sollten Sie *Cannabis* anbauen – und wie mir meine Freundin erzählte, tun Sie das auch schon – und das Getreide sollten Sie den hungernden Menschen geben.«

»Na, Sie sind aber charmant«, sagt er.

»Hä?« (Das ist Janet). Um eine Katastrophe zu vermeiden, gehe ich dazwischen und signalisiere ihm mit den Augen, dass sie wirklich charmant ist und dass wir tatsächlich etwas zu trinken wollen.

»Du hast gesagt, ihr hättet Cannabis«, gibt Janet leicht gereizt zurück.

»Er ist noch nicht richtig getrocknet, er würde dich zum Husten bringen«, sage ich. Sie nickt gedankenvoll. Ohne zu fragen weiß ich, was ihr durch den Kopf geht: die ordentlichen Felder auf Whileaway, die jahrhundertealten Mutationen und Kreuzungen der Cannabispflanze, die kleinen, mit Marihuana bepflanzten Gartenparzellen, die (soviel ich weiß) von Siebenjährigen angelegt werden. Vor einigen Wochen hatte sie tatsächlich unser Kraut probiert. Sie hatte schrecklich husten müssen.

Der junge Mann kam mit unseren Drinks zurück, und während ich ihm signalisierte, Bleiben Sie, bleiben Sie ruhig, sie ist harmlos, sie ist unschuldig, verzog Janet das Gesicht und versuchte das Zeug in einem Schluck zu trinken. Da wusste ich, dass es auch Momente gab, in denen ihr Humor mit ihr durchging. Sie lief rot an. Sie hustete, als würde sie gleich explodieren.

»Es ist grauenhaft!«

»*Nippen*, nur daran *nippen*«, sagte er und amüsierte sich königlich.

»Ich mag nicht mehr.«

»Ich sag Ihnen was«, verkündete er liebenswürdig, »ich mixe Ihnen einen, den Sie *bestimmt* mögen.« (Jetzt folgt ein kurzes Zwischenspiel: Wir stoßen einander an und flüstern ungestüm aufeinander ein: »Janet, wenn du –«)

»Aber es schmeckt mir nicht«, sagte sie einfach. Das kannst du hier einfach nicht machen. Vielleicht auf Whileaway, aber nicht hier.

»Versuchen Sie es«, drängte er.

»Das habe ich schon«, sagte sie abgeklärt. »Es tut mir Leid, ich warte auf etwas zu rauchen.«

Er nimmt ihre Hand und schließt ihre Finger um das Glas, während er ihr spielerisch mit dem Zeigefinger droht: »Ach kommen Sie, das glaube ich Ihnen nicht. Sie haben mich doch dazu gebracht, Ihnen den Drink zu holen …«, und da unser Flirtverhalten sie anscheinend erbleichen lässt, zwinkere ich ihm zu und scheuche sie in die Ecke des Apartments, wo der süße Rauch aufsteigt. Sie probiert etwas und nimmt hustend einen Zug. Mürrisch geht sie zur Bar zurück.

EIN AUTOHERSTELLER AUS LEEDS (affektiert): Ich höre so viel über die Neue Frauenbewegung hier in Amerika. So was ist doch nicht notwendig, oder? (Er strahlt über das ganze Gesicht, als hätte er gerade ein Zimmer voller Leute glücklich gemacht.)
SPOSISSA, EGLANTISSA, APHRODISSA, CLARISSA, LUCRISSA, WAILISSA, LAMENTISSA, TRAVAILISSA (mein Gott, wie viele davon sind eigentlich hier?), SACCHARISSA, LUDICRISSA (sie kam später herein):
Oh nein, nein, nein! (Sie alle lachen.)

Als ich wieder zur Bar kam, steuerte Clarissa unbeirrbar auf ihren neuesten Herzensbruch zu. Ich sah, wie Janet breitbeinig dastand – eine Tochter Whileaways lässt sich nicht unterkriegen! – und versuchte, einen mehr als dreistöckigen Rum pur hinunterzukippen. Ich schätze, der erste Geschmack ist schnell vergessen. Ihr Gesicht glühte vor Eifer und Erfolg.
ICH: Du bist an das Zeug nicht gewöhnt, Janet.
JANET: Okay, ich hör schon auf.
(Wie alle Ausländer ist sie von dem Wort ›Okay‹ fasziniert und hatte es während der letzten vier Wochen bei jeder sich bietenden Gelegenheit angebracht.)
»Obwohl es ganz schön hart ist, überhaupt nichts zu haben«, sagt sie ernst. »Ich glaube, ich verrate kaum ein Geheimnis, meine Liebe, wenn ich sage, dass ich deine Freunde nicht mag.«
»Um Himmels willen, das sind nicht meine Freunde. Ich komme nur hierher, um Leute zu treffen.«
?
»Ich komme her, um Männer zu treffen«, sagte ich. »Setz dich, Janet.«
Diesmal war es ein Ingwerschnurrbart. Jung. Nett. Fiel auf. Geblümte Weste. Hip. (hip?)
Schallendes Gelächter dringt aus der Ecke, wo Eglantissas neueste Eroberung eine Kette aus Büroklammern hoch hält und schüttelt. Wailissa wuselt ineffektiv um ihn herum. Eglantissa – die mehr und mehr einer Leiche ähnelt – sitzt in einem verschwende-

rischen, brokat-überzogenen Sessel und klammert sich an ihrem Drink fest. Blauer Rauch kräuselt sich um ihren Kopf.

»Hallo«, sagt Ingwerschnurrbart. Ehrlich. Jung.

»Oh, wie geht es Ihnen?«, sagt Janet. Sie erinnerte sich an ihre guten Manieren. Ingwerschnurrbart zaubert ein Lächeln und ein Zigarettenetui hervor.

»Marihuana?«, fragt Janet hoffnungsvoll. Er kichert.

»Nein. Möchten Sie einen Drink?«

Sie schmollt.

»Na schön, dann möchten Sie eben keinen. Und Sie sind ...«

Ich stelle meine Kusine aus Schweden vor.

»Warum zersetzt ihr Leute auf diese Weise Nahrungsmittel?«, platzt sie heraus. Es scheint sie immer noch zu beschäftigen. Ich erkläre alles.

»Es ist eine Krankheit«, sagt er. »Ich stehe nicht auf Alkohol, das ist nicht mein Ding. Ich gebe Ihnen vollkommen Recht. Wenn das so weitergeht, ersaufen die Leute noch in dem Zeug.«

(Amicissa träumt: Vielleicht wird er nicht die unersättliche Eitelkeit, die ungeschickte Aggressivität und die Schnelligkeit haben, jede geringfügige oder eingebildete Nachlässigkeit übel zu nehmen. Vielleicht wird er nicht die ganze Zeit der tollste Hecht sein wollen. Und er wird keine Verlobte haben. Und er wird nicht verheiratet sein. Und er wird nicht schwul sein. Und er wird keine Kinder haben. Und er wird nicht sechzig sein.)

»A-a-ah«, sagt Janet, während sie langsam ausatmet. »Ja. Aha.«

Ich ließ sie eine Weile allein. Ich war wachsam, zu allem bereit. Ich war reizend. Ich lächelte.

Mein BH kniff.

Als ich zurückkehrte, hatten sie die Stufe Diskutieren-wir-seine-Arbeit erreicht. Er war Lehrer an der High School, stand aber kurz vor dem Gefeuertwerden. Wegen seiner Krawatten, nehme ich an. Janet war sehr interessiert. Sie erwähnte die ... äh ... Kindertagesstätten ... nun, in Schweden ... und zitierte:

»Bei uns gibt es ein Sprichwort: Wenn das Kind zur Schule

geht, heulen beide, Mutter und Kind. Das Kind, weil es von der Mutter getrennt wird, und die Mutter, weil sie wieder arbeiten muss.«

»Die enge Bindung zwischen Mutter und Kind ist sehr wichtig«, sagte Ingwerschnurrbart missbilligend. (»Entschuldigen Sie, lassen Sie mich das Kissen hinter Ihren Rücken legen.«)

»Trotzdem bin ich sicher, dass viele schwedische Mütter ihre Kinder großartig finden«, fügte er hinzu.

»Hä?«, gab meine Janet von sich. (Er schrieb es ihren mangelnden Englischkenntnissen zu und ließ sich erweichen.)

»Hören Sie«, sagte er. »Ich möchte, dass Sie irgendwann mal meine Frau kennen lernen. Ich weiß, das hier ist kein guter Ort – ich meine, Sie hier unter all diesen geklonten Abziehbildern zu treffen, ja? – aber *eines Tages* werden Sie nach Vermont heraufkommen und meine Frau kennen lernen. Es ist großartig dort, und immer viel los. Wir haben sechs Kinder.«

»Sechs, um die Sie sich gleichzeitig kümmern?«, fragte Janet mit beträchtlichem Respekt.

»Natürlich«, sagte er. »Sie sind jetzt alle in Vermont. Aber wenn ich das Theater mit meinem Job hinter mir habe, gehe ich auch dorthin zurück. Grokken Sie das?«

Er meint, ob du das verstehst, Janet. Sie entschied der Einfachheit halber ja zu sagen.

»Hey!«, sagte Ingwerschnurrbart und sprang auf die Füße. »Toll, dass ich Sie getroffen habe. Sie sind wirklich ein Klasseweib. Ich meine, Sie sind eine *Frau*.«

Sie sah an sich herunter. »Was?«

»Ach, der Slang. Tut mir Leid. Sie sind eine sehr nette Person, meinte ich. Es war mir ein Vergnügen, Sie – kennen – zu – lernen.«

»Sie kennen mich doch gar nicht.« Sie stellte ihren Gesichtsausdruck auf bösartig um. Nicht richtig bösartig anfangs, eher ärgerlich-frustriert. Sie trommelte mit den Fingern auf dem Tisch und signalisierte ihm: Jetzt-sieh-mir-mal-in-die-Augen-und-erklär-mir-das. Sie ist schon ganz schön verdorben, auf ihre Art.

»Ja, ich weiß«, sagte er. »Wie könnten wir uns in zehn Minuten kennen gelernt haben, hm? Das stimmt. Es ist nur eine formelle Phrase: FreutmichSiekennengelerntzuhaben.«

Janet kicherte.

»Oder etwa nicht?«, sagte er. »Ich sag Ihnen was, Sie geben mir Ihren Namen und Ihre Adresse.« (Sie nannte ihm meine.) »Ich schreibe Ihnen. Ich werde Ihnen einen Brief schreiben.« (Kein übler Bursche, dieser Ingwerschnurrbart.) Er stand auf und sie stand auf; irgendetwas muss diese Idylle unterbrechen. Saccharissa, Ludicrissa, Travailissa, Aphrodissa, Clarissa, Sposissa, Domicissa, die ganze Bande, sogar Carissa höchstpersönlich, haben eine feste Mauer um dieses Paar gebildet. Sie halten den Atem an. Schließen Wetten ab. Joanissa war in einer Ecke zusammengesunken und betete. Ingwerschnurrbart brach auf und Janet folgte ihm auf den Korridor hinaus und stellt ihm dabei unablässig Fragen. Sie ist ein gutes Stück größer als er. Sie will alles wissen. Entweder macht ihr sein fehlendes sexuelles Interesse nichts aus, oder – was bei Ausländern durchaus üblich ist – sie zieht es so vor. Obwohl er verheiratet ist. Das grelle Licht aus der Kochnische fällt auf Janet Evasons Gesicht, und auf der einen Seite, von der Braue bis zum Kinn, wird eine seltsame, dünne Linie sichtbar. Hatte sie einen Unfall gehabt?

»Ach, *das!*«, sagt Janet Evason kichernd, beugt sich vor (obwohl ihr Partykleid sie etwas einengt), lacht und keucht in kurzen, femininen Gluckern die Tonleiter von oben nach unten, heiser und melodisch. »Ach, *das!*«

»Das stammt aus meinem dritten Duell«, sagt sie. »Wollen Sie mal fühlen?« Mit diesen Worten führt sie Schnurrbarts Hand (seinen Zeigefinger, eigentlich) an ihrem Gesicht entlang.

»Aus Ihrem was?«, erwidert Schnurrbart und erstarrt augenblicklich zur attraktiven Statue eines netten jungen Mannes.

»Aus meinem Duell«, sagt Janet. »Zu dumm. Nun, ich komme nicht aus Schweden, nicht wirklich. Sie haben schon von mir gehört. Ich war im Fernsehen. Ich bin die Gesandte von Whileaway.«

»Mein Gott«, stößt er hervor.

»Schhhh, sagen Sie es niemandem.« (Sie ist sehr zufrieden mit sich. Sie gluckst.) »*Diesen* Schnitt habe ich mir in meinem dritten Duell eingehandelt. Und *den* hier – er ist schon fast nicht mehr zu sehen – in meinem zweiten. Nicht schlecht, was?«

»Sind Sie sicher, dass Sie nicht Fechten meinen?«, sagt Ingwerschnurrbart.

»Nein, verdammt«, widerspricht Janet ungeduldig. »Ich habe es Ihnen doch gesagt – im Duell.« Und mit einem melodramatischen Ruck zieht sie sich den Zeigefinger quer über die Kehle. Jetzt kommt Schnurrbart dieses verrückte Huhn gar nicht mehr so nett vor. Er schluckt.

»Und worum kämpft ihr – Mädchen?«

»Sie wollen sich wohl über mich lustig machen«, sagt Janet. »Wir kämpfen wegen unseres hitzigen Temperaments – weswegen sonst? Unverträglichkeit ist bei uns eine Charaktereigenschaft. Es ist nicht mehr so verbreitet wie früher, aber was willst du machen, wenn du sie nicht ausstehen kannst und sie dich auch nicht leiden kann.«

»Sicher«, sagt Ingwerschnurrbart. »Also dann, auf Wiedersehen.«

Plötzlich tat er Janet Leid.

»Das ... äh, ich schätze, das ist ziemlich barbarisch, oder?«, sagt sie. »Ich möchte Sie um Verzeihung bitten. Sie werden schlecht von uns denken. Sie müssen verstehen, ich habe das alles hinter mir gelassen. Ich bin jetzt erwachsen, ich habe eine Familie. Wir können doch Freunde bleiben, oder?« Sie blickt traurig auf ihn herab, ein wenig schüchtern, darauf gefasst, eine Abfuhr zu bekommen. Aber dazu fehlt es ihm an Mumm.

»Sie sind eine Klasseweib«, sagt er. »Eines Tages kommen wir noch mal zusammen. Aber duellieren Sie sich nicht mit *mir*.«

Sie scheint überrascht. »Hä?«

»Ja, Sie müssen mir alles über sich erzählen«, fährt Ingwerschnurrbart fort. Er lächelt und überlegt. »Sie können meine Kinder kennen lernen.«

»Ich habe eine Tochter«, sagt Janet. »Babybalg Yuriko.« Er lächelt.

»Wir haben selbst gemachten Wein. Einen Gemüsegarten. Sara baut die Sachen selbst an. Es ist eine tolle Gegend.« (Er hat jetzt seinen Dufflecoat angezogen, nachdem er eine Weile im Garderobenschrank herumgesucht hat.) »Erzählen Sie mir, was Sie so machen. Ich meine, wie verdienen Sie Ihren Lebensunterhalt?«

»Whileaway ist nicht jetzt-und-hier«, beginnt Janet. »Sie würden es nicht verstehen. Ich schlichte Familienstreitigkeiten, ich passe auf Leute auf, es ist …«

»Sozialarbeit?«, fragt Ingwerschnurrbart und streckt uns seine feingliedrige, gebräunte, schwielenfreie Hand entgegen, die Hand eines Intellektuellen. Aber ich habe mein Herz gehärtet und spähe mit der göttlichen Erleichterung meiner weiblichen Ironie und meiner weiblichen Zähne hinter Janet Evason hervor: »Sie ist ein Bulle. Sie wirft Leute ins Gefängnis.«

Ingwerschnurrbart ist erschrocken und weiß, dass man es ihm ansieht, lacht über sich, schüttelt den Kopf. Welch eine Spalte klafft zwischen den Kulturen! Aber wir grokken. Wir schütteln uns die Hände. Er begibt sich wieder unter die Partygäste, um Domicissa zu holen, die er am Handgelenk (sie protestiert schweigend) zum Garderobenschrank zieht. »Zieh deinen gottverdammten Mantel an! Mach schon!« Ich hörte nur ein wütendes, aufgebrachtes Geflüster, dann putzte sich Domicissa die Nase.

»Also dann, tschüß! Hallo, bis dann!«, rief er.

Seine Frau ist in Vermont. Domicissa ist nicht seine Frau.

Janet hatte mich gerade gebeten, ihr das Ehesystem Nordamerikas zu erklären.

Saccharissa hatte eine Kinderschnute gezogen und soeben gesagt: »Ich aa-mes kleines Ding. 'türlich muss ich befreit werden!«

Aphrodissa saß bei irgendwem auf dem Schoß, ihre linken Wimpern hingen halb daneben. Janet wusste nicht mehr weiter. Lass gut sein. Schließ ein Auge. Sieh dich unauffällig um. Ein schwer beschäftigtes Pärchen, küssend und fummelnd. Langsam zog sich Janet zur anderen Seite des Zimmers zurück, und dort trafen wir den schlanken Akademiker mit der Brille. Er ist schlau, nervös und schlau. Er gab ihr einen Drink und sie trank.

»Sie mögen es also *doch!*«, bemerkte er provozierend.

»Was ich gern sehn würde«, sagte Saccharissa mit großer Anstrengung, »is'n Wettkampf zwischen den Athletinnen bei den Olympischen Spielen und den Athleten. Ich kann mir nich vorstelln, dass die weiblichen Athleten auch nur inni *Nähe* von'n Leistungen der männlichen komm wüaden.«

»Aber die amerikanischen Frauen sind so *außergewöhnlich*«, sagte der Mann aus Leeds. »Ihre alles erobernde Energie, verehrte Dame, diese weltweite amerikanische Effizienz! Wozu benötigt ihr sie, verehrte Damen?«

»Wozu? Um die Männer zu erobern!«, schrie Saccharissa schmetternd.

»In maim Kinderhiän«, imitierte Janet sehr treffend, »foamt sich langsam 'ne b'stimmte Übazeugung.«

»Die Überzeugung, dass jemand beleidigt wird?«, fragte Schlaue Brille. In Wirklichkeit sagte er das natürlich nicht.

»Lass uns gehen«, meinte Janet. *Ich weiß, dies ist die falsche Party, aber wo willst du die richtige Party finden?*

»Oh, Sie wollen doch nicht etwa schon gehen!«, sagte Schlaue Brille energisch. Und dabei zuckte er auch noch; sie zucken immer so herum. »Doch, das will ich«, sagte Janet.

»Aber nein, natürlich nicht«, entgegnete er. »Sie fangen doch gerade an, sich zu amüsieren. Die Party kommt ja erst in Schwung. Hier« (er drückte uns auf die Couch), »ich hole Ihnen noch einen.«

Du bist an einen seltsamen Ort geraten, Janet. Denk an deine guten Manieren.

Er kam mit einem weiteren Glas zurück, und sie trank auch dieses. O-oh. Bis sie sich wieder erholt hatte, machten wir Trivialkonversation. Er beugte sich vertrauensselig vor. »Was halten *Sie* von der Neuen Frauenbewegung, hm?«

»Was ist ...« (sie versuchte es erneut), »was ist ... mein Englisch ist nicht so gut. Können Sie das genauer erklären?«

»Nun, was halten Sie von den Frauen allgemein? Sind Sie der Ansicht, dass sie mit den Männern konkurrieren können?«

»Ich kenne keine Männer.« Allmählich wird sie ungehalten.

»Ha ha!«, sagt Schlaue Brille. »Ha ha ha! Ha ha!« (Genau so lachte er, in kleinen, abgehackten Ausbrüchen.) »Ich heiße Ewing, und Sie?«

»Janet.«

»Nun, Janet, ich werde Ihnen sagen, was *ich* von der Neuen Frauenbewegung halte. Ich denke, es ist ein Fehler. Ein schlimmer Fehler.«

»Oh«, sagte Janet ausdruckslos. Ich trat sie, ich trat sie, ich trat sie.

»Ich habe überhaupt nichts gegen die Intelligenz der Frauen«, sagte Ewing. »Einige meiner Kollegen sind Frauen. Es liegt nicht an der Intelligenz der Frau. Es liegt an ihrer Psychologie. Nicht?«

Er versucht nur, unterhaltsam zu sein. Er weiß nicht, wie er es sonst anstellen soll. Schlag ihn nicht.

»Was Sie nicht vergessen dürfen, ist die Tatsache, dass die meisten Frauen schon jetzt emanzipiert sind«, sagte Ewing und zerfetzte energisch eine Papierserviette. »Sie mögen, was sie tun. Und sie tun es, weil sie es mögen.«

Janet, nicht!

»Und nicht nur das, ihr Mädchen geht die Sache auch noch von der falschen Seite an.«

Du befindest dich im Haus fremder Leute. Sei höflich.

»Ihr könnt die Männer nicht auf ihren eigenen Gebieten herausfordern«, sagte er. »Keiner würde sich mehr darüber freuen, wenn die Frauen alle ihre Rechte bekämen, als ich. Wollen wir uns nicht setzen? Na also. Wie ich schon sagte, ich bin ganz dafür. Bringt eine dekorative Note ins Büro, nicht? Ha ha! Ha ha ha! Ungleiche Bezahlung ist eine Schande. Aber Sie müssen mal bedenken, Janet – Frauen sind gewissen physischen Einschränkungen unterworfen« (hierbei nahm er die Brille ab, putzte sie mit einem kleinen gezackten blauen Wolltuch und setzte sie wieder auf), »und Sie müssen innerhalb Ihrer physischen Begrenzungen arbeiten.«

»Zum Beispiel«, fuhr er fort, ihr Schweigen fälschlicherweise für Weisheit haltend, während im Hintergrund Ludicrissa über irgendetwas »Wie wahr, wie wahr«, murmelte, »müssen Sie in Betracht ziehen, dass es allein in New York City jedes Jahr zweitausend Vergewaltigungen gibt. Damit will ich natürlich nicht sagen, dass dies eine gute Sache ist, aber man muss es in Betracht ziehen. Männer sind körperlich stärker als Frauen, wissen Sie.«

(Stellen Sie sich vor: Ich, hinter der Couch, zerre an ihrem Haar wie eine Homunkula, schlage sie auf den Kopf, bis sie es nicht mehr wagt, den Mund aufzumachen.)

»Natürlich sind Sie keine dieser ... äh ... Extremistinnen, Janet«, fuhr er fort. »Diese Extremistinnen ziehen diese Dinge nicht in Betracht, oder? Natürlich nicht! Wohlgemerkt, ich will nicht die ungleichen Löhne verteidigen, aber bestimmte Tatsachen müssen wir einfach in Betracht ziehen. Oder etwa nicht? Übrigens, ich mache zwanzigtausend im Jahr. Ha! Ha ha ha!« Und wieder bekam er seinen abgehackten Lachanfall.

Sie quiekte irgendetwas – denn ich drückte ihr den Hals zu.

»Was?«, fragte er. »Was haben Sie gesagt?« Er musterte sie kurzsichtig. Unser Kampf musste ihrem Gesichtsausdruck eine außergewöhnliche Intensität verliehen haben, denn er schien sehr geschmeichelt von dem, was er sah. Er wandte den Kopf scheu zur Seite, blickte sie verstohlen aus den Augenwinkeln an, um dann mit einem Ruck den Kopf in die Normalstellung zurückschnellen zu lassen.

»Sie sind eine gute Gesprächspartnerin«, sagte er. Dann begann er leicht zu schwitzen. Er ließ die Fetzen seiner Serviette von einer Hand in die andere wandern. Er warf sie zu Boden und rieb sich die Handflächen sauber. Jetzt wird er es tun.

»Janet ... äh ... Janet, ich frage mich, ob Sie ...«, er tastete blind nach seinem Glas, »das heißt ... äh ... ob Sie ...«

Aber wir waren weit davon entfernt und warfen Mäntel aus dem Kleiderschrank wie ein Geysir.
Ist das deine Art zu flirten!
»Nicht ganz«, sagte ich. »Sieh mal –«
Baby, Baby, Baby. Es ist der Gastgeber, betrunken genug, um keine Rücksicht zu nehmen.
O-oh. Immer schön Dame bleiben.
Sie zeigte ihm all ihre Zähne. Alle. Er sah ein Lächeln.
»Du bist hübsch, Schätzchen.«
»Danke. Ich gehe jetzt.« (Gut für sie.)
»Neee«, und er nahm uns beim Handgelenk. »Nee, du gehst *nicht*.«
»Lassen Sie mich sofort los«, sagte Janet.
Sag es laut. Jemand wird dir zu Hilfe eilen.
Kann ich mir nicht selbst helfen?
Nein.
Warum nicht?
Die ganze Zeit über knabberte er an ihrem Ohr, und ich zeigte meinen Ekel, indem ich mich erschrocken in einer Ecke zusammenkauerte, immer ein Auge auf die Party gerichtet. Alle schienen belustigt.

»Gib mir einen Abschiedskuss«, sagte der Gastgeber, der unter anderen Umständen als attraktiv durchgegangen wäre, ein massiger Marinesoldat, sozusagen. Ich stieß ihn weg.
»Was'n los? Bist wohl ein bisschen prüde, was?«, sagte er und schloss uns in seine starken Arme und so weiter – na ja, ganz so stark waren sie nun auch wieder nicht, ich will Ihnen nur das Gefühl dieser Szene vermitteln. Schreit man, so sagen die Leute, man sei melodramatisch, gibt man nach, ist man eine Masochistin, wirft man ihm Schimpfwörter an den Kopf, ist man eine Schlampe. Wenn du ihn schlägst, bringt er dich um. Das Beste ist, alles stumm zu ertragen und auf einen Retter zu hoffen. Aber mal angenommen, der Retter kommt nicht?

»Lass los, du ——«, rief Janet (ein russisches Wort, das ich nicht verstand).

»Ha ha, versuch's doch«, sagte der Gastgeber mit gespitzten Lippen und quetschte ihre Handgelenke. »Versuch's doch, versuch's doch«, und er wackelte zweideutig mit den Hüften.

Nein, nein, immer schön Dame bleiben.

»Machen sich Menschen auf diese Art den Hof?«, rief sie. »Ist das Freundschaft? Ist das Höflichkeit?« Sie hatte eine ungewöhnlich laute Stimme. Er lachte und schüttelte sie an den Handgelenken.

»Ihr Wilden!«, schrie sie. Stille hatte sich über die Party gesenkt. Der Gastgeber blätterte eifrig in seinem Büchlein über die besten Erwiderungen, konnte aber nichts finden. Dann schlug er unter dem Stichwort »Wilde« nach, nur um sich durch die Attribute ermutigt zu fühlen: »maskulin, brutal, viril, kraftvoll, gut.« Also lächelte er breit und legte das Buch beiseite.

»Mach nur so weiter, Schwester«, meinte er.

Also stieß sie ihn zu Boden. Es geschah blitzschnell, und da lag er nun auf dem Teppich. Wie wahnsinnig blätterte er sich durch das kleine Buch, was soll man unter solchen Umständen auch anderes tun? (Es war ein kleines, in falsches – entschuldigen Sie bitte – Leder gebundenes blaues Bändchen, wie es, glaube ich, Highschool-Absolventen mit auf den Weg gegeben wird. Auf dem Umschlag stand in goldenen Lettern: VERHALTENSREGELN FÜR ALLE SITUATIONEN.)

»Hure!« (blätter, blätter, blätter) »Prüde Zicke!« (blätter, blätter) »Nussknacker!« (blätter, blätter, blätter, blätter) »Gottverdammtes Krebsgeschwür!« (blätter, blätter) »Kastriererin!« (blätter) »Denkt wohl, ihre sei aus Gold!« (blätter, blätter) »*Das hättest du besser nicht getan!*«

Was ist?, fragte Janet auf Deutsch.

Er gab ihr zu verstehen, dass sie einmal an Gebärmutterkrebs sterben würde.

Sie lachte.

Er gab ihr außerdem zu verstehen, dass sie seine guten Manieren unfairerweise zu ihrem Vorteil nutzte.

Sie brüllte vor Lachen.

Er machte im selben Text weiter und sagte ihr, wenn er nicht ein solcher Gentleman wäre, würde er ihre stinkenden Scheißzähne bis in ihren stinkenden, beschissenen Arsch rammen.

Sie zuckte die Achseln.

Er sagte ihr, sie sei ein dermaßen widerwärtiges, beschissenes, kotzbrockenhaftes, verficktes, potthässliches Arschloch, dass bei ihrem Anblick kein normaler Mann im Umkreis einer halben Meile eine Erektion halten könne.

Sie sah verdattert aus. (»Joanna, das sind doch Beleidigungen, oder?«)

Er stand auf. Ich glaube, er fand seine Selbstbeherrschung wieder. Er wirkte nicht annähernd so betrunken wie vorher. Er zog sein Sportjackett zurecht und klopfte sich den Staub von den Ärmeln. Er sagte, sie hätte sich wie eine Jungfrau benommen, die nicht weiß, was sie tun soll, wenn ein Kerl Annäherungsversuche macht. Wie eine gottverdammte, verschreckte kleine Jungfrau.

Die meisten von uns wären mit einem solchen Ausgang ganz zufrieden gewesen, was, meine Damen?

Janet knallte ihm eine.

Ich glaube nicht, dass sie ihm wehtun wollte. Es war eher ein großer, theatralischer Auftritt, sein Stichwort für weitere Beleidigungen und Rangeleien, ein verächtlicher Achte-besser-auf-deine-Deckung-Schlag, der ihn in Wut versetzen sollte – was auch hervorragend klappte.

DER MARINE SAGTE: »DU BLÖDE NUTTE, DICH MACH ICH FERTIG!«

Der arme Mann.

Ich konnte die Lage nicht sehr gut überblicken, denn ich hatte mich anfangs hinter der Schranktür in Sicherheit gebracht, aber ich sah, wie er sich auf sie stürzte und sie ihn zu Boden warf. Er kam wieder auf die Beine, aber sie wich ihm erneut aus und versetzte ihm einen Stoß. Diesmal krachte er gegen die Wand – ich glaube, sie war ein wenig beunruhigt, weil sie keine Zeit hatte, einen Blick hinter sich zu werfen, wo das Zimmer doch voller Leute war –, dann stand er wieder, und diesmal blieb er stehen und wartete schwankend ab, was sie tun würde. Und nun geschah etwas sehr Kompliziertes – er stieß einen Schrei aus, und sie war plötzlich hinter ihm und wandte einen wohl überlegten, präzisen Griff an, die Stirn konzentriert in Falten gelegt.

»Ziehen Sie nicht so«, sagte sie. »Sie werden sich noch den Arm brechen.«

Also zog er. Der kleine kunstlederne Ratgeber flog in hohem Bogen zu Boden, von wo ich ihn aufhob. Es herrschte eine furchtbare Stille. Ich schätze, der Schmerz hatte ihm die Sprache verschlagen.

Sie fragte ihn mit amüsiertem Wohlwollen: »Warum, um alles in der Welt, wollen Sie kämpfen, wenn Sie nicht wissen, wie man das macht?«

Ich holte meinen Mantel und Janets Mantel und brachte uns hier heraus, geradewegs in den Aufzug. Dort schlug ich die Hände über dem Kopf zusammen.

»Warum hast du das getan?«

»Er hat mich ein Baby genannt.«

Das kleine blaue Buch hüpfte in meiner Handtasche herum. Ich nahm es heraus und schlug seine letzte Redewendung auf (»Du blöde Nutte« und so weiter). Darunter stand geschrieben: *Mädchen gibt auf – weint – Männlichkeit ist wiederhergestellt.* Unter »Echter Kampf mit Mädchen« war gedruckt: *Nicht wehtun (außer Huren).* Ich holte mein eigenes, rosarotes Büchlein hervor, das wir alle mit uns herumtragen, schlug die Instruktionen unter »Brutalität« auf und fand:

An den Wutanfällen des Mannes ist die Frau schuld. Auch für die Wiedergutmachung danach ist die Frau zuständig.

Es gab einige Unterpunkte, einen (verstärkend) unter »Management« und einen (außergewöhnlich) unter »Martyrium«. Alles in meinem Buch fängt mit »M« an.

Sie passen so gut zusammen, die beiden.

»Ich kann mir nicht vorstellen, dass du hier glücklich wirst«, sagte ich zu Janet.

»Wirf sie beide weg, Liebste«, antwortete sie.

3

Warum tut man so, als kämpfe man (sagte sie), wenn man gar nicht kämpfen kann? Warum gibt man überhaupt etwas vor? Ich stehe natürlich im Training, das ist mein Beruf, und es macht mich verdammt wütend, wenn mir jemand Schimpfwörter an den Kopf wirft. Aber warum wirft man jemandem Schimpfwörter an den Kopf? Immer diese unangenehme Aggression. Gut, auf Whileaway haben wir uns oft ein bisschen in den Haaren, das stimmt, und es gibt auch noch die Sache mit dem Temperament, dass man eine andere Person manchmal nicht ausstehen kann. Aber das lässt sich durch Distanz kurieren. Früher war ich dumm, das gebe ich zu. In den mittleren Jahren beginnt man ruhiger zu werden. Vittoria sagt, es wirke komisch, wenn Yuki mit zerzaustem Haar nach Hause kommt und ich einen Aufstand mache. Ich hoffe, das tut es nicht. Mit dem Kind, das du geboren hast, deinem Körperkind, ist das so eine Sache. Man hat auch das Gefühl, vor den Kindern ganz besonders anständig sein zu müssen, aber wen interessiert das? Wer hat schon die Zeit dafür? Und seit ich S&F-Offizierin bin, sehe ich das alles mit anderen Augen: ein Job ist ein Job und muss getan werden, aber ohne Grund will ich ihn nicht tun, ich will nicht die Hand gegen jemanden erheben. Im sportlichen Wettkampf – ja, in Ordnung. Aus Hass – nein. Bring sie lieber auseinander.

Vielleicht sollte ich hinzufügen, dass es noch ein viertes Duell gab, bei dem niemand getötet wurde. Meine Gegnerin bekam eine Lungenentzündung, dann eine Rückenmarkentzündung – verstehen Sie, wir waren damals weit von jeglicher Zivilisation entfernt –, und ihre Gesundung machte nur langsam Fortschritte. Es war harte Arbeit. Ich pflegte sie. Das Nervengewebe bildet sich nur langsam neu. Eine Zeit lang war sie gelähmt, wissen Sie. Das jagte mir einen heilsamen Schrecken ein. Deshalb kämpfe ich jetzt nicht mehr mit Waffen, außer bei der Arbeit natürlich.

Tut es mir Leid, dass ich ihm wehgetan habe?

O nein, mir nicht.

4

Die Whileawayanerinnen sind nicht annähernd so friedlich, wie es sich anhört.

5

In letzter Zeit irgendwelche BHs verbrannt har har zwinker zwinker Ein hübsches Mädchen wie du braucht sich doch nicht zu emanzipieren zwinker har Hör nicht auf diese hysterischen Weiber zwinker zwinker zwinker Bei zwei Dingen verlasse ich mich nie auf den Rat einer Frau: Liebe und Autos zwinker zwinker har Darf ich Ihre kleine Hand küssen zwinker zwinker zwinker. Har. Zwinker.

6

Auf Whileaway gibt es ein Sprichwort: Wenn Mutter und Kind getrennt werden, weinen beide, das Kind, weil es von der Mutter getrennt wird, und die Mutter, weil sie wieder arbeiten muss. Whileawayanerinnen gebären ihre Kinder um die Dreißig – einzeln oder als Zwillinge, wie es die geographischen Bedürfnisse gerade erfordern. Diese Kinder haben die biologische Mutter (die ›Körpermutter‹) als den einen genotypischen Elternteil, während der andere, nicht gebärende Elternteil (die ›andere Mutter‹), die andere Eizelle beisteuert. Kleine Whileawayanerinnen sind für ihre Mütter beides, Quellen schlechter Laune und stolzer Angeberei, Spaß und Gewinn, Vergnügen und Kontemplation, eine aufwendige Show, eine Verlangsamung des Lebens, die Gelegenheit, sich allen möglichen Interessen zu widmen, die sie vorher vernachlässigen mussten, und die einzige Freizeit, die sie jemals hatten – und bis ins hohe Alter nicht wieder haben werden. Eine dreißigköpfige Familie darf bis zu vier Mutter-und-Kind-Paare gleichzeitig im gemeinschaftlichen Kinderhort haben. Um Nahrung, Sauberkeit und Schutz braucht sich die Mutter nicht zu kümmern. Whileawayanerinnen erklären mit ernstem Gesicht, dass sie die Zeit und Muße haben soll, sich den ›feineren geistigen Bedürfnissen‹ des Kindes zu widmen. Dann brechen sie in schallendes Gelächter aus. In Wahrheit wollen sie ihren Müßiggang nicht aufgeben. Und schließlich sind wir bei einer schmerzhaften Szene angelangt. Im Alter von vier oder fünf Jahren werden diese unabhängigen, blühenden, verhätschelten, extrem intelligenten kleinen Mädchen weinend und schimpfend aus der Mitte ihrer dreißig Verwandten gerissen und auf die regionale Schule geschickt, wo sie wochenlang Pläne schmieden und kämpfen, bevor sie sich ihrem Schicksal ergeben. Von einigen wird erzählt, dass sie tödliche Fallgruben oder kleine Bomben bauten (das nötige Wissen hatten sie bei ihren Eltern aufgeschnappt), um ihre Lehrerinnen zu vernichten. Die Kinder leben in Fünfergruppen zusammen und werden in Gruppen unterrichtet, deren wechselnde Größen an das jeweilige Diskussionsthema angepasst sind. Zu diesem Zeitpunkt ist ihre Ausbildung ausschließlich auf die Praxis ausgerichtet: wie Maschinen bedient werden, wie man ohne Maschinen auskommt, Gesetze, Transportsysteme, Physik und so weiter. Sie lernen Turnen und Mechanik. Sie lernen medizinische Heilkunde.

Sie lernen schwimmen und schießen. Und sie führen all das weiter, was ihre Mütter taten: sie tanzen, singen, malen und spielen (aus eigenem Antrieb). Zu Beginn der Pubertät wird ihnen die Mittlere Würde verliehen, und sie werden in die Welt entlassen: Kinder haben das Recht auf Kost und Logis, wo immer sie auftauchen und solange es die Kräfte der Gemeinschaft erlauben, die sie versorgt. Nach Hause kehren sie nicht zurück.

Einige natürlich schon, aber von den Müttern wird keine mehr dort sein. Die Leute sind sehr beschäftigt, die Leute reisen viel. Es gibt immer etwas zu tun, und die großen Leute, die so nett zu einer Vierjährigen waren, haben wenig Zeit für eine fast Erwachsene. »Und alles ist so *klein*«, sagte ein Mädchen.

Einige, die vom Forschungsdrang getrieben werden, reisen um die ganze Welt – gewöhnlich in Begleitung anderer Kinder – Kinderhorden, die dieses oder jenes besichtigen wollen, oder Kinderhorden, die die Energieversorgungsanlagen umbauen wollen, sind auf Whileaway ein alltäglicher Anblick.

Die Tiefgründigeren unter ihnen geben jeglichen Besitz auf und leben in der Wildnis knapp ober- oder unterhalb des achtundvierzigsten Breitengrades, von wo sie mit Tierköpfen, Narben und Visionen zurückkehren.

Andere gehen ihren wechselnden Neigungen nach und verbringen die meiste Zeit ihrer Pubertät, indem sie Teilzeitschauspielerinnen belästigen, Teilzeitmusikerinnen auf die Nerven gehen und sich bei Teilzeitlehrerinnen einschmeicheln.

Idiotinnen! (sagen die älteren Kinder, die das alles schon hinter sich haben). Warum habt ihr es so eilig? Ihr werdet noch früh genug arbeiten müssen.

Mit siebzehn erlangen sie die Dreiviertel Würde und werden in die Arbeitswelt eingegliedert. Das ist wahrscheinlich die schlimmste Zeit im Leben der Whileawayanerinnen. Zwar lässt man befreundete Gruppen zusammen, wenn sie es wünschen und wenn es möglich ist, aber für gewöhnlich gehen diese Heranwachsenden dorthin, wo sie gebraucht werden, und nicht dorthin, wohin sie gerne gehen würden. Und sie dürfen weder dem Geographischen Parlament noch dem Berufsparlament beitreten, so lange sie sich nicht einer Familie angeschlossen und ein Netzwerk informeller Beziehungen zu Gleichgesinnten aufgebaut haben, das auf Whileaway bis auf die Familie alles ersetzt.

Sie leisten den whileawayanischen Kühen menschliche Gesellschaft, weil diese dahinsiechen und sterben würden, wenn man ihnen keine Zuneigung entgegenbringt.

Sie arbeiten an den allgegenwärtigen Maschinen, graben im Erdreich verschüttete Menschen frei, überwachen Nahrungsmittelfabriken (mit Steuerhelmen auf dem Kopf, während ihre Zehen die jungen Erbsen kontrollieren, ihre Finger die Bottiche und Schaltkonsolen, ihre Rückenmuskeln die Karotten und ihre Bauchmuskeln die Wasserzufuhr).

Sie verlegen Rohrleitungen (ebenfalls durch Steuerung).

Sie reparieren Maschinen.

Es ist ihnen nicht gestattet, ›zu Fuß‹ – wie die Whileawayanerinnen sagen, und was heißen soll, als einzelne Person und mit Werkzeug in den eigenen Händen, ohne den Steuerhelm, der die Bedienung Dutzender von Waldos über praktisch jede gewünschte Distanz ermöglicht – an Störungen oder Maschinenausfällen zu arbeiten. Das bleibt den Veteraninnen vorbehalten.

An Computern hantieren sie weder ›zu Fuß‹ herum, noch schalten sie sich über den Steuerhelm in sie ein. Das bleibt den *alten* Veteraninnen vorbehalten.

Sie lernen einen Ort zu lieben, nur um am nächsten Tag woanders hingeschickt zu werden, abkommandiert zum Begradigen der Küste oder zum Düngen der Felder, dabei nett behandelt von den Einheimischen (falls es welche gibt) und entsetzlich gelangweilt.

Es gibt ihnen etwas, worauf sie sich freuen können.

Mit zweiundzwanzig erlangen sie die Volle Würde und dürfen entweder einen bislang verbotenen Beruf erlernen oder sich das bisher Erlernte schriftlich bescheinigen lassen. Jetzt dürfen sie eine Ausbildung beginnen. Sie dürfen in bereits existierende Familien hineinheiraten oder eine eigene Familie gründen. Einige flechten ihr Haar. Zu diesem Zeitpunkt ist das typische whileawayanische Mädchen in der Lage, jeden Job auf dem Planeten auszuführen, ausgenommen Sonderaufgaben und extrem gefährliche Arbeit. Mit fünfundzwanzig hat sie sich einer Familie angeschlossen und so ihre geographische Heimatbasis gewählt (Whileawayanerinnen reisen die ganze Zeit über). Ihre Familie besteht wahrscheinlich aus zwanzig bis dreißig Personen, deren Alter von ihrem eigenen bis in die frühen Fünfziger reicht. (So wie einzelne Leute altern auch die Familien, deshalb werden im Alter neue Gruppierungen gebildet. Ungefähr jedes vierte Mädchen muss sich einer fast neuen Familie anschließen oder selbst eine neue gründen.)

Sexuelle Beziehungen – die mit der Pubertät begannen – werden sowohl innerhalb als auch außerhalb der Familie geführt, meistens jedoch außerhalb. Auf Whileaway hat man dafür zwei Erklärungen. »Eifersucht«, lautet die erste und die zweite: »Warum nicht?«

Die whileawayanische Psychologie sieht in dieser frühen Kindheit voller Zärtlichkeit, Vergnügen und Muße, die durch die Trennung von der Mutter jäh abgebrochen wird, die Grundlage für den whileawayanischen Charakter. Das (so heißt es) gibt dem whileawayanischen Leben seine charakteristische Unabhängigkeit, seine Unbefriedigtheit, seinen Argwohn und seine Tendenz zu einem recht empfindlichen Solipsismus.

»Ohne die wir alle zu zufriedenen Trotteln würden. Warum also unsere kleinen menschlichen Qualen überwinden?« (sagt dieselbe Dunyasha Bernadetteson, s.d.)

Hinter dieser Unbefriedigtheit verbirgt sich jedoch grenzenloser Optimismus. Whileawayanerinnen können dieses frühe Paradies nicht vergessen und jedes neue Gesicht, jeder neue Tag, jeder Zug an einem Joint, jeder Tanz bringt alle Möglichkeiten des Lebens zurück. Genau wie Schlaf und Essen, Sonnenaufgang, Wetter, die Jahreszeiten, Maschinen, Tratsch und die ewigen Verlockungen der Kunst.

Sie arbeiten zu viel. Sie sind unglaublich ordentlich.

Und doch ist in die alte Steinbrücke, die New City auf dem Südkontinent mit Varyas Little Alley Ho-ho verbindet, eingemeißelt:

Du weißt nicht, was genug ist, solange du nicht weißt, was mehr als genug ist.

Wenn du Glück hast, wird dein Haar früh weiß. Wenn du – wie in den alten chinesischen Gedichten – dich selbst verwöhnst, dann träumst du vom Alter. Denn im Alter hat die whileawayanische Frau – jetzt nicht mehr so stark und geschmeidig wie die Jungen – gelernt, sich auf eine Art mit Rechenmaschinen zu verbinden, die, wie es heißt, nicht beschrieben werden kann und einem Niesen gleicht, das ständig kribbelt, aber niemals ausbricht. Es sind die Alten, denen man die Bürojobs gibt, die Alten, die ihre Tage mit Kartenzeichnen, Malen, Denken, Schreiben, Zusammentragen und Komponieren verbringen können. In den Bibliotheken kommen alte Hände unter den Steuerhelmen hervor und geben dir die Reproduktionen der Bücher, die du verlangst. Alte Füße wippen unter den Computerbänken auf und ab, baumeln wie die von Humpty Dumpty. Alte Damen kichern schaurig, während sie *Die Blasphemische Kantate* (eines von Ysayes Lieblingsstücken) oder verrückte Mondstadt-Landschaften entwerfen, die sich am Ende sogar als umsetzbar erweisen. Ein Fünfzigstel eines alten Gehirns leitet eine Stadt (die Kontrollen nehmen zwei schlecht gelaunte Youngster vor), während sich die anderen neunundvierzig Teile in einer Freiheit austoben, die sie seit ihrer Jugend nicht mehr erlebt haben.

Die Jungen sind ziemlich pedantisch, was die Alten auf Whileaway betrifft. In Wirklichkeit haben sie keine gute Meinung von ihnen.

Tabus auf Whileaway: sexuelle Beziehungen mit einer Person, die beträchtlich älter oder jünger ist, Verschwendung, Ignoranz, jemand beleidigen, ohne es zu beabsichtigen.

Und natürlich die gesetzlichen Mord- und Diebstahluntersuchungen – beide Verbrechen sind in der Tat recht schwer zu begehen. (»Sieh mal«, sagt Chilia, »es ist Mord, wenn es heimlich geschieht oder wenn sie nicht kämpfen will. Deshalb rufst du ›Olaf!‹, und wenn sie sich umdreht, dann ...«)

Keine Whileawayanerin arbeitet länger als drei Stunden hintereinander an derselben Sache, egal welche, es sei denn in Notfällen.

Keine Whileawayanerin heiratet monogam. (Manche schränken ihre sexuellen Beziehungen auf eine einzige Person ein – zumindest wenn diese Person in der Nähe ist –, aber es gibt keine legalen Vereinbarungen.) Die whileawayanische Psychologie bezieht sich auch hier auf das Misstrauen gegenüber der Mutter und auf den Widerwillen, eine enge Bindung einzugehen, die eine Person die ganze Zeit über und auf jeder Gefühlsebene einnimmt. Und auf die Notwendigkeit künstlicher Unzufriedenheit.

»Ohne die« (sagt Dunyasha Bernadetteson, op.cit.) »würden

wir so glücklich werden, dass wir uns auf unsere hübschen dicken Hintern setzen und schon bald verhungern würden, *njet?*«

Aber unter all dem liegt auch eine unglaublich explosive Energie, die Heiterkeit hoher Intelligenz, der versteckte Witz, das Denken, das Industriegebiete in Gärten und Weidegründe verwandelt, das die Oasen der Wildnis am Leben erhält, in denen nie jemand lange lebt, das Szenerien über einen Planeten verstreut, Berge, Gleiterreservate, Sackgassen, komische Nacktstatuen, kunstvolle Listen mit Tautologien, mathematische Kreisbeweise (die Afficionados zu Tränen rühren können) und die besten Graffiti hier oder auf jeder anderen Welt.

Whileawayanerinnen arbeiten die ganze Zeit. Sie arbeiten. Und sie arbeiten. *Und sie arbeiten.*

7

Zwei Alte schreien sich aus vollem Halse über die Computerdirektverbindung zwischen Stadt und Steinbruch an (Privatpersonen müssen sich mit dem Funkengeneratorradio zufrieden geben), während in der Nähe fünf grüne Mädchen gelangweilt schmollen:

Mit fünf Frischlingen kann ich nichts anfangen. Ich brauche zwei Zu-Fuß-Prüferinnen und eine Schutzausrüstung für eine!
Geht nicht.
Inkomp–
?
Hörst du!
Ach, du meinst mich!
(affektierte Verachtung)
Wenn eine Katastroph–
Wird nicht!
Und so weiter.

8

Ein Trupp kleiner Mädchen ist in die Betrachtung dreier Silberreifen versunken, die um einen Silberkubus geschweißt sind. Die Mädchen lachen so sehr, dass einige in das Herbstlaub gefallen sind, das die Plaza bedeckt, und sich den Bauch halten. Das ist keine Verlegenheit oder ignorante Reaktion auf irgendetwas Neues, das sind echte kleine Genießerinnen, die drei Tage lang gewandert sind, um das zu sehen. Ihre Hüftbeutel liegen verstreut auf dem Rand der Plaza, neben den Springbrunnen.

Eine: Wie wunderschön!

9

Im Steinbruch in Newland singt Henla Anaisson zwischen ihren Arbeitsschichten. Ihr Publikum besteht aus ihrer einzigen Kollegin.

10

Eine Belin, verrückt geworden und nicht im Stande, die Langweiligkeit ihrer Arbeit länger zu ertragen, flieht über den achtundvierzigsten Breitengrad hinaus, um dort für immer zu bleiben. »Ihr existiert nicht« (heißt es in der arroganten Nachricht, die sie zurücklässt), und obwohl die S&F des Bezirks auf philosophischer Ebene mit dieser weit verbreiteten Ansicht übereinstimmt, folgt sie ihr – nicht, um sie zur Rehabilitation, ins Gefängnis oder zu Forschungszwecken zurückzubringen. Was gibt es da schon zu rehabilitieren oder zu forschen? Wenn wir könnten, würden wir es alle tun. Und einsperren ist einfach grausam.

Sie haben es erraten.

11

»Falls nicht ich oder meine« (schrieb Dunyasha Bernadetteson 368 n.K.) – »okay.«
»Falls ich oder meine – oje:«
»Falls wir und unsere – *seid auf der Hut!*«

12

Whileaway ist mit der Reorganisation der Industrie beschäftigt, was sich konsequenterweise aus der Entdeckung des Steuerprinzips ergab.

Die whileawayanische Arbeitswoche hat sechzehn Stunden.

Vierter Teil

1

Nachdem sie sechs Monate mit mir zusammen in der Hotelsuite gelebt hatte, drückte Janet Evason ihren Wunsch aus, bei einer typischen Familie einzuziehen. Ich hörte sie im Badezimmer singen:

Ich weiß
Dass meine
Erlö-öserin
Lebt
Und Sie
Wird stehen
Am jüngsten Ta-ag (Krächzen)
Auf Erden.

»Janet?« Diesmal sang sie (nicht schlecht) die zweite Variation dieser Zeilen, in der der Sopran die Melodie auszuschmücken beginnt:

Ich weiß, (hoch)
Da-ass meine (Krächzen)
Er-lö-ö-ö-serin (Tremolo)
Lebt
Und Sie
Wird stehen (konvex)
Und Sie
Wird stehen (konkav)

»Janet, es ist ein Mann!«, brüllte ich. Sie ging in die dritte Variation, in der sich die Melodie zu ihrer eigenen Verzierung verflüssigt, sehr schön und ziemlich unsauber:

Ich weiß (hoch)
Dass meine Erlöö (an dieser Stelle in den höchsten Höhen)
serin
Le-e-ebt, (hoch, hoch, hoch)
Und Sie
Wird stehen (hoffnungsvoll)
Und Sie wird stehen (höher)
Am jü-ü-ü-ü-üngsten Ta-a-a-g (Krächzen, Tremolo,
Wasserhahn)
A-auf Erden (ausklingend)

»JANET!« Aber natürlich hört sie nicht zu.

2

Whileawayanerinnen mögen große Ärsche, deshalb bin ich froh, berichten zu können, dass es nichts dergleichen in der Familie gab, bei der sie einzog. Vater, Mutter, Teenagertochter und Familienhund waren alle überglücklich, berühmt zu sein. Die Tochter hatte es an der örtlichen Highschool zu einigen Auszeichnungen gebracht. Während Janet sich häuslich einrichtete, zog es mich auf den Dachboden. Mein Geist ergriff Besitz von dem alten Himmelbett, das man direkt vor dem Kamin abgestellt hatte, neben Pelzmänteln und der Einkaufstasche voller Puppen, und langsam, langsam infizierte ich das ganze Haus.

3

Laura Rose Wilding aus Anytown, USA.

Sie hat einen schwarzen Pudel, der im Garten unter den Bäumen winselt und seine Zähne bleckt, wenn er sich im abgestorbenen Laub rollt. Sie liest die Christlichen Existentialisten für einen Kursus in der Schule. Strahlend vor Gesundheit durchquert sie das Oktoberwetter, um Miss Evason ungeschickt die Hand zu schütteln. Sie ist krankhaft schüchtern. Sie steckt eine Hand in die Hosentasche ihrer Jeans, charismatisch, so wie es beliebte oder viel beachtete Leute tun, und zieht mit der anderen am Reißverschluss ihrer Herrenlederjacke. Sie hat kurzes, sandfarbenes Haar und Sommersprossen. Immer wieder sagt sie zu sich selbst Non Sum, Non Sum, was entweder heißt *ich existiere nicht* oder *das bin ich nicht,* je nachdem, wie sie sich fühlt. Das soll Martin Luther während seines Wutanfalls im Klosterchor auch gerufen haben.

»Kann ich jetzt gehen?«

4

Der schwarze Pudel Samuel winselte und rannte über die Veranda, dann bellte er hysterisch und verteidigte das Haus gegen Gott-weiß-was.

»Wenigstens ist sie eine Weiße«, sagten sie alle.

5

Janet, die in ihrer schwarzweißen Tweedjacke mit dem Fuchskragen wie ein Filmstar aussah, hielt einen Vortrag im örtlichen Frauenclub. Sie sagte nicht viel. Jemand überreichte ihr Chrysanthemen, die sie überkopf hielt wie einen Baseballschläger. Ein Professor vom örtlichen College referierte über andere Kulturen. Der ganze Raum war voller Geschenke aus den Reihen der Clubmitglieder – Schokoladenplätzchen, Puddingkuchen, Käsekuchen, Honigplätzchen, Kürbiskuchen – natürlich nicht zum Essen, nur zum Bestaunen. Aber schließlich aßen sie es doch, denn jemand muss es tun, sonst sehen die Sachen so unecht aus. »Oh, Mildred, du hast ja den Fußboden gebohnert!«, und sie wird vor Glück ohnmächtig. Laur, die für die Existentialisten Psychologie liest (hab ich schon gesagt, oder?), serviert den Kaffee im Club, in einem viel zu großen Männerhemd, aus dem sie sie nicht herausbekommen, egal, was sie anstellen, und in ihren alten, ausgebeulten Jeans. In Leichentücher gewickelt. Sie ist ein aufgewecktes Mädchen. Mit dreizehn fand sie heraus, dass man nach Mitternacht auf UHF alte Filme mit Mae West oder Marlene Dietrich (die ein Vulkan ist, sehen Sie sich nur die Augenbrauen an) hereinbekommt, wenn man nur lange genug am Sucher dreht. Mit vierzehn, dass Pot hilft, und mit fünfzehn, dass Lesen sogar noch besser ist. Sie lernte, ihre randlose Brille auf der Nase, dass die Welt voller intelligenter, attraktiver, talentierter Frauen ist, die ihre Karriere mit ihrer primären Verantwortung als Ehefrauen und Mütter vereinbaren können und die von ihren Ehemännern geschlagen werden. Als Zugeständnis an den Clubtag hat sie sich eine goldene Ringnadel ans Hemd gesteckt. Sie liebt ihren Vater, doch einmal ist genug. *Jeder weiß,* dass Frauen, so gern sie auch Wissenschaftlerinnen oder Ingenieurinnen werden wollen, vor allem weibliche Gefährtinnen des Mannes (was?) und Hüterinnen der Kindheit sein wollen. *Jeder weiß,* dass sich ein Großteil der Identität einer Frau aus ihrer Attraktivität herleitet. Laur hängt einem Tagtraum nach. Sie starrt vor sich hin, errötet, lächelt und sieht überhaupt nichts. Nach der Party wird sie steifbeinig aus dem Raum marschieren, hinauf in ihr Schlafzimmer, wo sie im Schneidersitz auf dem Bett bei Engels über die Familie nachlesen und in sauberer Schrift klare, präzise Bemerkungen an den Rand setzen wird. Sie hat Regale über Regale mit derart kommentierten Werken. Doch sie schreibt nicht »Stimmt!!!« oder »oiseaux = Vögel.« Sie ist umgeben von Meerjungfrauen, Fischen,

Meerespflanzen und wandernden Farnwedeln. Auf den Gemütsströmen des Zimmers segeln jene seltsamen sozialen Artefakte, halb aufgelöst in Natur und Mysterien: *ein paar hübsche Mädchen*.

In ihren Tagträumen ist Laur Dschingis Khan.

6

Ein schönes, nackt schwimmendes Mädchen, dessen Brüste wie Blumen auf dem Wasser treiben, ein Mädchen in einem regennassen, engen Hemd, das ohne Umschweife erklärt, es bumse mit seinen Freunden, das ist was Anständiges.

7

Und ich mag Anytown. Ich liebe es, abends auf die Veranda hinauszugehen und mir die Lichter der Stadt anzusehen: Glühwürmchen in der blauen Abenddämmerung, über dem Tal, den Hügel hinauf, weiße Häuser, wo Kinder spielten und sich ausruhten, wo Hausfrauen Kartoffelsalat machten, wieder daheim nach einem Tag im Herbstlaub, wo ich den Familienhund Stöckchen apportieren ließ, Familien im Schein des Kaminfeuers, tausend und abertausend gleichförmige gemütliche Tage.

»Gefällt es dir hier?«, fragte Janet beim Nachtisch und rechnete nicht damit, dass man sie anlügen könnte.

»Hm?«, sagte Laur.

»Unser Gast möchte wissen, ob du gerne hier lebst«, sagte Mrs. Wilding.

»Ja«, antwortete Laur.

8

In den Vereinigten Staaten von Amerika gibt es mehr Kraniche als Frauen im Kongress.

9

Das also sind Lauras schlimmste Gedanken: dauernd eingeschneit, ein düsterer, in Baumwolle gehüllter Korridor im ersten Stock, in der das Selbst die Steine und Muscheln auf der Fensterbank zählt. Jenseits der Fensterscheibe kann man nichts erkennen, nur fallender weißer Himmel – keine Fußstapfen, keine Gesichter –, obwohl das Selbst sich gelegentlich ans Fenster verirrt und, in Schneelicht gebadet, in der versteinerten Wirbelwüste die begrabenen Konturen zweier toter Liebender, unschuldig und geschlechtslos, ein Mahnmal in einer Schneeverwehung, sieht (oder zu sehen glaubt).

Wende dich ab, Mädchen. Gürte deine Lenden, lies weiter.

10

Janet träumte, dass sie rückwärts skatete, Laura, dass eine schöne Fremde ihr das Schießen beibrachte. In den Träumen beginnt die Verantwortung. Laura kam zum Frühstückstisch herunter, nachdem alle bis auf Miss Evason gegangen waren. Whileawayanerinnen interpretieren ihre Träume nach einem heimlichen, willkürlichen Schema, das sie idiotisch, aber sehr lustig finden. Janet sah schuldbewusst ein, wie widersprüchlich ihr Traum sich deuten ließ, und kicherte um ihren Toast herum. Sie biss hinein und krümelte. Als Laura ins Zimmer trat, setzte Janet sich aufrecht und lachte nicht. »Ich verabscheue Frauen, die nicht wissen, wie sie Frauen sein sollen«, sagte Laur, das Opfer der Bauchrednerei, ernst. Janet und ich sagten nichts. Wir bemerkten den Flaum und Tau auf ihrem Nacken – in mancher Hinsicht gleicht Laur mehr einer Dreizehn- als einer Siebzehnjährigen. Sie schminkt sich zum Beispiel. Mit sechzig wird Janet hager und weißhaarig sein, mit überraschend blauen Augen – ein ziemlich hübsches menschliches Wesen. Und Janet für ihren Teil mag es am liebsten, wenn die Leute sie selbst sind, nicht aufgetakelt, deshalb gingen ihr Laurs weites Hemd und diese unmöglichen Hosen auf die Nerven. Sie wollte fragen, ob es sich um ein Hemd oder um mehrere handelte. Bekommst du einen Schreikrampf, wenn du dich selbst siehst?

Sie hielt ihr wortlos ein mit Butter bestrichenes Stück Toast hin, und Laur nahm es mit einer Grimasse entgegen.

»Ich kann verdammt noch mal nicht verstehen, wo sie am Samstagmorgen alle hingehen«, sagte Laur in ganz anderem Tonfall. »Man könnte meinen, sie wollten die Sonne einholen.« Scharfsinnig und erwachsen.

»Ich habe geträumt, ich würde lernen, wie man mit einem Gewehr umgeht«, fügte sie hinzu. Zunächst dachten wir daran, ihr das geheime Traumsystem anzuvertrauen, mit dessen Hilfe Whileawayanerinnen Materie umwandeln und die Galaxien küssen, aber dann überlegten wir es uns glücklicherweise anders. Verdutzt versuchte Janet die Krümel aufzutippen, die ihr auf den Tisch gefallen waren. Whileawayanerinnen essen nichts, was krümelt. Ich verließ sie und schwebte zu diesem Dings hoch, auf dem nebeneinander aufgereiht zwei Vögel aus Biskuitporzellan, die Schnäbel umeinander gewunden, ein kristallener Salzstreuer, ein kleiner Sombrero aus Holz, ein silberner Miniaturkorb und ein Terrakotta-Aschenbecher in der realistischen Gestalt eines Kamels standen. Einen Moment sah Laur ungewöhnlich gefasst und durchdringend auf. Ich bin ein Geist, vergessen Sie das nicht.

»Zum Teufel damit«, sagte sie.

»Was?«, fragte Janet. Diese Erwiderung gilt auf Whileaway als ziemlich höflich. Ich, die ich als chronischer Quälgeist zwischen ihnen hin- und hersauste, zwickte Janet in die Ohren, riss an ihnen wie der Tod im Gedicht. Nirgendwo, weder auf dem Meeresgrund noch auf dem Mond, ist mir bei meinen körperlosen Wanderungen eine dickköpfigere Unschuld begegnet als jene, mit der Miss Evason ihre Affären angeht. In ihrer unverblümten Fantasie knöpfte sie Laur das Hemd auf und streifte ihr die Hosen bis auf die Knie. Die gesellschaftlichen Tabus auf Whileaway schließen Sex mit jemandem aus einer anderen Altersstufe aus. Miss Evason lächelte nicht mehr.

»Ich habe gesagt, zum Teufel damit«, wiederholte das kleine Mädchen aggressiv.

»Du hast –?«

(Die Fantasie-Laura lächelte hilflos und unverdorben über ihre Schulter und zitterte ein wenig, als ihre Brüste berührt wurden. Was wir gerne sehen, das ist der Ausdruck von Zuneigung.)

Sie musterte ihren Teller. Mit dem Finger zeichnete sie Linien darauf. »Nichts«, sagte sie. »Ich möchte dir etwas zeigen.«

»Also los«, sagte Janet. Ich wette, jetzt bekommen Sie weiche Knie. Janet glaubte das nicht. Im ganzen Haus liegen diese Modemagazine herum. Mrs. Wilding liest sie; Pornographie für den gehobenen Geschmack. Mädchen mit triefenden Haaren in nassen, knappen Badeanzügen, dümmliche Mädchen, die in riesigen Pullovern versinken, ernsthafte Mädchen in rückenfreien Abendkleidern aus Jersey, die seitlich kaum ihre zerbrechlichen Rippen verdecken. Alle sind sie schlank und jung. Sie stoßen und stutzen das kleine Mädchen zurecht, während sie ihm ein Kleid anpassen. Steh hier. Steh dort. Wie sie, halb ohnmächtig, einander in die Arme fallen. Janet, die sich im Gegensatz zu mir nie etwas vorstellt, was nicht getan werden kann, wischte sich den Mund ab, faltete ihre Serviette, schob ihren Stuhl zurück, erhob sich und folgte Laur ins Wohnzimmer. Die Treppe hoch. Laur nahm ein Notizbuch von ihrem Schreibtisch und gab es Miss Evason. Wir standen unsicher herum und wussten nicht, ob wir lachen oder weinen sollten. Janet blickte auf das Manuskript, dann starrte sie über den Rand auf Laura und wieder auf das Buch, um noch einige Zeilen zu erhaschen.

»Ich kann das nicht lesen«, sagte ich.

Laura zog mit ernster Miene die Augenbrauen hoch.

»Die Sprache kenne ich, aber nicht den Kontext«, sagte Janet. »Ich kann das nicht beurteilen, mein Kind.«

Laura runzelte die Stirn. Ich dachte schon, sie würde die Hände ringen, aber nichts dergleichen. Sie ging zum Schreibtisch zurück und holte etwas anderes, das sie Miss Evason reichte. Ich wusste genug über Mathematik, um es als solche zu erkennen. Sie versuchte Janet mit ihrem Blick aufzuspießen. Janet überflog ein paar Zeilen, lächelte gedankenvoll und stieß dann auf ein Hindernis. Ein Fehler. »Dein Lehrer –«, begann Miss Evason.

»Ich habe keinen Lehrer«, konterte die scharfsinnige Laur. »Ich bringe mir alles selbst bei, aus Büchern.«

»Dann haben die Bücher Unrecht«, sagte Janet. »Sieh mal«, fuhr sie fort und kritzelte etwas auf den Rand. Was für außerordentliche Phänomene mathematische Symbole doch sind! Ich flog zu den Vorhängen, Vorhänge, die Mrs. Wilding selbst gewaschen und gebügelt hatte. Nein, sie hatte sie in die Reinigung gebracht, wobei sie im Kombiwagen der Wildings die Kupplung zu früh kommen ließ. In der Zeit, die sie für Waschen und Bügeln gebraucht hätte, las sie Freud. Die Vorhänge waren nicht nach Laurs Geschmack. Sie hätte sie am liebsten eigenhändig heruntergerissen. Sie weinte. Sie flehte. Sie fiel in Ohnmacht. Und so weiter.

Zusammen beugten sie sich über das Buch.

»Gottverdammt«, sagte Janet in freudiger Überraschung.

»Du hast Ahnung von Mathe!« (Das war Laur).

»Nein, nein, ich bin nur eine Amateurin, nur eine Amateurin«, sagte Miss Evason, die wie ein Seehund im Zahlenmeer schwamm.

»Das Leben ist so kurz und das Handwerk so schwer zu erlernen«, zitierte Laur und wurde purpurrot. Der Rest heißt: *Ich meine die Liebe.*

»Was?«, fragte Janet, in die Aufgabe vertieft.

»Ich bin in jemanden aus der Schule verliebt«, sagte Laur. »In einen Mann.«

Ein wirklich außergewöhnlicher Ausdruck, wie das, was man

meint, wenn man ein Gesicht als *Studie* bezeichnet – sie kann nicht wissen, dass ich weiß, dass sie nicht weiß, dass ich es weiß! –, trat in Janets Gesicht und sie sagte: »Oh, natürlich«, wonach man sichergehen konnte, dass sie kein Wort glaubte. Sie sagte nicht: »Du bist zu jung.« (Nicht für ihn, für sie, Schwachkopf).

»Aber sicher«, fügte sie hinzu.

11

Da ich ein Opfer des Penisneids bin (sagte Laura), kann ich nie glücklich werden oder ein normales Leben führen. Meine Mutter arbeitete als Bibliothekarin, als ich klein war, und das ist unweiblich. Sie glaubt, dass mich das deformiert hat. Neulich kam im Bus ein Mann auf mich zu, nannte mich Süße und sagte: »Warum lächelst du nicht? Gott liebt dich!« Ich starrte ihn nur an. Aber er wollte nicht weggehen, bevor ich nicht gelächelt hatte, also tat ich es schließlich. Alles lachte. Einmal habe ich es versucht, weißt du. Ich habe mich schick gemacht und bin Tanzen gegangen, doch ich kam mir idiotisch vor. Jeder machte dauernd ermutigende Bemerkungen über mein Aussehen, als hätten sie Angst, dass ich mich wieder aus dem Staub machen könnte. Ich habe es wirklich *versucht*, weißt du, ich habe bewiesen, dass ihre Lebensweise richtig war, und sie hatten schreckliche Angst, dass ich aufhören könnte. Als ich fünf war, sagte ich: »Ich bin kein Mädchen, ich bin ein Genie«, aber das half nichts, möglicherweise weil andere Leute einen solchen Bescheid nicht zu würdigen wissen. Letztes Jahr gab ich endlich auf und erklärte meiner Mutter, dass ich kein Mädchen sein möchte, aber sie sagte Oh nein, ein Mädchen zu sein ist wunderbar. Warum? Weil du schöne Kleider tragen kannst und überhaupt nichts tun musst. Die Männer werden es für dich tun. Sie sagte, anstatt den Mount Everest zu bezwingen, könnte ich den Bezwinger des Mount Everest erobern, und während er den Berg erklimmen muss, könnte ich bequem und faul zu Hause liegen, Radio hören und Pralinen essen. Sie war wohl ein bisschen durcheinander, schätze ich. Man kann sich nicht den Erfolg von jemand anders einverleiben, indem man ihn fickt. Dann fügte sie (zu den schönen Kleidern und so) noch hinzu, dass in Ehe und Kindern eine mystische Erfüllung liege, die keine unverheiratete Frau je erfahren könne. »Klar, Fußböden schrubben«, antwortete ich. »Ich habe *dich*«, gab sie mit mysteriösem Blick zurück. Als ob mein Vater mich nicht auch hätte. Oder meine Geburt sei ein wunderschönes Erlebnis gewesen, laber, laber, laber, was eigentlich nicht so ganz zu der weltlichen Version passt, die wir immer zu hören bekommen, wenn sie mit ihren Freundinnen über ihre Unpässlichkeiten spricht. Als ich ein kleines Mädchen war, dachte ich, Frauen seien immer krank. Mein Vater sagte: »Was zum Teufel hat sie denn nun schon wieder?« All diese Lieder, wie auch immer sie heißen, ich genieße es so, ein Mädchen zu sein, ich bin so froh, weiblich zu sein, ich bin schön angezogen, die Liebe wird dich für alles entschädigen, tral-la-li, tra-la-la. Wo sind denn die Lieder darüber, wie glücklich ich bin, ein Junge zu sein? Den Mann finden. Den Mann behalten. Den Mann nicht erschrecken, Den Mann aufbauen, Dem Mann gefallen, Den Mann unterhalten, Dem Mann folgen, Den Mann besänftigen, Dem Mann schmeicheln, hinter Dem Mann zurückstehen, deine Meinung ändern für Den Mann, deine Entscheidungen ändern zugunsten Des Mannes, den Fußboden wienern für Den Mann, dich ständig deines Aussehens bewusst sein für Den Mann, romantisch sein für Den Mann, auf Den Mann anspielen, sich selbst verlieren in Dem Mann. »Ich habe nie einen Gedanken gehabt, der nicht auch deiner gewesen wäre.« Schluchz, schluchz. Wann immer ich mich wie ein menschliches Wesen verhalte, sagen sie: »Worüber regst du dich denn so auf?« Sie sagen: Natürlich wirst du heiraten. Sie sagen: Natürlich bist du brillant. Sie sagen: Natürlich machst du deinen Dr. phil. Und dann opferst du ihn, um Babys zu bekommen. Sie sagen: Wenn du das nicht tust, wirst du zwei Jobs haben und nur durchhalten, wenn du außergewöhnlich leistungsfähig bist, was nur die wenigsten Frauen sind, *und wenn du einen besonders verständnisvollen Mann findest*. Solange du nicht mehr

Geld verdienst als er. Wie können sie erwarten, dass ich mit diesem Mist lebe? Ich habe zwei Sommer in einem sozialistischen Ferienlager verbracht – nicht wirklich sozialistisch, verstehen Sie? Meine Eltern sagen, ich müsste meine verrückten Ideen von dort haben. Den Teufel hab ich. Als ich dreizehn war, wollte mich mein Onkel küssen, und als ich weglaufen wollte, lachten alle. Er hielt mich an den Armen fest und drückte mir einen Kuss auf die Wange, und dann sagte er: »Oho, ich habe meinen Kuss bekommen, ich habe meinen Kuss bekommen!«, und alle dachten, es sei zu niedlich, um es in Worte zu fassen. Natürlich gaben sie mir die Schuld – es ist doch harmlos, sagten sie, du bist doch noch ein Kind, er schenkt dir seine Aufmerksamkeit. Du solltest dankbar sein. Solange er dich nicht vergewaltigt, ist alles in Ordnung. Frauen haben nur Gefühle, Männer haben *Egos*. Der Schulpsychologe sagte mir, es sei mir vielleicht nicht bewusst, aber ich lebte einen sehr gefährlichen Lebensstil, der möglicherweise irgendwann zum Lesbischsein führen könne (ha! ha!), und ich sollte versuchen, weiblicher auszusehen und mich weiblicher zu verhalten. Ich lachte, bis mir die Tränen kamen. Dann sagte er, ich müsse verstehen, dass Weiblichkeit eine Gute Sache sei, und obwohl die Funktionen von Mann und Frau in der Gesellschaft verschieden seien, besäßen sie den gleichen Wert. Verschieden, aber gleich, richtig? Männer treffen Entscheidungen und Frauen machen das Abendessen. Ich dachte schon, er würde mit diesem Rätselhaft-wundervolle-Erfahrungen-die-kein-Mann-kennt-Scheiß anfangen, aber er ließ es bleiben. Stattdessen führte er mich zum Fenster und zeigte mir die teuren Boutiquen auf der anderen Straßenseite. Dann sagte er: »Sehen Sie, eigentlich gehört die Welt doch den Frauen.« Schon wieder hübsche Kleider. Ich dachte, ich würde eine verdammt üble Sauerei anstellen, gleich hier auf seinem Teppich. Ich konnte nicht sprechen. Ich konnte mich nicht bewegen. Mir war kotzübel. Er erwartete wirklich von mir, dass ich so lebe – er sah mich an, und das war es, was er sah, nach elf Monaten. Er dachte wohl, ich würde jetzt ein Liedchen anstimmen »Ich bin so froh, ich bin ein Girl«, direkt hier in seinem gottverfluchten Büro. Und einen kleinen Stepptanz. Und einen kleinen Niggershuffle.

»Würden *Sie* gerne so leben?«, fragte ich.

»Das ist irrelevant«, sagte er, »denn ich bin ein Mann.«

Ich habe nicht die richtigen Hobbys, verstehen Sie. Ich interessiere mich für Mathematik, nicht für Jungs. Auch das Jungsein ist ein einziger Spießrutenlauf. Man muss den größten Mist über sich ergehen lassen.

Jungs mögen keeine schlauen Mädchen. Jungs mögen keine aggressiven Mädchen. Es sei denn, sie wollen bei den Mädchen auf dem Schoß sitzen. Ich habe noch nie einen Mann getroffen, der es mit einem weiblichen Dschingis Khan tun wollte. Entweder versuchen sie dich zu dominieren, was widerlich ist, oder sie verwandeln sich in Kleinkinder. Man kann es genauso gut sein lassen. Dann war ich bei einer Psychotante, die sagte, es sei alles mein Problem, weil ich diejenige sei, die das Boot umkippen wollte, und *ich könne nicht von ihnen erwarten, dass sie sich ändern*. Anscheinend bin ich diejenige, die sich ändern muss. So hat es auch meine beste Freundin ausgedrückt. »Geh einen Kompromiss ein«, sagte sie, den fünfzigsten Anruf an diesem Abend beantwortend. »Denk an die Macht, die du über sie haben wirst.«

Sie. Immer Sie, Sie, Sie. Ich kann überhaupt nicht mehr an mich selbst denken. Meine Mutter glaubt, ich *mache* mir *nichts aus Jungs*, obwohl ich ihr dauernd zu sagen versuche: Sieh es doch mal von *der* Seite: Ich werde nie meine Jungfräulichkeit verlieren. Ich bin eine Männerhasserin, und die Leute verlassen den Raum, wenn ich eintrete. Tun sie das auch bei Frauenhassern? Seien Sie nicht albern.

Sie wird nie wissen – und sie würde es nicht glauben, selbst wenn sie es erführe –, dass ich Männer manchmal sehr schön finde. Wenn sie aus den Tiefen aufschauen.

Es gab mal einen netten Jungen, der sagte: »Keine Angst, Laura. Ich weiß, dass unter deiner harten Schale ein süßer, weicher Kern verborgen liegt.« Und ein anderer meinte: »Du bist stark, wie eine Erdmutter.« Und ein dritter: »Du bist so hübsch, wenn du wütend bist.« Das ist doch zum Kotzen, du bist so hübsch, wenn du wütend bist. *Ich will respektiert werden.*

Ich habe nie mit einem Mädchen geschlafen. Ich könnte es nicht. Ich würde es nicht wollen. Das ist anormal, und das bin ich nicht, obgleich du schlecht normal sein kannst, wenn du nicht tust, was du willst, und die Männer nicht liebst. Das zu tun, was ich möchte, wäre normal, wenn nicht gerade das, was ich tun möchte, anormal wäre. In diesem Fall wäre es anormal, mich zu erfreuen, und normal, das zu tun, was ich nicht tun möchte, was nicht normal ist.

Sehen Sie, so ist das.

12

Dunyasha Bernadetteson (der brillanteste Kopf auf der Erde, geb. 344 n.K., gest. 426 n.K.) hörte von dieser unglücklichen jungen Person und verkündete augenblicklich folgendes *shchasnïy* oder mehrdeutige Ein-Wort-Sprichwort:
»Macht!«

13

Wir harrten aus, lasen Magazine und verbargen die Aktivitäten der Nachbarn auf die diskreteste Art und Weise, und Janet – die uns nicht als völlig menschlich erachtete – behielt ihre Gefühle für sich. Sie gewöhnte sich daran, dass Laur jedes Mal, wenn wir abends hinausgingen, an der Tür stand und widerspenstig dreinblickte, so als wolle sie sich mit ausgestreckten Armen davorwerfen, um den Durchgang zu versperren, wie im Kino. Aber Laur riss sich zusammen. Janet ging ein paar Mal mit Männern aus der näheren Umgebung aus, alles arrangierte Treffen, doch den Männern hatte es vor Ehrfurcht die Sprache verschlagen. Von dem, wie diese Dinge normalerweise abliefen, lernte sie überhaupt nichts. Sie besuchte ein Basketballspiel der Highschool (für Jungen) und eine Modemesse (für Mädchen). Es gab auch eine wissenschaftliche Ausstellung, deren falsche Konzeption ihr mächtig Spaß bereitete. Wie Öl und Wasser teilte sich die Gesellschaft, um uns durchzulassen.

Eines Abends kam Laura Rose zu Miss Evason, als Letztere allein im Wohnzimmer saß und las. Es war Februar, und der weiche Schnee klebte außen am Panoramafenster. Panoramafenster in Anytown lassen den Schnee im Winter nicht verdampfen, wie es die Fenster auf Whileaway tun. Laur sah uns eine Weile mit einiger Distanz zu, dann trat sie in den Kreis aus Fantasie und Lampenlicht. Sie stand da, drehte ihren Standesring um den Finger und sagte:

»Was hast du aus der ganzen Lektüre gelernt?«

»Nichts«, antwortete Janet. Geräuschlos trieben Schneeflocken gegen die Scheibe. Laur ließ sich zu Janets Füßen nieder (»Soll ich dir etwas erzählen?«) und breitete eine ihrer alten Fantasien vor ihr aus. Schnee und Wälder und Ritter und liebeskranke Jungfrauen. Sie sagte, allen Verliebten käme es vor, als stehe das Haus auf dem Meeresgrund, kein Haus auf der Erde, sondern ein Haus auf Titan unter Ammoniakschnee. »Ich bin verliebt«, sagte sie und erweckte die Geschichte vom geheimnisvollen Mann in der Schule wieder zum Leben.

»Erzähl mir von Whileaway«, sagte sie dann. Janet legte ihre Illustrierte beiseite. Indirektheit ist für Miss Evason so neu, dass sie für einen Augenblick die Orientierung verliert. Was Laur gesagt hatte, war: *Erzähl mir von deiner Frau.* Janet war hoch erfreut. Sie deutete Laurs Absicht nicht als Verschleierung, sondern als ausgeklügelte Frivolität. Jetzt schwieg sie. Das kleine Mädchen saß im Schneidersitz auf dem Wohnzimmerteppich und beobachtete uns.

»Na komm, erzähl mir was«, sagte Laura Rose.

Ihre Gesichtszüge sind fein, nicht besonders auffällig. Sie hat eine etwas unpassend milchige Haut und jede Menge Sommersprossen. Hervorstehende Fingerknöchel.

»Sie heißt Vittoria«, sagte Janet – wie ordinär, jetzt, wo es gesagt ist! –, und da geht etwas in Laura Roses Herz vor sich, ganz leichte, aber durch und durch schockierende Schläge: oh! oh! oh! Sie errötete und sagte ganz leise etwas, etwas, das ich nur von ihren Lippen ablesen, aber nicht hören konnte. Dann legte sie die Hand auf Janets Knie, eine feuchte, heiße Hand mit geraden Fingern und kurzen Nägeln, eine Hand von enormer jugendlicher Präsenz, und sagte etwas anderes, wieder unhörbar.

Verschwinde! (riet ich meiner Landsmännin)

Erstens ist es nicht richtig.

Zweitens ist es nicht richtig.

Drittens ist es nicht richtig.

»Ach du meine Güte«, sagte Janet langsam, wie sie es manchmal tut. Nach »Du willst mich wohl auf den Arm nehmen« ist das ihr Lieblingsspruch.

(Sie führte den schwierigen Geistestrick vor, die Tabus eines anderen Menschen anzunehmen.)

»Nun denn«, sagte sie, »nun denn, nun denn.« Das kleine Mädchen sah auf. Sie befindet sich inmitten einer schrecklichen Verzweiflung, die sie die Hände ringen lässt und sie zum Weinen bringen wird. So wie einst ein großer irischer Setter in mein Zimmer sprang und den halben Tag damit verbrachte, unbewusst mit dem Schwanz gegen ein Möbelstück zu klopfen, so ist etwas Schreckliches in Laura Rose gefahren und versetzt ihr elektrische Schocks, Furcht erregende Schläge, direkt über dem Herzen. Janet nahm sie bei den Schultern, und es wurde schlimmer. Da gibt es diese Sache mit dem Narzissmus der Liebe, die vierdimensionale Kurve, die dich in eine andere Person trägt, die die ganze Welt bedeutet, was in Wirklichkeit ein Rückfall ins Selbst ist, nur in ein anderes Selbst. Laur weinte vor Verzweiflung. Janet zog sie auf ihren Schoß – auf Janets Schoß –, als wäre sie ein Baby. *Wir alle wissen,* wenn du früh mit ihnen anfängst, sind sie für immer verdorben, und *wir alle wissen*, dass nichts in der Welt schlimmer ist, als mit einer Person zu schlafen, die eine ganze Generation jünger ist als du selbst. Arme Laura, von uns beiden besiegt, den Rücken gebeugt, betäubt und benommen vom Gewicht eines doppelten Tabus.

Nicht, Janet.
Nicht, Janet.
Missbrauche nicht. Die unselige Weisheit jenes kleinen Mädchens.

Noch immer trieb der Schnee am Haus vorbei, die Wände zitterten dumpf. Irgendetwas stimmte nicht mit dem Fernsehapparat, oder mit der Fernbedienung. Vielleicht sandte auch ein defektes Gerät in irgendeinem Vorort Anytowns unkontrolliert Signale aus, denen kein Fernseher widerstehen konnte. Denn plötzlich ging er von selbst an und servierte uns Bildschirmsalat: Erfolglos versuchte Maureen John Wayne zu ohrfeigen, ein hübsches Mädchen mit versoffener Stimme hielt eine Dose Intimspray ins Bild, ein Haus rutschte einen Berghang hinab. Laur stöhnte laut auf und vergrub ihr Gesicht an Janets Schulter. Janet – ich – hielt sie, und ihr Geruch überflutete meine Haut. Cool bleibend grinste ich über mein eigenes Verlangen, weil wir immer anständig zu sein versuchen. Wie schon erwähnt, Whileawayanerinnen lieben große Ärsche. »Ich liebe dich, ich liebe dich«, sagte Laur, und Janet wiegte sie, und Laur, die nicht wie ein Kind behandelt werden wollte, bog energisch Miss Evasons Kopf zurück und küsste sie auf den Mund. Ach du meine Güte.

Janet ist mich losgeworden. Ich machte einen Satz und hing mit einer Hand an der Gardine. Janet nahm Laur hoch, platzierte sie auf dem Boden und hielt sie durch diese ganze Hysterie hindurch eng umschlungen. Sie knabberte an Laurs Ohr und streifte sich die Schuhe ab. Laur überwand es schließlich, raffte sich auf und warf die Fernbedienung gegen den Fernseher, denn das Model hatte gerade empfohlen, den »muschimädchenhaftesten Teil« zu desinfizieren. Der Gerät verstummte.

»Verlass – ich kann – mich – nie!«, heulte Laur. Besser, sie heult sich aus. Sachlich öffnete Janet ihr Hemd, ihren Gürtel und die Jeans und umfasste ihre Hüften, von der Theorie ausgehend, dass nichts eine Hysterische so schnell beruhigt wie dies.

»Oh!«, stieß Laura Rose verblüfft hervor. Dies ist für sie der passende Zeitpunkt, um es sich anders zu überlegen. Ihr Atmen wurde ruhiger. Besonnen legte sie die Arme um Janet und lehnte sich gegen sie. Sie seufzte.

»Ich will aus meinen verdammten Kleidern raus«, sagte Janet. Ihre Stimme klingt plötzlich unkontrolliert brüchig.

»Liebst du mich?«

Das kann ich nicht, meine Liebe, denn du bist zu jung. Und in nicht allzu ferner Zukunft wirst du mich ansehen, und meine Haut wird trocken und tot sein, und da du romantischer veranlagt bist als die Whileawayanerinnen, wirst du mich ziemlich abstoßend finden. Aber bis dahin versuche ich mein Bestes, um dir zu verheimlichen, wie sehr ich dich mag. Es ist auch Lust dabei, und ich hoffe, du verstehst mich, wenn ich sage, dass ich beinah sterbe. Ich denke, wir sollten an einen sichereren Platz gehen, wo wir gemütlich sterben können. Zum Beispiel in mein Zimmer, an dessen Tür sich ein Schloss befindet, denn ich will nicht hier auf dem Teppich herumkeuchen, wenn deine Eltern hereinspazieren. Auf Whileaway würde das nichts machen; in deinem Alter hättest du ohnehin keine Eltern. Aber hier – sagte man mir jedenfalls – sind die Dinge so, wie sie sind.

»Was für eine seltsame, wunderschöne Art du hast, die Dinge beim Namen zu nennen«, sagte Laur. Sie gingen die Treppe hinauf. Laur sorgte sich ein wenig wegen ihrer hinterherschleifenden Jeans. Im Türrahmen bückte sie sich, um sie vom Knöchel zu streifen. *In einer Minute wird sie lachen und uns durch ihre Beine ansehen.* Mit schüchternem Lächeln richtete sie sich auf.

»Sag mal«, flüsterte sie rau und wandte den starren Blick von uns.

»Ja, Kind? Ja, meine Liebe?«

»Was machen wir jetzt?«

14

Sie zogen sich in Janets Schlafzimmer aus, inmitten von gestapelten Unterlagen: Bücher, Illustrierte, Statistiken, Biographien, Zeitungen. Die Geister in den Fensterscheiben entkleideten sich mit ihnen, denn auf der Rückseite des Hauses konnte niemand hineinsehen. Ihre verschwommenen, hübschen Ichs. Während Laur in Janets Bett stieg, ließ Janet – eine schockierende Mischung aus vertrautem, freundlichem Gesicht und furchtbarer Aktstudie – die Jalousien herunter, verweilte an jedem Fenster und warf einen sehnsüchtigen Blick hinaus in die Dunkelheit. Das Betttuch hatte ein paar Löcher, wo der rosarote Satin durchgescheuert war. Laur schloss die Augen. »Mach das Licht aus.«

»O nein, bitte nicht«, sagte Janet und brachte beim Hineinsteigen das Bett zum Schaukeln. Sie streckte die Arme nach dem kleinen Mädchen aus, dann küsste sie es nach russischer Manier auf die Schulter. (Sie hat nicht die richtige Figur.) »Ich will kein Licht«, rief Laur und sprang aus dem Bett, um es auszuschalten, aber bevor sie ankommt, umfängt die kalte Luft ihre nackte Haut und lässt sie besinnungslos erstarren. Splitternackt hielt sie inne. Die Luftzüge erforschten die Innenseiten ihrer Schenkel. »Wie wunderschön!«, sagte Janet. Das Zimmer ist gnadenlos gut ausgeleuchtet. Laur kam wieder ins Bett – »Mach mal ein bisschen Platz« – und hatte das schreckliche Gefühl, dass sie trotz allem keinen Spaß daran haben würde. »Du hast hübsche Knie«, sagte Janet sanft, »und so einen wunderschönen Hintern.« Für einen Augenblick stärkten Laura Rose diese Absurditäten. Sex konnte nicht in diesen Worten liegen, deshalb knipste sie die Deckenbeleuchtung aus und stieg ins Bett. Janet hatte die rosa Nachttischlampe angemacht. Miss Evason wuchs aus der Satindecke, von der Taille aufwärts eine antike Statue mit außergewöhnlich lebendigen Augen. »Sieh mal, wir beide sind doch gleich, oder nicht?«, sagte sie sanft und deutete auf ihre runden Brüste, die vom Dämmerlicht idealisiert wurden. »Ich habe zwei Kinder gehabt«, fuhr sie schelmisch fort, und Laur spürte, wie sie über und über rot wurde, so unangenehm war die Vorstellung, wie Yuriko Janetson von ihrer Mutter zum Stillen an die Brust gehalten wurde. Nicht weil es sich dabei um ein Kind mit leuchtenden Augen handelte, wie es Laur schien, sondern um eine Miniaturerwachsene, auf einer Leiter etwa. Steif legte Laur sich zurück, schloss die Augen und strahlte Verweigerung aus.

Janet knipste die Nachttischlampe aus.

Dann zog Miss Evason die Decke bis zu ihren Schultern hoch, seufzte gespielt und befahl Laur, sich umzudrehen. »Wenigstens eine Rückenmassage könnest du dir genehmigen.«

»Oh!«, meinte sie aufrichtig, als sie mit Laurs Nackenmuskeln begann. »Total verspannt.«

Laura versuchte zu kichern. In der Dunkelheit redete Miss Evason wie ein Wasserfall: über die letzten paar Wochen, über die Untersuchung von Trinkwasserteichen auf Whileaway. Ein harter, dünner, geschlechtsloser Windhund von einer Stimme (dachte Laur), der Laura am Ende verriet, als Miss Evason mit einem seltsamen, unseriösen Glucksen lockte: »Willst du es mal versuchen?«

»Ich liebe dich wirklich«, sagte Laur und hätte am liebsten geheult. Es gibt Propaganda über Propaganda, und ich führte Janet noch einmal vor Augen, dass das, was sie vorhatte, ein ernstes Verbrechen war.

Gott wird dich strafen, sagte ich.

Man sollte sie wohl zum Lachen bringen, aber Janet erinnerte sich, wie sie selbst mit zwölf gewesen war, und es ist alles ach so ernst. Immer wieder küsste sie Laura Rose leicht auf die Lippen, bis Laura ihren Kopf in die Hände nahm. Im Dunkeln war alles halb so schlimm, und Laura konnte sich vorstellen, dass sie niemand war, oder dass Miss Evason niemand war, oder dass sie sich alles nur einbildete. Eine besondere Spezialität ist, wenn man mit leichtem Druck die Wirbelsäule entlang vom Nacken bis zum Steißbein fährt. Das macht den menschlichen Körper biegsam und bringt die Muskeln zum Schnurren. Ohne sich dessen bewusst zu sein, war Laur über ihr. Von einem Freund hatte sie gelernt, wie man einander auf den Mund küsst, doch hier gab es so viel Zeit und so viele andere Körperstellen. »Es *ist schön!*«, rief Laura Rose überrascht, »es ist so *schön!*«, und das Geräusch ihrer eigenen Stimme brachte sie Hals über Kopf auf den Weg. Janet fand den kleinen Knubbel, der auf Whileaway *Der Schlüssel* genannt wird – *Jetzt musst du dich anstrengen,* sagte sie –, und in dem Bemühen, sehr hart zu arbeiten, taumelte Laur schließlich über die Klippe. Es war unvollständig und hoffnungslos unzureichend, aber es war das erste große sexuelle Vergnügen, das ihr in ihrem bisherigen Leben von einem anderen menschlichen Wesen bereitet worden war.

»Gottverdammt, ich kann nicht!«, schrie sie.

Also ergriff ich kreischend die Flucht. Es gibt keine Entschuldigung dafür, mein Gesicht zwischen die Schenkel einer anderen zu stecken – stellen Sie sich vor, wie ich mir draußen Wangen und Schläfen wasche, um die kühle Glätte loszuwerden (kühl wegen dem Fett, das die Glieder isoliert, verstehen Sie. Man kann die langen Knochen fast spüren, die *architektura*, die himmlisch technische Kunst. Beim nächsten Mal werden sie es mit dem Hund machen). Ich saß auf dem Fensterrahmen im Korridor und kreischte.

Janet übte die absolute Selbstkontrolle über sich aus, das muss man sich mal vorstellen.

Was sonst hätte sie auch tun können?

»Mach jetzt dies und dies«, flüsterte sie Laura Rose hastig zu und lachte mit brüchiger Stimme. »Und jetzt das. Ah!« Miss Evason führte die unerfahrene Hand des Mädchens, denn Laura wusste nicht, wie sie es anstellen sollte. »Halt einfach still«, sagte sie, und es klang wie die seltsame Parodie eines intimen Geständnisses. Die Unerfahrenheit des Mädchens erleichterte die Sache nicht. Irgendwann jedoch findet man den eigenen Rhythmus. In der untersten Schublade von Wildings Gästezimmerkommode befand sich ein exotisches whileawayanisches Artefakt (mit Griff), bei dessen Anblick Laura Rose am nächsten Morgen in große Verlegenheit geraten wird. Janet holte es, auf wackligen Beinen durchs Zimmer eiernd.

(»Bist du hingefallen?«, fragte Laura besorgt und beugte sich über die Bettkante.

»Ja.«)

Auf diese Art war es leicht. Von einer seltsamen Eingebung ergriffen, hielt Laut den Eindringling in ihren Armen, ehrfürchtig, beeindruckt, ein bisschen dominierend. Monate der Keuschheit lösten sich in Rauch auf: eine elektrische Entladung, das Zucken eines inneren Aals, ein messerähnliches Vergnügen.

»Nein, nein, noch nicht«, sagte Janet Evason Belin. »Halte ihn einfach so. Lass mich ausruhen.«

»Jetzt kannst du weitermachen.«

15

Ein Dutzend hübscher ›Mädchen‹, die sich die langen, seidigen Haare ›bürsten‹ und ›kämmen‹ und von denen jedes es ›kaum erwarten konnte‹, sich einen ›Mann zu angeln.‹

16

Mit zweiundzwanzig verliebte ich mich.

Ein grauenhafter Übergriff, eine Krankheit. Vittoria, die ich nicht einmal kannte. Die Bäume, die Büsche, der Himmel, alle waren krank vor Liebe. Das Schlimmste (sagte Janet), ist die intensive Vertrautheit, die schlafwandlerische Überzeugung, in eine Eruption des eigenen Innenlebens gepfuscht zu haben, das gelb stäubende Immergrün, stachelig und klebrig von meiner guten Laune, die Flocken meines Ich, die unsichtbar vom Himmel fallen, um auf meinem Gesicht zu zerschmelzen.

In Ihren Worten – ich war außer mir vor Liebe. Whileawayanerinnen verweisen in solchen Fällen wieder auf die Mutter-Kind-Beziehung: doch das ist kalter Kaffee, wenn man dies empfindet. Übrigens gab es auch eine Erklärung, die sich auf unsere Defekte stützte, aber die üblichen menschlichen Defekte können für alles als Erklärung herangezogen werden, also was soll das. Und dann gibt es noch eine mathematische Analogie, eine vierdimensionale Kurve, über die ich schon sehr gelacht habe. Oh, ich war tödlich getroffen.

Liebe – arbeiten wie eine Sklavin, schuften wie ein Tier. Dieselbe erhabene, fieberhafte, auf alles gerichtete Aufmerksamkeit. Ich gab ihr kein Zeichen, weil sie mir keines gab. Ich versuchte mich nur unter Kontrolle und mir die Leute vom Hals zu halten. Diese schreckliche Zurückhaltung. Wie in einer nervösen Parodie auf die Freundschaft war auch ich die ganze Zeit *hinter ihr her*. Du kannst von niemandem erwarten, diese Zwanghaftigkeit zu mögen. In unserer Familienhalle, die der Methalle der Wikinger glich, in der Vögel aus der Dunkelheit herein- und wieder in die Dunkelheit hinausflogen, unter der aufgeblasenen Druckkuppel, in die die Ventilatoren Rosenduft bliesen, spürte ich, wie meine Seele sich direkt zum Dach emporschwang. In der langen Frühlingsdämmerung saßen wir bei abgeschaltetem Licht beieinander. Die Woche zuvor war eine Gruppe Kinder vorbeigekommen und hatte uns Kerzen verkauft, die von der einen oder anderen Frau hereingebracht und angezündet wurden. Leute kamen und gingen, der seidene Vorhang am Kuppeleingang war dauernd in Bewegung. Die Leute aßen zu unterschiedlichen Zeiten, wissen Sie. Als Vitti nach draußen ging, folgte ich ihr. Wir haben keine Vorgärten wie Sie, sondern pflanzen um unsere Behausungen eine Art Klee an, der die anderen Sachen fern hält. Die kleinen Kinder glauben, er sei aus magischen Gründen dort. Er ist sehr weich. Es wurde auch schon dunkel. Nahe beim Farmhaus gibt es eine Pflanzung aus New Forest, auf die wir zugingen. Vitti bummelte und schwieg.

»In sechs Monaten werde ich von hier weggehen«, sagte ich. »Nach New City. Ich lasse mich an die Energiewerke koppeln.«

Schweigen. Ich war mir elend darüber im Klaren, dass Vittoria irgendwo hinging und dass ich wissen sollte, wohin, weil mir es jemand gesagt hatte, aber ich konnte mich nicht erinnern.

»Ich dachte, du würdest dich vielleicht über Gesellschaft freuen«, sagte ich.

Keine Antwort. Sie hatte einen Stock aufgehoben und schlug damit dem Unkraut die Köpfe ab. Es war eine der Stützen des Computerempfängermastes, die am einen Ende im Boden und am anderen Ende im Mast selbst verankert waren. Ich musste ihre Anwesenheit ignorieren, oder ich hätte nicht weitergehen können. Vor uns erhoben sich die Bäume der Farm. Wie eine Landzunge oder eine Wolke schoben sie sich am dunklen Horizont vor die Felder. »Der Mond ist aufgegangen«, sagte ich. Sieh mal, der Mond. Vergiftet durch Pfeile und Rosen, aus der Dunkelheit kommt der strahlende Eros auf dich zu. Die Luft ist so mild, dass man in ihr baden könnte. Mir wurde erzählt, der erste Satz, den ich als Kind sprach, war: Sieh mal, der Mond, womit ich wohl gemeint haben muss: wohlige Schmerzen, heilendes Gift, schützender Hass, würgende Süße. Ich stellte mir Vittoria vor, wie sie sich mit diesem Stock den Weg aus der Nacht bahnt, ihn über dem Kopf wirbeln lässt, der Erde Striemen beibringt, Unkraut ausreißt und die Rosen, die sich an den Computermasten emporranken, in Fetzen schlägt. Ich hatte nur einen Gedanken im Kopf: Wenn sie in diesen Quecksilbertod hineingeht, wird es mich umbringen.

Wir kamen bei den Bäumen an. (Ich erinnere mich wieder. Sie geht nach Lode-Pigro, um Gebäude aufzustellen. Auch daran, dass es im Juli hier heißer sein wird. Es wird wahnsinnig heiß sein, wahrscheinlich unerträglich heiß.) Der Boden zwischen ihnen war vom Mondlicht gesprenkelt und von einem Nadelteppich bedeckt. Wir lösten uns auf fantastische Weise in dieser außergewöhnlichen Umgebung auf, wie Meerjungfrauen, wie lebendige Geschichten. Ich konnte nichts erkennen. Der Moschusgeruch abgestorbener Nadeln war allgegenwärtig, obwohl der Blütenstaub selbst nicht duftete. Wenn ich ihr gesagt hätte: »Vittoria, ich habe dich sehr gern« oder »Vittoria, ich liebe dich«, hätte sie vielleicht geantwortet: »Du bist auch in Ordnung, meine Liebe« oder »Ja, lass es uns tun«, was das eine oder andere im falschen Licht darstellen würde, wobei ich nicht genau weiß, was. Es wäre ziemlich unerträglich und ich würde mich umbringen müssen – in jenen seltsamen Tagen hatte ich eine seltsame Haltung dem Tod gegenüber. Deshalb sagte ich nichts und gab auch keine Zeichen, sondern spazierte einfach weiter, immer tiefer in diesen fantastischen Wald, in diese verzauberte Allegorie hinein, bis wir schließlich an einen umgestürzten Baumstamm kamen, auf den wir uns setzten.

»Du wirst –«, sagte Vitti.

Ich sagte: »Vitti, ich will –«

Sie starrte geradeaus, als wäre sie beleidigt. Sex, Alter, Zeit oder Sinn spielen hierbei keine Rolle, das wissen wir alle. Bei Tageslicht kann man sehen, dass die Bäume in geraden Reihen gepflanzt sind, aber das Mondlicht brachte alles durcheinander.

Es folgte eine lange Pause.

»Ich kenne dich nicht«, sagte ich schließlich. In Wahrheit waren wir seit langer Zeit Freundinnen, gute Freundinnen. Ich weiß nicht, warum ich das so vollständig vergessen konnte. Vitti war mein Anker während der Schulzeit, die Kumpanin, die Kameradin. Wir hatten zusammen getratscht, zusammen gegessen. Ich weiß nicht, was sie jetzt denkt, und ich kann ihre Gedanken nicht wiedergeben, nur meine eigenen albernen Bemerkungen. Oh, dieses tödliche Schweigen! Ich tastete nach ihrer Hand, konnte sie aber in der Dunkelheit nicht finden. Ich verfluchte mich und versuchte mich in dem schaurigen Mondlicht zusammenzureißen. Ein Frösteln des Nichtseins durchzog mich wie ein Netz, überall aber war das schmerzliche Vergnügen, das schreckliche Verlangen.

»Vitti, ich liebe dich.«

Geh weg! Rang sie die Hände?

»Liebe mich!«

Nein! und sie riss den Arm hoch, um ihr Gesicht zu schützen. Ich sank auf die Knie, aber sie zuckte mit einem heiseren Kreischen zurück, das sehr an einen aufgeregten Gänserich erinnerte, der dich warnt, fair zu bleiben. Beide zitterten wir am ganzen Körper. Es schien natürlich, dass sie bereit war, mich zu zerstören. Ich habe davon geträumt, in einen Spiegel zu blicken und mein anderes Ich zu sehen, das mir aus eigener Initiative unerträgliche Wahrheiten zu erzählen beginnt, und um dies zu vermeiden, umschlang ich Vittorias Knie, während sie die Finger in meinem Haar vergrub. Derart verbunden glitten wir auf den Waldboden. Ich nahm nun an, sie würde meinen Kopf auf den Boden schlagen, stattdessen kamen wir auf gleicher Höhe nebeneinander zum Liegen und küssten uns. Ich wartete darauf, dass meine Seele meinen Körper verließ, was sie glücklicherweise nicht tat. Sie ist unberührbar. Was soll ich am Ende mit meiner Liebsten X, Y und Z anfangen? Dies ist Vitti, die ich kenne, die ich mag, und die Wärme dieser echten Zuneigung weckte in mir mehr Liebe, die Liebe weckte mehr Leidenschaft, mehr Verzweiflung und genug Enttäuschungen für ein ganzes Leben. Ich stöhnte vor Elend. Ich hätte mich auch genauso gut in einen Stein oder in einen Baumstamm verlieben können. Niemand kann in einem solchen Zustand Liebe machen. Vittis Fingernägel brachten mir schmerzhafte Halbmonde auf den Armen bei. Sie hatte diesen bockigen Gesichtsausdruck, der mir so vertraut war. Ich wusste, dass etwas geschehen würde. Mir schien, als wären wir beide Opfer derselben Katastrophe und sollten uns irgendwo zusammensetzen, in einem hohlen Baum oder unter einem Busch, um darüber zu reden. Die alten Frauen raten in einer solchen Situation zum Ringkampf, denn beim Boxen kann man sich leicht ein blaues Auge einfangen. Vitti, die meine Finger in ihrer Hand hielt und sie fieberhaft zusammenpresste, bog den kleinsten gegen das Gelenk zurück. Ja, das war keine schlechte Idee. Wir balgten uns wie Kleinkinder. Meine Hand schmerzte immer mehr, denn sie biss auch noch hinein. Wir zogen und stießen einander, und ich schüttelte sie, bis sie sich auf mich rollte und mir mit ziemlicher Wucht die Faust ins Gesicht schlug. Da helfen nur Tränen. Schluchzend lagen wir nebeneinander. Ich glaube, Sie wissen, was wir dann taten, und wir schnieften und bemitleideten einander. Einmal kam es uns sogar lustig vor. Der Sitz der romantischen Liebe ist der Solar Plexus, während der Sitz der Liebe schlechthin sich irgendwo anders befindet. Und deshalb ist es so schwierig, *Liebe zu machen,* wenn man sich am Punkt der Auflösung befindet, wenn deine Arme und Beine vom Mondlicht durchdrungen sind und dein Kopf abgeschnitten ist und sich selbst überlassen umherschwimmt wie ein mutiertes Ungeheuer. Die Liebe ist eine Strahlenkrankheit. Wir Whileawayanerinnen mögen die Selbstkonsequenz nicht, die sich aus der romantischen Leidenschaft ergibt, und wir können sehr böse Scherze darüber machen. Deshalb gingen Vittoria und ich getrennt zurück, beide in Todesangst vor den vielen vor uns liegenden Wochen, bis wir darüber hinweg sein würden. Wir behielten es für uns. Zweieinhalb Monate später, zu einem ganz bestimmten Zeitpunkt, fühlte ich, wie es mich verließ: Ich schob mir gerade eine Hand voll gerösteten Mais in den Mund und leckte mir den Sud von den Fingern. Ich fühlte den Parasiten verschwinden. Ich schluckte philosophisch, und damit hatte es sich. Ich brauchte es ihr nicht einmal zu sagen.

Seit diesem Zeitpunkt sind Vitti und ich auf ganz alltägliche Weise zusammen. Wir heirateten nämlich. Er kommt und geht, der Abgrund, der sich aus keinem Anlass auftut. Normalerweise mache ich mich dann auf und davon.

Man sollte meinen, dass Vittoria jetzt über den gesamten Nordkontinent hurt. Wir meinen damit übrigens nicht dasselbe wie Sie. Ich meine: das ist ihr Glück.

Manchmal versuche ich die verschiedenen Arten der Liebe zu entwirren, die freundschaftliche Art und die operettenhafte Art, aber was zum Teufel soll das Ganze.

Lass uns schlafen gehen.

17

Am Fuße des Mashopi-Gebirges liegt ein Städtchen namens Wounded Knee, und dahinter erstreckt sich die landwirtschaftlich genutzte Ebene von Green Bay. Welchen geographischen Punkten unseres Hier-und-jetzt diese Gegend entspricht, das hätte Janet Ihnen nicht sagen können, und ich, die Autorin, kann es auch nicht. Bei der großen Terrareform im Jahre 400 n.K. verschwanden die ursprünglichen Namen und lösten sich im allgemeinen Durcheinander des Rekristallisationsprozesses auf. War Mashopi je eine Stadt? War Wounded Knee vielleicht früher eine Art

Laubwald? War die Green Bay früher tatsächlich eine Meeresbucht? Für eine Whileawayanerin wäre es unmöglich (wenn Sie sie fragen würden), dies zu beantworten. Aber wenn man vom Altiplano nach Süden geht und die Mashopiberge, das Land des Schnees, der Kälte, der dünnen Luft, der Risiken und Gletscher, überquert, kommt man zum Gleitsportzentrum Utica (von wo aus man – mit ein wenig Glück – die Bergsteigerinnen sehen kann, wenn sie aufbrechen, um den 7.900 Meter hohen Alten Schmutzrock zu erklimmen). Begibt man sich von dort zur Einschienenbahnstation von Wounded Knee, fährt mit der Einschienenbahn achthundert Meilen in die Green Bay hinaus und steigt an einer Station aus, die ich nicht nennen will, dann ist man genau dort, wo sich Janet befand, als sie gerade siebzehn geworden war. Eine Whileawayanerin, die gerade von der Mars-Trainingssiedlung vom Altiplano heruntergekommen ist, mag Green Bay für das Paradies halten, eine Wandersfrau aus New Forest dagegen hätte sie gehasst. Janet war ganz allein hierher gekommen, geradewegs von einer Unterwasserfarm auf dem Kontinentalschelf jenseits des Altiplano, wo sie fünf erbärmliche Wochen damit zugebracht hatte, in den unzugänglichsten Winkeln Maschinen aufzubauen und zu quieken, wann immer sie sprach (wegen des Heliums). Ihr Verlangen nach Raum und Höhe hatte sie fast in den Wahnsinn getrieben, und so hatte sie ihre Schulkameradinnen dort zurückgelassen. Es ist nichts Außergewöhnliches, in diesem Alter allein zu sein. Sie war in einer Herberge in Wounded Knee abgestiegen, wo man ihr einen alten, unbelegten Alkoven zugewiesen hatte. Von dort aus arbeitete sie mittels Steuerhelm in der Treibstoff-Alkohol-Destille. Die Leute waren nett, aber es war eine elende, langweilige Zeit. Schulkameradinnen oder nicht, sie war noch nie so allein gewesen. Sie hatte sich noch nie so aufgeschmissen gefühlt (Janet). Formell beantragte sie einen Arbeitsplatzwechsel, der prompt genehmigt wurde, na dann tschüß, alle miteinander. In Wounded Knee hatte sie eine Geige bei einer Freundin zurückgelassen, die sich immer aus dem dritten Stock der Herberge zu hängen pflegte und auf dem Kopf eines öffentlichen Denkmals ihre Frühstückspause machte. Janet nahm die Einschienenbahn um zweiundzwanzig Uhr und brach schmollend in eine bessere, persönlichere Welt auf. In ihrem Wagon saßen vier Personen mit Dreiviertel Würde, alle still, unglücklich und unzufrieden. Sie öffnete ihren Schlafsack, wickelte sich hinein und schlief. Als sie im künstlichen Licht erwachte, bemerkte sie, dass die Schaffnerin die Fensterjalousien geöffnet hatte, um den April hereinzulassen: in der Green Bay blühten die Magnolien. Mit einer älteren Frau vom Altiplano spielte sie Poker und verlor in drei Spielen dreimal. Bei Einbruch der Dämmerung schlief alles, und die Lichter gingen aus. Sie erwachte und sah die flachen Hügel unter einem apfelgrünen Himmel vorbeiziehen, der sich, während sie ihn betrachtete, schwefelig gelb färbte. Es regnete, aber sie rauschten einfach hindurch. Am Bahnhof, der auf nichts als einem freien Feld stand, lieh sie sich aus dem Radständer ein Fahrrad und stellte ihren Zielort ein. Es ist eine schwere Maschine mit breiten Reifen (verglichen mit unseren Rädern) und einem Empfänger für Radioleitsignale. Sie fuhr in die verbleibende Nacht hinein, die sich zwischen Tannenplantagen verfangen hatte, und dann wieder hinaus in den Sonnenaufgang. Ein allmächtiges Zwitschern und Zirpen antwortete auf den schmalen Kreisabschnitt der Sonne, der am Horizont sichtbar wurde. Sie konnte die aufgeblasene Hauptkuppel des Hauses sehen, bevor sie zum zweiten Fahrradständer kam. Wenn eine Frau nach Westen wollte, würde sie es sich nehmen und bei der Einschienenbahn stehen lassen. Sie stellte sich vor, wie eine riesige Menge schlecht gelaunter Mädchen, die extra dafür abgestellt waren, Räder von Küste zu Küste fuhren, aus Gegenden mit Fahrradüberschuss in solche, wo man ein Königreich für ein Fahrrad gab. Ich stellte mir das auch vor. Links von ihr hörte sie das Geräusch eines Maschinistinnenwagens – Janet war mit diesem Krach in ihren Ohren aufgewachsen. Ihr Fahrrad sang den melodischen Ton, der die Fahrerin wissen lässt, dass sie sich auf dem richtigen Kurs befindet, ein wunderschöner Ton über den einsamen Feldern. »Schhhh!«, machte sie und stellte es in den

Ständer, wo es gehorsam verstummte. Sie ging (so wie ich) zur Hauptkuppel des Hauses und trat ein, ohne zu wissen, ob alle noch schliefen oder früh aufgestanden und schon hinausgegangen waren. Es war ihr egal. Wir fanden das leere Gästezimmer und aßen ein wenig Herumgerührtes – nicht das, was Sie jetzt denken, es ist eine Art Brot – aus ihrem Proviantbeutel. Dann legten wir uns auf den Fußboden und schliefen ein.

18

Auf Whileaway gibt es kein *Zu-spät-nach-Hause-kommen* oder *Zu-früh-aufstehen* oder *In-einer-üblen-Gegend-der-Stadt-sein*, oder *Nicht-in-Begleitung-sein*. Man kann nicht aus dem Netz der Verwandtschaft fallen und zur sexuellen Beute Fremder werden, aus dem einfachen Grund, weil es weder Beute noch Fremde gibt – das Netz umspannt die ganze Welt. Auf ganz Whileaway gibt es niemanden, der Sie daran hindern könnte, dorthin zu gehen, wo es Ihnen am besten gefällt (obwohl es lebensgefährlich ist, wenn Ihnen solche Sachen zusagen), niemanden, der Ihnen nachstellt und Sie in Verlegenheit bringen will, indem er Ihnen Obszönitäten ins Ohr flüstert, keinen, der Sie vergewaltigen will, keinen, der Sie vor den Gefahren der Straße warnen wird, keinen, der an Straßenecken herumsteht, boshaft und mit glühenden Augen, der loses Kleingeld in seiner Hosentasche klimpern lässt und sich so verdammt, verdammt sicher ist, dass Sie ein billiges Flittchen sind, geil und wild, das es ganz gerne hat, das nicht nein sagen kann, das einen Haufen Geld damit macht, das außer Ekel rein gar nichts in ihm erregt und das ihn verrückt machen will.

Auf Whileaway ziehen sich elfjährige Kinder aus und leben nackt in der Wildnis oberhalb des siebenundvierzigsten Breitengrades, wo sie meditieren, splitternackt oder in Laub gehüllt, *sans* Schamhaar. Sie leben von den Wurzeln und Beeren, die ihre Vorgängerinnen freundlicherweise angepflanzt haben. Man kann den whileawayanischen Äquator zwanzigmal umrunden (wenn man

Großes vorhat und das Glück hat, lange genug zu leben), eine Hand vor dem Geschlechtsteil, in der anderen einen Smaragd von der Größe einer Grapefruit. Alles, was dir dabei zustößt, ist ein müdes Handgelenk.

Aber hier, wo *wir* leben –!

Fünfter Teil

1

Ich hatte einen Narren an Jeannine gefressen. Ich weiß nicht, wieso. Zu allem Überfluss starrten auch noch alle in dem gottverdammten U-Bahn-Wagon auf meine Beine. Die glaubten wohl, ich sei eine Cheerleaderin. Oben in der Bronx hatten wir fünfundvierzig Minuten im Freien auf den Express gewartet. Zwischen den Schienen wuchsen Grasbüschel, genau wie in meiner Kindheit. Unkraut umwucherte die verlassenen Wagons, Sonnenlicht und Wolkenschatten jagten einander auf der hölzernen Plattform. Ich legte meinen Regenmantel über die Knie – die Röcke sind lang in neunzehnhundertneunundsechzig, Jeannine-Zeit. Jeannine ist schick, aber ihr Outfit kommt mir wie ein Sammelsurium vor: baumelnde Ohrringe, ein Gürtel aus Metallgliedern, ein Netz, unter dem ihr Haar hervorquillt, Rüschenärmel, und an diesem formlosen Mantel mit Raglanärmeln, der immer aussieht, als zöge er sich selbst von den Schultern der Trägerin, eine Anstecknadel in der Form eines Halbmondes, von dem an drei einzelnen, feinen Kettchen drei Sterne herabhängen. Ihr Mantel und ihre Umhängetasche breiten sich bis auf den Schoß ihrer Nachbarn aus.

Ich denke an die Petticoats aus Rosshaar, die während meiner Teeniezeit in Mode waren. Immer wenn ich sie zu falten oder aufzurollen versuchte, sprangen sie mir aus der Hand. Einer pro Schublade. Irgendwo zwischen der Hundertachtzigsten und der Hundertachtundsechzigsten Straße ächzte der Zug und kam zum Stehen. Wir können die gesamte Ebene der Bronx überblicken, die bis zu einem weit entfernt am Fluss liegenden Ding – einem neuen Stadion, glaube ich – mit Häusern bedeckt ist.

Petticoats, enge Korsetts, trägerlose Bügel-BHs mit folternden Knoten an den Stellen, wo die Bügel anfingen oder endeten, züchtige hochhackige Schuhe, doppelte Wickelröcke, auf deren Filz Pailletten genäht waren, Armreifen, die ständig über die Hand rutschten, Wintermäntel ohne Knöpfe, mit denen man sie hätte schließen können, Broschen, besetzt mit rosettenförmigen Bergkristallen, mit denen man überall hängen blieb. Schreckliche Obsessionen, Das Zuhause, beispielsweise. Wir saßen da und ließen unseren Blick über die Mietwohnungen, die weit entfernte Brücke und den Bumspark wandern. Es gab öffentliche Parks auf den Inseln im Fluss, von denen mir nicht bekannt ist, dass dort so etwas vorkam. Ich bekomme eine Gänsehaut, weil Jeannine mir dauernd etwas ins Ohr flüstert und dabei fast meinen Hals berührt. Flüster, flüster (über irgendjemandes Untermieter am anderen Ende des Wagons). Sie kann nicht stillsitzen. Die ganze Zeit dreht sie sich um, um etwas Bestimmtes zu erspähen. Unablässig nestelt sie an ihren Kleidern herum und fasst plötzlich den Entschluss, aus dem Fenster sehen zu müssen. Um jeden Preis! Also wechseln wir die Plätze. Nun hat sie nicht mehr die Stange zwischen sich und dem Fenster, die ihr die Sicht nahm. Die Sonne schien, als handle es sich um die Perfekte Stadt aus meinen Träumen als Zwölfjährige, ein Bild wie gemalt, unter der Überschrift: Pittston, Zukunftsjuwel der Fingerseen. Die Rampen, die anmutig gewundenen Spazierwege, die Gleitbänder zwischen den hundertstöckigen Hochhäusern, die grünen Quadrate, die wohl Parks sein sollen, und als Krönung des Ganzen, im wolkenlos modernen Himmel, ein einzelnes schlankes, futuristisches Flugzeug.

2

JEANNINE: Cal wird mir einfach zu viel! Ich weiß nicht, ob ich ihn verlassen soll oder nicht. Er ist furchtbar süß, aber er ist so ein Baby. Und der Kater mag ihn auch nicht, weißt du. Er führt mich nie aus. Ich weiß, er verdient nicht viel Geld, aber man könnte doch annehmen, dass er es wenigstens versucht – oder nicht? Alles, was er will, ist herumsitzen und mich anstarren, und wenn wir ins Bett gehen, macht er die meiste Zeit überhaupt nichts. Das kann einfach nicht normal sein. Er streichelt mich nur und sagt, dass es ihm so gefällt. Er sagt, es sei ein Gefühl wie Schweben. Und wenn er *es* dann doch macht, weißt du, dann weint er manchmal. Ich habe noch nie gehört, dass sich ein Mann so verhält.

ICH SELBST: Nichts.

JEANNINE: Ich glaube, mit ihm stimmt etwas nicht. Ich glaube, er hat einen Komplex, weil er so klein ist. Er will heiraten, damit wir Kinder haben können – bei seinem Gehalt! Wenn wir an einem Kinderwagen mit einem Baby vorbeikommen, rennen wir beide hin um hineinzusehen. Er kann sich auch zu nichts entschließen. Ich habe noch nie von einem Mann wie ihm gehört. Letzten Herbst wollten wir in ein russisches Restaurant gehen, ich war es, die unbedingt dorthin wollte, und er sagte, in Ordnung, und dann überlegte ich es mir anders und wollte woandershin, und er sagte okay, auch gut, aber es stellte sich heraus, dass sie geschlossen hatten. Was sollten wir also tun? *Er* hatte keine Ahnung. Da habe ich die Nerven verloren.

ICH: Nichts, nichts, nichts.

SIE: Es wird mir einfach zu viel. Denkst du, ich sollte ihm den Laufpass geben?

ICH: (Ich schüttelte den Kopf.)

JEANNINE (vertrauensvoll): Okay, manchmal ist er wirklich lustig.

(Sie neigte den Kopf um sich einen Fussel von der Bluse zu zupfen und hatte für einen Augenblick ein Doppelkinn. Sie schürzte die Lippen, spitzte den Mund und schlug die Augenlider zu einem wissenden Blick nieder.)

Manchmal – *manchmal* – *macht* er sich gerne *schick*. Er wickelt sich die Vorhänge wie einen Sarong um den Körper, legt alle meine Halsketten um und hält die Vorhangstange wie einen Speer. Er wäre gern Schauspieler, weißt du. Aber ich glaube, mit ihm stimmt etwas nicht. Ist er das, was man einen Transvestiten nennt?

JOANNA: Nein, Jeannine.

JEANNINE: Ich denke, vielleicht doch. Ich glaube, ich mache Schluss mit ihm. Ich mag niemanden, der meinem Kater, Mr. Frosty, Schimpfwörter an den Kopf wirft. Cal nennt ihn Den Fleckigen Dürren Kater. Das ist er nicht. Übrigens, nächste Woche werde ich meinen Bruder anrufen und ich werde während meines Urlaubs bei ihm wohnen – ich habe drei Wochen. Gegen Ende wird es immer ziemlich langweilig – mein Bruder wohnt in einer kleinen Stadt in den Poconos, weißt du – aber letztes Mal, als ich dort war, veranstalteten sie einen Tanz und ein Abendessen auf dem Gutshof, und dort habe ich einen sehr, sehr hübschen Mann kennen gelernt. Du spürst doch, wenn dich jemand mag, oder nicht? Er mochte mich. Er ist Metzgergehilfe, und er wird das Geschäft erben. Er hat wirklich eine Zukunft. Ich ging ziemlich oft hin, ich weiß doch genau, wenn mir jemand schöne Augen macht. Mrs. Robert Poirier. Jeannine Dadier-Poirier. Haha! Er sieht gut aus. Cal ... *Cal* ist ... *na ja!* Obwohl, Cal ist süß. Arm, aber süß. Ich würde Cal für nichts in der Welt aufgeben. Ich genieße es, ein Mädchen zu sein, du nicht? Ich möchte um keinen Preis ein Mann sein. Ich glaube, die haben es sehr schwer. Ich habe es gern, wenn man mich bewundert. Ich bin gern ein Mädchen. Um nichts in der Welt möchte ich ein Mann sein. Um *nichts in der Welt*.

ICH: Hat dir jemand in letzter Zeit diese Wahl angeboten?

JEANNINE: Ich will kein Mann sein.

ICH: Niemand zwingt dich dazu.

3

Ihr wurde schlecht in der U-Bahn. Nicht so richtig, aber beinahe. Sie signalisierte mir, dass ihr übel werden würde oder dass ihr gerade übel gewesen war oder dass sie Angst davor hatte, ihr könnte übel werden.

Sie hielt meine Hand.

4

An der Zweiundvierzigsten Straße stiegen wir aus, und auf diese Weise geschehen die Dinge wirklich, im hellen Tageslicht, in der Öffentlichkeit, unsichtbar. Wir schlenderten an den Läden vorbei. Jeannine sah ein Paar Strümpfe, das sie einfach haben musste. Wir betraten das Geschäft, und der Eigentümer führte sich auf wie ein Tyrann. Mit ihren Strümpfen (falsche Größe) wieder draußen, sagte sie: »Aber ich *wollte* sie doch gar nicht!« Es waren rote Netzstrümpfe, die sie nie zu tragen wagen würde. In den Auslagen stand eine dummgesichtige Schaufensterpuppe, die meinen aufrichtigen Hass weckte: Sie war schon vor langer Zeit bemalt worden und jetzt verstaubt und mit feinen Haarrissen überzogen – die Sparsamkeit eines kleinen Ladenbesitzers. »Ah«, sagte Jeannine sorgenvoll und warf erneut einen Blick auf die Netzstrümpfe in ihrer Verpackung. Schaufensterpuppen tanzen immer, dieses absurde Zurückwerfen des Kopfes und diese unmögliche Stellung der Arme und Beine. Es gefällt ihnen, Schaufensterpuppen zu sein. (Aber ich will nicht gemein sein.) Ich will nicht sagen, dass der Himmel vom Zenit bis zum Horizont und vom einen Ende bis zum anderen aufriss, dass aus den Wolken über der Fifth Avenue sieben Engel mit sieben Posaunen herniederstiegen, dass die Phiolen des Zorns über Jeannines Zeit ausgeschüttet wurden und der Engel der Pestilenz Manhattan in den tiefsten Tiefen des Ozeans versenkte. Janet, unsere einzige Retterin, kam in grauem Flanelljackett und knielangem grauem Flanellrock um die Ecke. Das ist ein Kompromiss zwischen zwei Welten. Sie schien zu wissen, wohin sie wollte. Miss Evason hatte einen schlimmen Sonnenbrand und mehr Sommersprossen auf der platten Nase als gewöhnlich. Sie blieb mitten auf der Straße stehen, kratzte sich ausgiebig am Kopf, gähnte und betrat einen Drugstore.

Wir folgten.

»Es tut mir Leid, aber davon habe ich noch nie etwas gehört«, sagte der Mann hinter dem Ladentisch.

»Ach du meine Güte, wirklich?«, erwiderte Miss Evason. Sie steckte das Stück Papier ein, auf das sie das Was-auch-immer notiert hatte, und begab sich auf die andere Seite des Ladens, wo sie sich ein Sodawasser genehmigte.

»Sie werden dafür ein Rezept benötigen«, sagte der Mann hinter dem Ladentisch.

»Ach du meine Güte«, sagte Miss Evason leise. Es half nichts, dass sie ihr Sodawasser mitnahm. Sie setzte es auf dem Plastiktresen ab und stieß an der Tür zu uns, wo Miss Dadier – sanft, aber bestimmt – Reißaus zu nehmen versuchte. Es zog sie zurück in die Freiheit der Fifth Avenue, wo es so viele Läden gab – so viel Zu Vermieten, alles viel billiger, alles viel älter, als ich es erinnere. Miss Dadier sah schmollend zum Himmel auf, rief die unsichtbaren Engel und den Zorn Gottes als Zeugen an und sagte widerwillig:

»Ich kann mir nicht *vorstellen*, was du zu kaufen versucht hast.« Sie wollte nicht zugeben, dass Janet existierte. Janet zog die Augenbrauen hoch und warf mir einen Blick zu, aber ich weiß von nichts. Ich weiß nie etwas.

»Ich habe einen athletischen Fuß«, sagte Miss Evason.

Jeannine erschauderte (wenn man sie sah, wie sie in aller Öffentlichkeit ihre Schuhe auszog!) »Ich dachte, ich hätte dich verloren.«

»Das hast du nicht«, sagte Miss Evason nachsichtig. »Bist du fertig?«

»Nein«, gab Jeannine zurück. Aber sie wiederholte es nicht. Ich bin nicht sicher, ob ich fertig bin. Janet führte uns auf die Straße hinaus und hieß uns eng zusammenzustehen, alle auf einer Platte des Gehwegs. Sie sah auf ihre Armbanduhr. Die whileawayanische Antenne pirschte sich wie der Schnurrbart einer Katze durch die Zeitalter. Es wäre vielleicht besser gewesen, von einem weniger öffentlichen Ort aufzubrechen, aber es scheint ihnen egal zu sein, was sie tun. Geschäftig winkte Janet den Vorübergehenden zu, und mir wurde bewusst, dass mir bewusst geworden war, dass ich mich daran erinnerte, mir einer gekrümmten Wand fünfzig Zentimeter vor meiner Nase bewusst geworden zu sein. Der Rand des Gehwegs, wo der Verkehr. Gewesen war.

Jetzt weiß ich, wie ich nach Whileaway gekommen bin, aber wie kam es, dass ich mit Jeannine zusammenblieb? Und wie geriet Janet in diese Welt und nicht in meine? Wer veranlasste das? Wenn die Frage ins Whileawayanische übersetzt wird, liebe Lesenden, werden Sie die Technikerinnen von Whileaway unfreiwillig zurücktreten sehen. Sie werden Pfadfinderin Evason erblassen sehen, Sie werden sehen, wie die Gruppenführerin des wissenschaftlichen Establishments von Whileaway, Herrin über zehntausend Sklavinnen und Trägerin der bronzenen Brustplatten, mit wütendem Blick strenge Fragen nach links und rechts austeilt. Etcetera.

Oh, oh, oh, oh, oh, stöhnte Jeannine zum Steinerweichen. *Ich will nicht hier sein. Sie haben mich gezwungen. Ich will nach Hause. Hier ist es schrecklich.*

»Wer hat das getan?«, sagte Miss Evason. »Nicht ich. Nicht mein Volk.«

5

Gelobt sei Gott, deren Abbild wir auf der Plaza aufstellen, um die Elfjährigen zum Lachen zu bringen. Sie hat mich nach Hause gebracht.

6

Grab dich ein. Der Winter kommt. Wenn ich – nicht das ›Ich‹ von oben, sondern das ›Ich‹ von hier unten natürlich, das da oben ist Janet –

Wenn ›ich‹ von Whileaway träume, träume ich zuerst von den Farmen, und obwohl Worte dieses großartige Thema nicht angemessen beschreiben können, muss ich Ihnen, so lange ich lebe, erzählen, dass die Farmen die einzigen Familieneinheiten auf Whileaway sind. Nicht etwa, weil die Whileawayanerinnen glauben, dass das gut für die Kinder ist (das tun sie nicht), sondern weil die Farmarbeit schwieriger einzuteilen ist und mehr tagtägliche Kontinuität verlangt als jede andere Art von Job. Farmarbeit auf Whileaway bedeutet in erster Linie Pflege, Aufsicht und das Bedienen von Maschinen. Es ist die gefühlsmäßige Sicherheit des Familienlebens, was den Zauber ausmacht. Ich weiß das nicht aus meinen Beobachtungen, ich habe es gelernt. Ich selbst habe Whileaway persönlich nie besucht, und als Janet, Jeannine und Joanna aus der rostfreien Stahlkugel traten, in die man sie, von wo auch immer sie sich vorher befunden haben mochten (etcetera), befördert hatte, taten sie das allein. Ich war nur dabei, wie der Geist oder die Seele eines Erlebnisses immer dabei ist.

Sechzig zwei Meter siebzig große Amazonen, die Prätorianische Garde Whileaways, schleuderten Dolche in alle Richtungen (Nord, Süd, Ost und West).

Janet, Jeannine und Joanna kamen inmitten eines Feldes am Rand einer altmodischen Rollbahn an, die sich als Zubringer bis zum nächsten Hovercraft-Highway erstreckte. Kein Winter, wenig Dächer. Vittoria und Janet umarmten sich und standen dabei ganz still, wie es Aristophanes beschreibt. Weder jauchzten sie, noch klopften sie einander auf die Schultern, noch küssten oder herzten sie sich. Sie kreischten nicht, hüpften nicht auf und ab, sagten nicht »Du Teufelsbraten!«, erzählten einander nicht die letzten Neuigkeiten und sie stießen sich auch nicht schreiend auf Armlänge voneinander ab, um sich dann wieder zu herzen. Da ich einen besseren Überblick habe als Jeannine oder Janet, kann ich über die Bergkette am Horizont und über den Altiplano hinaussehen, bis zu den Walherden und Unterwasserfischereien am anderen Ende der Welt. Ich kann die Wüstengärten und zoologischen Reservate sehen. Ich kann sehen, wie sich Stürme zusammenbrauen. Jeannine schluckte. *Müssen sie das in aller Öffentlichkeit tun?* Ein paar flaumige Sommerwolken schweben über der Green Bay, jede balanciert auf ihrem eigenen Schweif aus heißer Luft. Staub wirbelt auf und senkt sich wieder zu beiden Seiten des Highways, als ein Hovercraft vorbeirauscht. Für Jeannines Geschmack ist Vittoria zu stämmig, sie könnte wenigstens gut aussehen. Wir schlenderten den Zubringer hinab bis zum Hovercraftweg. Niemand beobachtete uns, wir waren ganz allein, bis auf einen Wettersatelliten, den ich sehen kann und der auch mich sieht. Jeannine hält sich direkt hinter Vittoria und starrt mit tadelndem Schrecken auf deren langes schwarzes Haar.

»Wenn sie wissen, dass wir hier sind, warum haben sie dann niemanden geschickt, um uns abzuholen«, sagt Jeannine, während sich alle Welt über ihre Ohren krank lacht. »Ich meine, andere Leute.«

»Warum sollten sie?«, antwortet Janet.

7

JEANNINE: Aber wir könnten uns verlaufen.

JANET: Könnt ihr nicht. Ich bin hier, und ich kenne den Weg.

JEANNINE: Angenommen, du wärst nicht bei uns. Angenommen, wir hätten dich getötet.

JANET: Dann wäre es natürlich besser, wenn ihr euch verlaufen würdet!

JEANNINE: Aber angenommen, wir hielten dich als Geisel fest? Nehmen wir einmal an, du wärst am Leben, und wir würden *drohen*, dich umzubringen?

JANET: Je länger wir brauchen, um irgendwo hinzukommen, desto mehr Zeit habe ich um nachzudenken, was zu tun ist. Wahrscheinlich kann ich den Durst besser aushalten als ihr. Und da ihr keine Karte habt, könnte ich euch in die Irre führen und würde nicht sagen, wo wir tatsächlich hingehen.

JEANNINE: Aber wir würden irgendwann dort ankommen, nicht wahr?

JANET: Ja. Deshalb macht es keinen Unterschied, verstehst du.

JEANNINE: Aber angenommen, wir würden dich *töten*?

JANET: Entweder hättet ihr mich getötet, bevor ihr hierher

kamt, in diesem Fall wäre ich schon tot, oder ihr tötet mich, nachdem ihr hier angekommen seid, und in diesem Fall bin ich auch tot. Mir ist es egal, wo ich sterbe.

JEANNINE: Aber angenommen, wir hätten eine – eine Kanone oder Bombe oder so etwas mitgebracht – angenommen, wir hätten dich übertölpelt, die Regierung in unsere Gewalt gebracht und würden nun damit drohen, alles in die Luft zu jagen!

JANET: Um der Diskussion willen können wir das ruhig mal annehmen. Erstens haben wir keine Regierung in eurem Sinne. Zweitens gibt es keinen speziellen Ort, von dem aus alle Aktivitäten, das heißt, die gesamte Wirtschaft auf Whileaway, kontrolliert werden. Deshalb wird deine eine Bombe nicht ausreichen, selbst wenn wir davon ausgehen, dass du damit unser Empfangskomitee töten könntest. Um eine ganze Armee oder ein riesiges Waffenarsenal durch den einen Zugang hereinzuschleusen, benötigt man eine besonders ausgereifte Technologie – die ihr nicht habt – oder ungeheuer viel Zeit. Wenn ihr also sehr lange brauchen würdet, wärt ihr für uns kein Problem, und falls ihr schnell hindurchgelangen würdet, kämt ihr entweder vorbereitet oder unvorbereitet. Wenn ihr vorbereitet durchkämt, würde ein Abwarten unsererseits nur sicherstellen, dass ihr euch ausbreitet, dabei eure Vorräte aufbrauchen und schließlich eine trügerische Selbstsicherheit entwickeln würdet. Kämt ihr unvorbereitet durch und müsstet erst einmal alles auf die Beine stellen, wäre das nur ein Zeichen für den niedrigen Stand eurer Technologie. Und das würde bedeuten, dass ihr für uns in keiner Weise bedrohlich seid.

JEANNINE (nimmt sich zusammen): Hm!

JANET: Verstehst du, Konflikte zwischen Staaten sind nicht identisch mit Konflikten zwischen Einzelpersonen. Du schätzt den Überraschungseffekt zu hoch ein. Auf den Vorteil einiger weniger Stunden zu vertrauen, ist keine sichere Vorgehensweise, oder? Eine solch unvorsichtige Lebenseinstellung wäre es nicht wert, dass man sie beibehält.

JEANNINE: Ich hoffe – in Wirklichkeit hoffe ich es natürlich nicht, denn es wäre schrecklich, nur um auf deine Argumente einzugehen, hoffe ich! – nun, ich hoffe, dass irgendein Feind mit einer fantastisch ausgereiften Technologie seine Spezialisten durch das Wie-auch-immer-du-es-nennst schickt, und ich hoffe, dass diese Spezialisten alle Leute im Umkreis von fünfzig Meilen mit *grünen Strahlen* einfrieren, und dann hoffe ich, dass sie aus dem Wie-auch-immer-du-es-nennst ein *permanentes* Wie-auch-immer-du-es-nennst machen, damit sie zu *jeder beliebigen Zeit so viel* einschleusen können, *wie sie wollen,* und euch *alle umbringen!*

JANET: Da fällt mir ein gutes Beispiel ein. Erstens, falls sie tatsächlich eine derart fortgeschrittene Technologie besäßen, könnten sie ihre eigenen Zugänge öffnen, und wir können nicht die ganze Zeit überall aufpassen. Wir wären nur noch von diesem einen Gedanken besessen. Aber angenommen, sie müssten diesen einzigen Zugang benutzen. Kein Empfangskomitee – nicht einmal eine Armee zur Verteidigung – könnte diesen fünfzig Meilen weit reichenden grünen Strahlen widerstehen, richtig? Also hat es keinen Sinn, eine Armee loszuschicken, nicht wahr? Sie würde sowieso nur eingefroren oder getötet werden. Ich nehme jedoch an, dass der Einsatz dieser fünfzig Meilen weit reichenden grünen Strahlen alle möglichen Arten auffälliger Phänomene hervorrufen würde – und das bedeutet, es wäre sofort klar, dass irgendetwas oder irgendjemand die Gegend in einem Umkreis von fünfzig Meilen paralysiert – und wenn diese technologisch fortgeschrittenen, aber unfreundlichen Leute so zuvorkommend sind, sich auf diese Art und Weise selbst anzukündigen, brauchen wir doch nicht mehr herausfinden, wer da kommt, indem wir jemand aus Fleisch und Blut vorschicken, oder?

(Langes Schweigen ist die Folge. Jeannine versucht sich etwas ultimativ Vernichtendes einfallen zu lassen. Ihr tun die Füße weh, denn ihre Plateausohlen sind nicht zum Gehen gedacht.)

JANET: Und außerdem, derartige Dinge ereignen sich niemals beim ersten Kontakt. Eines Tages werde ich dir die Theorie erklären.

Eines Tages (denkt Jeannine) wird euch jemand drankriegen, trotz aller Rationalität. Und die ganze schöne Rationalität wird sich in Luft auflösen. Sie brauchen gar keine Invasion dafür, sie können euch vom Weltraum aus in die Luft jagen. Sie können euch mit Seuchen infizieren oder euch unterwandern oder eine fünfte Kolonne bilden. Sie können euch korrumpieren. Es gibt alle möglichen Gräueltaten. Du denkst, das Leben sei sicher, aber dem ist nicht so, weit gefehlt. Es besteht nur aus Angst und Schrecken. Aus Schrecken!

JANET (liest in ihrem Gesicht und zeigt, die Faust geballt, mit abgespreiztem Daumen zum Himmel – das Glaubenszeichen der Whileawayanerinnen): Gottes Wille geschehe.

ರ

Dumm und inaktiv. Pathetisch. Kognitives Verhungern. Jeannine liebt es, in die Seelen der Möbel in meinem Apartment hineinzuwachsen. Langsam, eins nach dem anderen, zieht sie ihre langen Glieder ein, um sich in die beengte Landschaft meiner Tische und Stühle einzupassen. Die Dryade meines Wohnzimmers. Egal wohin ich sehe, auf das Lexikonregal, auf die billigen Lampen, auf die hausbackene, aber sehr gemütliche braune Couch, immer ist es Jeannine, die zurückstarrt. Mir ist das unangenehm, aber für sie ist es eine große Erleichterung. Dieser hoch gewachsene, junge, hübsche Körper liebt es, wenn man auf ihm sitzt, und ich glaube, falls Jeannine je einem Satanisten begegnet, wird sie als sein Altar bei einer Schwarzen Messe ganz in ihrem Element sein. Dann wäre sie endlich und für immer von ihrer Persönlichkeit befreit.

ꝗ

Dann ist da die Jovialität, die hohe Selbsteinschätzung, die bemühte Herzlichkeit, die wohlwollende Neckerei, das ständige Begehren nach Schmeicheleien und Rückversicherung. Dies ist, was Verhaltensforscher als dominantes Verhalten bezeichnen.

ACHTZEHNJÄHRIGER MÄNNLICHER ERSTSEMESTER AM COLLEGE (macht sich auf einer Party wichtig): Wenn Marlowe länger gelebt hätte, hätte er *erheblich bessere Stücke* geschrieben als Shakespeare.
ICH, EINE FÜNFUNDDREISSIGJÄHRIGE ENGLISCHLEHRERIN (benommen vor Langeweile): Meine Güte, wie schlau Sie sind, über Dinge Bescheid zu wissen, die sich nie ereignet haben.
DER ERSTSEMESTER (verwirrt): Hmm?

ODER

ACHTZEHNJÄHRIGES MÄDCHEN AUF EINER PARTY: Männer verstehen nichts von Technik. In mindestens siebzig Prozent aller Fälle trifft das Dingsbums auf das Dingens, und der Hebel kommt mit den Backen in Berührung.
FÜNFUNDDREISSIGJÄHRIGER PROFESSOR FÜR MASCHINENBAU (ehrfürchtig): Du lieber Himmel. (Ich glaube, hier stimmt was nicht).

ODER

›Man‹ ist eine rhetorische Kurzform für ›Mensch‹. ›Man‹ schließt ›Frauen‹ mit ein.*

1. Das Ewigweibliche führt uns immer höher und weiter. (Raten Sie mal, wer mit ›uns‹ gemeint ist.)

2. Der letzte Mensch auf der Erde wird die letzte Stunde vor der großen Katastrophe auf der Suche nach seiner Frau und seinem Kind verbringen (Rezension von *Das Andere Geschlecht* durch das eigentliche Geschlecht).

3. Wir alle verspüren von Zeit zu Zeit das Bedürfnis, unsere

---

* Das engl. Substantiv ›man‹, hier von der Autorin polemisierend als Kurzform von engl. ›human‹ (›Mensch‹) bezeichnet und mit dt. ›man‹ übersetzt, bedeutet sowohl ›Mann‹ als auch ›Mensch‹. Diese Gleichsetzung von ›Mann‹ als ›Mensch‹ und die darin liegende Ausschließung von ›Frau‹, die hier kritisiert wird, ist jedoch so nicht in die deutsche Sprache zu übertragen. Das dt. Pronomen ›man‹ hat sich aus dem ahd. Substantiv ›man‹ (nhd. ›Mann‹) entwickelt, bedeutete aber bald nur noch ›irgendein Mensch‹ und später ›jeder beliebige Mensch‹. Die ursprüngliche Gleichbedeutung von ›Mann‹ und ›Mensch‹ ist also verglichen mit dem Englischen nicht mehr gleichrangig, sondern in diesem Fall verloren gegangen. A.d.Ü.

Frauen loszuwerden (Irving Howe, Einführung zu Hardy, *Gespräche über meine Frau*).

4. Große Wissenschaftler wählen ihre Probleme, wie sie ihre Frauen auswählen (A.H. Maslow, der es besser wissen müsste).

5. Der Mensch ist ein Jäger, der mit den anderen um die beste Jagdbeute und das beste Weibchen wetteifern möchte (jedermann).

ODER

Bei diesem Spiel handelt es sich um ein Dominanzspiel mit dem Titel Ich Muss Diese Frau Beeindrucken. Ein Versagen lässt den aktiven Spieler verbissener spielen. Hast du einen Buckel oder einen verkrüppelten Arm, so wirst du die Unsichtbarkeit des passiven Spielers erleben. Ich bin nie beeindruckt – das ist eine Frau niemals – es ist nur das Stichwort für die Inszenierung, in der du mich magst und von mir erwartet wird, dass ich das mag. Wenn du mich wirklich gern hast, kann ich dich vielleicht zum Aufhören bewegen. Hör auf. Ich will mit dir reden! Hör auf. Ich möchte dich sehen! Hör auf. Ich sterbe und verschwinde!

SIE: Es ist doch nur ein Spiel?

ER: Ja, natürlich.

SIE: Und wenn du es spielst, heißt das doch, dass du mich magst – oder nicht?

ER: Natürlich.

SIE: Also, wenn es nur ein Spiel ist und du mich gern hast, kannst du aufhören zu spielen. Bitte hör auf.

ER: Nein.

SIE: Dann werde *ich* eben nicht mitspielen.

ER: Schlampe! Du willst mich kaputtmachen. Dir werd ich's zeigen. (Er spielt verbissener.)

SIE: Schon gut. Ich bin beeindruckt.

ER: Eigentlich bist du wirklich süß und verständnisvoll. Du hast deine Weiblichkeit bewahrt. Du bist keine von diesen hysterischen Emanzenschlampen, die ein Mann sein und einen Penis haben wollen. *Du bist eine Frau.*

SIE: Ja. (Sie bringt sich um.)

10

Dieses Buch ist mit Blut geschrieben.
 Ist es ganz mit Blut geschrieben?
 Nein, ein Teil davon ist mit Tränen geschrieben.
 Ist es allein mein Blut, und sind es nur meine Tränen?
 Ja, in der Vergangenheit waren sie es. Aber in Zukunft wird es ganz anders sein. In *Pogo* legte die Bärin einen Schwur ab, nachdem sie einiges durchgemacht hatte. Sie hatten ihr einen Topf über den Kopf gestülpt, sie damit auf den Kopf gestellt, ihre Essbarkeit diskutiert und die Frage, ob sie ihr mit dem Rasenmäher über den Hintern fahren sollten. Dann schoben sie ihr noch eine Hand voll Pfeffer in die Schnute, und während ihr die Äpfel vom geschüttelten Apfelbaum bumm-peng auf den Kopf fielen, schwor sie grimmig und im Stillen bei der Asche ihrer Mütter (d.h. ihrer Ahnenbärinnen) einen heiligen Eid:
 OH, AUSSER MIR WIRD NOCH JEMAND ANDERS DIESEN GANZ SPEZIELLEN TAG BEREUEN.

11

Aufmerksam betrachte ich Vittorias blauschwarzes Haar, ihre samtbraunen Augen und ihr breites, vorstehendes Kinn. Ihre Taille ist zu lang (wie die einer biegsamen Meerjungfrau), die stämmigen Schenkel und Hinterbacken sind überraschend fest. Wegen ihres dicken Hinterns wird Vittoria auf Whileaway oft bewundert. Sie sieht nicht besonders interessant aus, wie alles auf dieser Welt ist sie für eine lange Bekanntschaft und einen Blick aus der Nähe geschaffen. Draußen arbeiten sie in ihren rosa oder grauen Pyjamas und drinnen nackt, bis sie jedes Fältchen und jede Fleischfalte der anderen kennen, bis jeder Körper in der Gemeinschaft anderer aufgeht. Bilder von einzelnen Personen oder Dingen werden nicht gemacht, alles wird sofort in sein eigenes Inneres übersetzt. Whileaway ist das Innere aller Dinge.

Ich schlief drei Wochen lang im Gemeinschaftsraum der Belins und war bei meinem Kommen und Gehen von Leuten mit Namen wie Nofretari Ylayeson und Nguna Twason umgeben. (Ich übersetze frei. Es sind chinesische, russische, afrikanische und europäische Namen. Außerdem vergeben die Whileawayanerinnen gerne Namen, die sie in alten Lexika finden.) Ein kleines Mädchen hatte entschieden, ich brauche eine Beschützerin. Sie hing wie eine Klette an mir und versuchte Englisch zu lernen. Im Winter gibt es für diejenigen, die gern in ihrer Freizeit kochen, immer Hitze in den Küchen und Steuerhelme für die Kleinen (um die Hitze auf Distanz zu halten). Die Küche der Belins war reich an Geschichten.

Ich meine natürlich, sie erzählte mir Geschichten.

Vittoria übersetzt. Sie spricht leise, aber deutlich:

»Es war einmal vor langer Zeit, da wurde ein Kind von Bären aufgezogen. Ihre Mutter ging schwanger in den Wald (denn es gab damals noch viel mehr Wälder als heute) und brachte dort ihr Kind zur Welt. Sie hatte sich nämlich bei der Berechnung des Geburtstermins vertan. Und sie hatte sich verlaufen. Warum sie sich im Wald befand, spielt keine Rolle. Das ist eine andere Geschichte.

Na schön, wenn du es unbedingt wissen willst, die Mutter war dort, um Bären für einen Zoo zu knipsen. Sie hatte schon drei Bären gefangen und achtzehn weitere fotografiert, aber jetzt ging ihr der Film aus. Als die Wehen einsetzten, ließ sie die drei Bären frei, denn sie wusste nicht, wie lange die Wehen dauern würden, und es war niemand da, um die Bären zu füttern. Die drei beratschlagten jedoch untereinander und blieben in der Nähe, weil sie noch nie gesehen hatten, wie ein Mensch zur Welt kommt. Sie waren sehr neugierig. Alles ging sehr gut, bis der Kopf des Babys zum Vorschein kam. Da entschloss sich der Waldgeist, ein durchtriebenes, aber cleveres Wesen, ein wenig Spaß zu haben. Deshalb ließ er, direkt nachdem das Baby geboren war, eine Felsplatte vom Berg herabstürzen, und diese Felsplatte durchschnitt die Nabelschnur und warf die Mutter zur Seite. Dann verursachte er ein Erdbeben, das Mutter und Kind meilenweit voneinander trennte, eine Spalte, so breit wie der große Canyon auf dem Südkontinent.«

»Ist das nicht ein bisschen viel auf einmal?«, fragte ich.

»Willst du die Geschichte nun hören oder nicht?«, (übersetzte Vittoria). »*Ich sage*, sie wurden meilenweit voneinander getrennt. Als die Mutter das sah, sagte sie: ›Verdammt!‹ Dann machte sie sich auf den Weg zurück zur Zivilisation, um einen Suchtrupp aufzustellen, aber zu diesem Zeitpunkt hatten die Bären schon beschlossen, das Baby zu adoptieren. Sie versteckten sich oberhalb des neunundvierzigsten Breitengrades, wo es sehr felsig und unwegsam ist. So wuchs das kleine Mädchen bei den Bären auf.

Als es zehn Jahre alt war, fing der Ärger an. Es hatte mittlerweile ein paar Bärenfreunde, obwohl es nur ungern wie die Bären auf allen vieren ging, und das wiederum gefiel den Bären nicht, denn Bären sind sehr konservativ. Es wandte ein, die Gangart auf allen vieren passe nicht zu seinem Knochenbau. Die Bären sagten: ›Oh, aber wir sind schon immer so gegangen.‹ Sie waren ganz schön dumm. Aber nett, natürlich. Wie dem auch sei, es ging aufrecht, so, wie es sich am besten anfühlte. Dann kam die Zeit der Paarung, und mit ihr kamen neue Probleme. Es gab niemanden, mit dem es sich paaren konnte. Das kleine Mädchen wollte es mit seinem Besten-männlichen-Bärenfreund versuchen (denn Tiere leben nicht so wie Menschen, weißt du), aber der Bär wollte es nicht einmal probieren. ›Ach‹, sagte er (und daran kann man schon erkennen, dass er mehr Feingefühl hatte als die anderen Bären, haha), ›ich fürchte, ich würde dir nur mit meinen Krallen wehtun, weil du kein so dickes Fell wie die Bärinnen hast. Und außerdem würdest du Schwierigkeiten haben, die richtige Stellung einzunehmen, denn deine Hinterbeine sind viel zu lang. Und *überhaupt* riechst du nicht wie ein Bär, und ich fürchte, meine Mutter würde das für Sodomie halten.‹ Das ist ein Witz. In Wirklichkeit ist es ein Rassenvorurteil. Das kleine Mädchen war sehr einsam und langweilte sich. Eines Tages, nach langer Zeit, setzte es seine Bärenmutter so sehr unter Druck, dass diese ihm die Geschichte seiner Herkunft erzählte. So beschloss es, in die Welt hinauszugehen und nach Leuten Ausschau zu halten, die keine Bären waren. Bei ihnen würde das Leben vielleicht besser sein, dachte es. Das Mädchen verabschiedete sich von seinen Bärenfreunden und brach nach Süden auf. Die Bären weinten alle und winkten mit ihren Taschentüchern. Das Mädchen war sehr waghalsig und waldweise, da es die Bären erzogen hatten. Es wanderte den ganzen Tag und schlief die ganze Nacht. Schließlich kam es bei einer Siedlung an, so eine wie diese hier, und die Leute baten das Mädchen herein. Natürlich sprach es nicht die Sprache dieser Leute« (mit einem verschmitzten Seitenblick auf mich) »und sie sprachen nicht Bärisch. Das war ein großes Problem. Am Ende lernte es ihre Sprache, so dass es mit ihnen reden konnte, und als sie herausfanden, dass es von Bären aufgezogen worden war, schickten sie es in den Regionalpark Geddes, wo es viel Zeit damit verbrachte, mit den Gelehrten Bärisch zu sprechen. Es schloss viele Freundschaften und hatte so eine Menge Leute, mit denen es sich paaren konnte, aber in hellen Mondnächten sehnte es sich zu den Bären zurück, denn es wollte bei den großen Bärentänzen mitmachen, die die Bären bei Vollmond abhalten. Schließlich ging es wieder nach Norden zurück. Aber dort wurde ihm klar, dass die Bären langweilig waren, und so entschloss es sich, seine menschliche Mutter zu suchen. In den Ebenen vor der Kanincheninsel fand es eine Statue mit der Inschrift ›Geh diesen Weg‹, also ging es ihn. Am Ausgang der Brücke zum Nordkontinent sah es einen umgestürzten Wegweiser, also folgte es der Richtung, in die er zeigte. Der Geist des Zufalls leitete es. Am Eingang zur Green Bay fand es ein riesiges Goldfischglas, das ihm den Weg versperrte und sich in den Geist des Zufalls verwandelte, eine sehr, sehr alte Frau mit winzigen, ausgedörrten Beinen, die auf einer Mauer saß. Die Mauer erstreckte sich den ganzen Weg bis über den achtundvierzigsten Breitengrad hinaus.

›Spiel Karten mit mir‹, sagte der Geist des Zufalls.

›Nie im Leben‹, gab das kleine Mädchen zurück, das nicht auf den Kopf gefallen war.

Da blinzelte der Geist des Zufalls und sagte: ›Ach, komm schon‹, und das Mädchen dachte, es könnte sehr lustig werden. Es wollte gerade sein Blatt aufnehmen, da sah es, dass der Geist des Zufalls einen Steuerhelm trug mit einem Kabel, das bis in die weiteste Ferne reichte.

Er war mit einem Computer verbunden!

›Das ist Beschiss!‹, schrie das kleine Mädchen. Es rannte zur Mauer und es gab einen schrecklichen Kampf, doch am Ende schmolz alles zusammen. Übrig blieben nur eine Hand voll Kiesel und Sand, und schließlich schmolz auch das noch weg. Das kleine Mädchen marschierte am Tag und schlief in der Nacht und fragte sich, ob es seine richtige Mutter wohl mögen würde. Es wusste nicht, ob es bei seiner richtigen Mutter bleiben wollte oder nicht. Aber als sie sich kennen gelernt hatten, entschieden sie sich dagegen. Die Mutter war eine sehr smarte, schöne Dame mit krausem schwarzem Haar, das zu einer Rundfrisur gekämmt war, wie Elektrizität. Aber sie musste fortgehen und eine Brücke bauen (und zwar schnell), weil die Leute ohne diese Brücke nicht von einem Ort zum anderen gelangen konnten. Also ging das kleine Mädchen zur Schule und hatte viele Liebhaberinnen und Freundinnen und übte sich im Bogenschießen und trat in eine Familie ein und erlebte viele Abenteuer und rettete viele vor einem Vulkanausbruch, indem es den Vulkan von einem Gleiter aus bombardierte, und erlangte die Erleuchtung.

Dann, eines Morgens, erzählte ihm jemand, dass ein Bär nach ihm suchte –«

»Einen Augenblick«, sagte ich, »diese Geschichte hat kein Ende. Sie geht immer weiter. Was war mit dem Vulkan? Und den Abenteuern? Und mit der Erleuchtung – das nimmt doch einige Zeit in Anspruch, oder nicht?«

»Ich erzähle die Dinge«, sagte meine verehrte kleine Freundin (durch Vittoria), »wie sie geschehen«, und sie steckte ohne weiteren Kommentar den Kopf wieder unter den Steuerhelm (und die

Händen in die Waldos) und rührte mit dem Zeigefinger in ihrem Pudding herum. Beiläufig rief sie Vittoria etwas über die Schulter zu. Diese übersetzte:

»Jede, die in zwei Welten lebt« (sagte Vittoria), »geht einem komplizierten Leben entgegen.«

(Später erfuhr ich, dass sie drei Tage damit verbracht hatte, sich diese Geschichte auszudenken. Sie handelte natürlich von mir).

12

Einige Häuser bestehen aus gepresstem Schaum: weiße, von Diamantvorhängen verhangene Höhlen, innere Gärten, weinende Decken. In der Arktis gibt es Orte, wo man sitzen und meditieren kann, unsichtbare Wände, die dasselbe Eis, dieselben Wolken wie draußen einschließen. Es gibt einen Regenwald, ein seichtes Meer, eine Bergkette, eine Wüste. Menschliche Brutkolonien schlafen unter Wasser, wo Whileawayanerinnen auf ihre müßige Art eine neue Wirtschaft und eine neue Spezies erschaffen. Flöße, die im blauen Auge eines erloschenen Vulkans vor Anker liegen. Große Vogelnester, die für niemand bestimmtes erbaut wurden und deren Gäste im Gleiter ankommen. Es gibt viel mehr Herbergen als Heime, viel mehr Heime als Personen. Mein Heim sind meine Schuhe, wie es im Sprichwort heißt. Alles (was sie kennen) ist auf einer ewigen Durchreise. Alles ist auf den Tod gerichtet. Tellerförmige Radarohren warten auf ein Flüstern von draußen. Es gibt keinen Kiesel, keinen Ziegelstein, kein Exkrement, das nicht Tao ist. Whileaway wird vom alles durchdringenden Geist der Unterbevölkerung bewohnt. Allein im Zwielicht der auf ewig verlassenen Stadt, die nur ein Dschungel von Skulpturen auf dem Altiplano ist, wenn man dem Rauschen des eigenen Atems unter der Sauerstoffmaske beiwohnt, dann –

Mitten in der Nacht, beim Schein einer Alkohollampe, irgendwo auf einer Landstraße in den Sumpf- und Pinienniederungen des

Südkontinents spielte ich mit einer sehr, sehr alten Frau um Gelegenheitsjobs und Frühstück. Während ich den Schatten zusah, die auf ihrem faltenreichen Gesicht tanzten, verstand ich, warum die anderen Frauen voller Ehrfurcht von den runzeligen Beinen sprechen, die von einem Computergehäuse herabbaumeln: die ehrwürdige Humpty Dumpta auf ihrem Weg ins ultimative Innere der Dinge.

(Ich verlor. Ich trug ihr Gepäck und erledigte einen Tag lang ihre Arbeiten.)

Eine antike Statue draußen vor der Treibstoff-Alkohol-Destille in Ciudad Sierra: ein Mann sitzt auf einem Stein, die Knie weit auseinander, beide Hände auf die Magengrube gepresst, ein Ausdruck hilflosen Elends, das Gesicht von der Zeit verwaschen. Irgendein Witzbold hat die liegende Acht, das Zeichen für unendlich, in den Sockel geritzt und eine gerade Linie von der Mitte der Acht nach unten hinzugefügt. Dies ist sowohl das whileawayanische Schema des männlichen Genitals als auch das mathematische Symbol für den Widerspruch in sich.

Wenn Sie so tollkühn sind, ein whileawayanisches Kind zu bitten, »ein gutes Mädchen« zu sein und etwas für Sie zu erledigen:
»Was hat das Erledigen anderer Leute Besorgungen damit zu tun, ein gutes Mädchen zu sein?«
»Warum kannst du deine Besorgungen nicht selbst machen?«
»Bist du ein Krüppel?«
(Überall die Doppelpaare durchdringender, dunkler Kinderaugen, wie die von Katzen bei der Paarung.)

13

Eine ruhige Nacht auf dem Land. Die Berge östlich von Green Bay, tagsüber die feuchte Augusthitze. Eine Frau liest, eine andere näht, eine dritte raucht. Jemand nimmt eine Art Pfeife von der Wand und spielt die vier Töne des Hauptakkords. Sie werden laufend wiederholt. Wir bleiben so lange wie möglich bei diesen vier Tönen, dann werden sie durch einen neuen Ton transformiert. Erneut werden die vier Töne wiederholt. Langsam reißt sich etwas von der Nicht-Melodie los. Die Abstände zwischen den Obertönen werden immer größer. Niemand tanzt heute Nacht. Wie die Linien sich öffnen! Jetzt drei Töne. Die Verspieltheit und der Terror der Musik werden direkt in die Luft geschrieben. Obwohl die Spielerin immer gleich stark bläst, sind die Töne schmerzhaft laut geworden. Das kleine Instrument kehrt sein Innerstes nach außen. Es wird fast zu viel, die Töne dringen unmittelbar ins Ohr. Ich glaube, bei Morgengrauen wird es aufhören, bei Morgengrauen werden wir sechs oder sieben Transformationen hinter uns haben, zwei neue Töne pro Stunde, vielleicht.

Bei Morgengrauen werden wir ein kleines bisschen über die Haupttriade erfahren haben. Wir werden ein kleines bisschen gefeiert haben.

14

Wie Whileawayanerinnen feiern

Dorothy Chiliason auf der Waldlichtung, ihr mondgrüner Pyjama, große Augen, breite Schultern, ihr kräftiger Mund und die großen Brüste, jede mit einer hervortretenden Warze, ihre Aureole struppigen, ingwerfarbenen Haares. Sie springt auf die Füße und lauscht. Eine Hand hoch in der Luft, denkt sie nach. Dann beide Hände hoch. Sie schüttelt den Kopf. Sie macht einen gleitenden Schritt, zieht den anderen Fuß nach. Dann noch einen. Und noch einen. Sie nimmt ein wenig Extraenergie auf und rennt ein kleines Stückchen. Dann bleibt sie stehen. Sie denkt kurz nach. Der festliche Tanz auf Whileaway hat nichts mit fernöstlichen Tänzen gemein, mit deren Bewegungen auf den Körper zu, den Kissen warmer Luft, ausgeatmet von der Tänzerin, oder mit ihren Verzierungen durch gegensätzliche Winkel (Bein hoch, Knie nach unten, Fuß hoch, ein Arm nach oben abgewinkelt, den anderen nach unten). Auch nicht das Geringste mit der Sehnsucht-nach-Fliegen des westlichen Balletts, wo die Gliedmaßen in himmelwärts strebenden Kurven hervorschießen und der Torso ein mathematischer Punkt ist. Wenn der indische Tanz sagt, Ich Bin, und das Ballett, Ich Wünsche, was sagt dann der whileawayanische Tanz?

Er sagt, Ich Vermute. (Die Intelligenz dieser unmöglichen Sache!)

15

Was Whileawayanerinnen feiern

Den Vollmond

Die Wintersonnenwende (Sie verpassen wirklich was, wenn Sie uns nie sehen, wie wir in unserer Unterwäsche herumrennen und dabei auf Töpfe und Pfannen schlagen und schreien: »Komm zurück, Sonne! Verdammt noch mal, komm zurück! Komm zurück!«)

Die Sommersonnenwende (ist ganz anders)

Die herbstliche Tagundnachtgleiche

Die Frühlings-Tagundnachtgleiche

Das Blühen der Bäume

Das Blühen der Büsche

Die Aussaat

Gelungenen Sex

Misslungenen Sex

Sehnsucht

Witze

Das Fallen der Blätter von den Bäumen (wo sie abfallen)

Den Erwerb neuer Schuhe

Das Tragen derselben
Geburt
Die Betrachtung eines Kunstwerks
Hochzeiten
Sport
Scheidungen
Eigentlich alles
Eigentlich nichts
Großartige Ideen
Tod

16

Einsam auf einem Feld voller Unkraut und Schnee steht auf der Kanincheninsel eine unpolierte, weiße Marmorstatue Gottes. Nackt bis zur Hüfte sitzt Sie da, eine übergroße weibliche Gestalt, Furcht einflößend wie Zeus, und ihre toten Augen starren ins Nichts. Auf den ersten Blick wirkt Sie majestätisch, dann bemerke ich, dass Ihre Wangenknochen zu breit sind. Ihre Augen liegen nicht auf gleicher Höhe, und Ihre ganze Figur ist ein Durcheinander schlecht zusammenpassender Flächen, eine Masse unmenschlicher Widersprüche. Es besteht eine deutliche Ähnlichkeit mit Dunyasha Bernadetteson, bekannt als Die Lustige Philosophin (344–426 n.K.), obschon Gott älter ist als Bernadetteson und es wahrscheinlicher ist, dass Dunyashas Genchirurgin sie nach Gottes Vorbild entworfen hat als umgekehrt. Personen, die die Statue länger betrachtet haben als ich, berichteten, dass Sie sich in keinster Weise festlegen lässt, dass Sie ein sich ständig verändernder Widerspruch ist, dass Sie abwechselnd sanftmütig, Furcht erregend, hasserfüllt, liebevoll, »dumm« (oder »tot«) und letztendlich unbeschreibbar erscheint.

Von Personen, die Sie noch länger angeschaut haben, erzählt man sich, dass sie einfach vom Erdboden verschwunden seien.

17

Ich war nie auf Whileaway.

Whileawayanerinnen statten sich mit einer natürlichen Immunität gegenüber Zecken, Moskitos und anderen parasitären Insekten aus. Diesen Schutz besitze ich nicht. Und der Weg nach Whileaway ist weder durch Zeit noch durch Entfernung noch durch einen Engel mit einem Flammenschwert versperrt, sondern durch eine Wolke oder Masse von Stechfliegen.

Sprechenden Stechfliegen.

Sechster Teil

1

Jeannine erwacht nach einem Traum von Whileaway. Sie muss noch diese Woche zu ihrem Bruder. Alles suggeriert Jeannine etwas, das sie verloren hat, obwohl sie es sich nicht auf diese Weise klarmacht. Sie versteht nur, dass alles auf der Welt einen feinen Überzug von Nostalgie besitzt, der sie zum Weinen bringt und ihr zu sagen scheint: »Du kannst nicht.« Sie ist stolz darauf, nicht in der Lage zu sein, bestimmte Dinge zu tun. Irgendwie gibt ihr das ein Recht auf etwas. Ihre Augen füllen sich mit Tränen. Alles ist ein solcher Schwindel. Wenn sie jetzt sofort aufsteht, kann sie noch den früheren Bus erwischen. Sie will auch von dem Traum loskommen, der noch immer in den Falten ihres Bettzeugs, im sommerlichen Geruch ihrer alten, weichen Laken liegt, in ihrem eigenen Geruch, den Janet sehr gern hat, was sie aber nie vor anderen zugeben würde. Das Bett ist voll von träumerischen, argwöhnischen Kuhlen. Jeannine gähnt aus einem Pflichtgefühl heraus. Sie steht auf und macht das Bett. Dann hebt sie Taschenbücher (Kriminalromane) vom Boden auf und stellt sie ins Regal. Bevor sie aufbricht, sind noch Kleider zu waschen, Kleider wegzuräumen, Strümpfe zusammenzuziehen und in die Schubladen zu legen. Sie wickelt den Abfall in Zeitungspapier und trägt das Päckchen die drei Stockwerke zum Mülleimer hinunter. Sie angelt Cals Socken hinter dem Bert hervor, schüttelt sie aus und lässt sie auf dem Küchentisch liegen. Das Geschirr muss noch abgewaschen werden, auf den Fensterbänken klebt Ruß, eingeweichte Töpfe warten darauf, gespült zu werden, sie muss ein Gefäß unter den Heizkörper stellen, für den Fall, dass es diese Woche so weitergeht (er leckt). Oh. Oje. Lass die Fenster, wie sie sind, auch wenn Cal sie nicht gern schmutzig sieht. Die Toilette schrubben – eine schreckliche Arbeit, genau wie das Staubwischen auf den Möbeln. Kleider müssen gebügelt werden. Bringt man ein paar Dinge in Ordnung, fallen andere unter den Tisch. Sie dreht und windet sich. Mehl und Zucker sind auf die Regale über der Spüle gerieselt und müssen aufgewischt werden. Flecken und Krümel überall, verrottende Rettichblätter, und der alte Kühlschrank ist dick vereist (sie muss die Tür öffnen und einen Stuhl davorstellen, damit er von selbst abtauen kann). Papierschnipsel, Süßigkeiten, Zigaretten und Zigarettenasche liegen überall im Zimmer verstreut. Alles muss abgestaubt werden. Sie entschließt sich, die Fenster doch zu putzen, weil es besser aussieht. In einer Woche sind sie wieder schmutzig. Natürlich hilft ihr niemand. Nichts hat die richtige Höhe. Sie wirft Cals Socken zu ihren eigenen Kleidern, mit denen sie zum Waschsalon gehen muss, und was von Cals Sachen ausgebessert werden muss, kommt auf einen Extrahaufen. Zwischendurch deckt sie für sich den Tisch. Sie kratzt alte Futterreste vom Katzenteller in den Müll, spült die Schüssel und setzt neues Wasser und Milch auf den Fußboden. Mr. Frosty scheint gerade nicht in der Nähe zu sein. Unter der Spüle findet Jeannine ein Geschirrtuch, das sie über dem Ausguss aufhängt. Sie nimmt sich vor, später dort unten sauber zu machen und holt kalte Hafergrütze, Tee, Toast und Orangensaft hervor. (Der Orangensaft ist in einer Packung vom Regierungsladen, die Orangen-und-Grapefruit-Pulver enthält, und schmeckt scheußlich.) Sie springt auf, um unter der Spüle nach dem Wischmop zu suchen, und der verzinkte Eimer muss auch irgendwo dort unten sein. Es ist Zeit, die Badezimmerfliesen und das Linoleumquadrat vor Spüle und Herd zu wischen. Zuerst aber trinkt sie noch schnell den Tee aus und lässt die Hälfte des Orangen-und-Grapefruit-Saftes (sie verzieht das Gesicht) und ein bisschen Hafergrütze stehen. Die Milch muss in den Kühlschrank zurück – nein, halt, gieß sie besser weg –, und sie setzt sich einen Moment und stellt eine Liste von Lebensmitteln auf, die sie in einer Woche auf dem Rückweg vom Bus besorgen muss. Eimer füllen, Reinigungsmittel suchen, ach, vergiss es, dann eben nur mit Wasser wischen. Alles wieder wegräumen. Das Frühstücksgeschirr spülen. Sie hebt einen Kriminalroman vom Boden auf, setzt sich auf die Couch und blättert ihn schnell durch. Spring auf, wisch den Tisch ab, streich das Salz zusammen, das auf den Teppich gefallen sind, und fege kurz mit der Bürste darüber. War das alles? Nein, flicke Cals Sachen und dann deine eigenen. Ach, lass es sein. Sie muss packen, ihr Lunchpaket vorbereiten und auch das von Cal (obwohl er nicht mitfährt). Das bedeutet: Wieder Dinge aus dem Tiefkühlfach herausnehmen, wieder den Tisch abwischen – neue Fußabdrücke auf dem Linoleum. Nun, es macht nichts. Messer und Teller abwaschen. Fertig. Sie will ihren Nähkorb holen und seine Kleider in Ordnung bringen, dann überlegt sie es sich anders. Sie nimmt den Kriminalroman zur Hand. *Cal wird sagen: »Du hast mir die Knöpfe nicht angenäht.«* Sie holt den Nähkorb hinten aus der Abstellkammer und steigt über Koffer, Pappkartons voller alter Sachen, das Bügelbrett, ihren Wintermantel und ihre Winterkleidung. Aus Jeannines Rücken greifen kleine Hände und heben auf, was sie fallen lässt. Sie setzt sich auf ihre Couch, flickt den Riss im Jackett seines Sommeranzugs und beißt den Faden mit den Schneidezähnen durch. *Du machst dir den Schmelz kaputt.* Knöpfe. Drei Socken stopfen. (Die anderen scheinen in Ordnung zu sein.) Sie massiert sich das Kreuz. Sie näht das Futter eines Rocks zusammen, wo es eingerissen ist. Sie überprüft ihre Strümpfe auf Laufmaschen. Sie poliert ihre Schuhe. Sie macht eine Pause und starrt ins Nichts. Dann schüttelt sie sich und mit einer Miene, die außergewöhnliche Energie verrät, holt sie ihren mittelgroßen Koffer aus dem Schrank und beginnt ihre Kleider für die kommende Woche herauszulegen. *Cal erlaubt mir nicht zu rauchen. Er passt wirklich auf mich auf.* Nachdem alles sauber ist, sitzt sie da und betrachtet das Zimmer. Die *Post* sagt, man solle die Spinnweben mit einem lumpenumwickelten Besen von der Decke holen. *Nun, ich kann sie nicht sehen.* Jeannine wünscht sich – zum sie-weiß-nicht-wievielten-Mal – ein echtes Apartment mit mehr als nur einem Zimmer, obwohl sie es sich nicht leisten kann, es angemessen einzurichten. Hinten im Schrank liegt ein Stapel Wohnzeitschriften, aber das war nur eine vorübergehende Idee. In letzter Zeit kam ihr dieser Gedanke nicht sehr oft. Cal versteht von solchen Dingen sowieso nichts. *Groß, dunkel und hübsch ...Sie wies ihren Liebhaber zurück ...die edle Art zu ...Mimose und Jasmin ...* Sie stellt sich vor, wie es wäre, eine Meerjungfrau zu sein und ein Meerhaus mit Tang und Perlmutt einzurichten. *Ratgeber für die Meerjungfrau. Wohnideen der Meerjungfrau.* Sie kichert. Sie packt die letzten Kleider ein, holt ein Paar Schuhe hervor und putzt sie mit farbloser Schuhcreme, weil man bei den hellen Farben so aufpassen muss. Sobald sie trocken sind, wandern sie wieder in den Koffer. Das Ärgerliche ist nur, dass der Koffer bald aus allen Nähten platzt. Wenn Cal kommt, wird sie ein Buch lesen. *Mademoiselle Meerjungfrau*, das vom neuen Regenbogenforellen-Look für die Augen handelt.

Warum träumt sie nur immer von Whileaway?

While-away. While. A. Way. Die Zeit vertreiben. Das heißt, es ist nur ein Zeitvertreib. Wenn sie Cal davon erzählt, wird er sagen, sie rede nur wieder dummes Zeug, schlimmer noch, es würde sich tatsächlich ziemlich blöd anhören. Man kann von keinem Mann erwarten, dass er sich alles anhört (wie jede Mutter zu sagen pflegte).

Jeannine zieht sich für das Haus ihres Bruders auf dem Lande an: Bluse, Pullover und Rock. Im Koffer hat sie ein Paar Hosen, mit denen sie Beeren pflücken geht, noch eine Bluse, ein Halstuch, Unterwäsche, Strümpfe, eine Jacke *(nein, die trage ich lieber)*, ihre Haarbürste, ihr Make-up, Gesichtscreme, Binden, einen Regenmantel, Schmuck für das gute Kostüm, Haarspangen, Lockenwickler, Badeanzug und ein leichtes Kleid für jeden Tag. Uff, zu schwer! Entmutigt setzt sie sich wieder. Kleine Dinge machen Jeannine traurig. Was nützt es schon, eine Wohnung immer wieder sauber zu machen, wenn sich doch nichts aus ihr machen lässt? Von draußen nickt ihr der Götterbaum zu. (Und warum beschützt Cal sie nie? Sie verdient es, beschützt zu werden.) Vielleicht wird sie jemanden treffen. Niemand weiß – oh, niemand weiß wirklich –, was in Jeannines Herzen vorgeht (denkt sie). Aber irgendeiner wird es erkennen. Einer wird verstehen. Denk nur an die Stunden in Kalifornien unter dem Feigenbaum. Jeannine in ihrem leichten Schottenkleid, ein Hauch von Herbst liegt in der Luft, der blaue Nebel über den Bergen wie Rauch. Sie zerrt wieder an dem Koffer und fragt sich verzweifelt, was andere Frauen wissen oder tun können, das sie nicht weiß oder tun kann, Frauen auf der Straße, Frauen in den Illustrierten, in der Werbung, verheiratete Frauen. Warum entspricht das Leben nicht den Geschichten? *Ich sollte heiraten.* (Aber nicht Cal!) Im Bus wird sie jemanden treffen, sie wird neben ihm sitzen. Wer weiß, warum die Dinge geschehen? Jeannine, die manchmal an Astrologie, an Handlesen und okkulte Zeichen glaubt, die weiß, dass manche Dinge vom Schicksal bestimmt werden oder nicht, die weiß, dass Männer – trotz allem – nicht mit dem Innenleben der Dinge in Verbindung stehen oder es auch nur verstehen. Das ist ein Reich, das ihnen verschlossen bleibt. Dort herrscht die Magie der Frauen, ihre Intuition, die kunstfertige Gewandtheit, die dem schwerfälligeren Geschlecht vorenthalten ist. Jeannine versteht sich sehr gut mit ihrem Götterbaum. Ohne es zu reflektieren, ohne sich dabei anzustrengen bringen sie beide den Atem von Zauber und Verlangen ins menschliche Leben. Sie sind reine Verkörperung. Mr. Frosty, der weiß, dass er für eine Woche bei einem Nachbarn untergebracht wird, hat sich die ganze Zeit hinter der Couch versteckt. Jetzt kriecht er mit einer Staubflocke über dem linken Auge hervor und sieht sehr elend aus. Jeannine hat keine Ahnung, was ihn hervortrieb. »Böser Kater!« *Sie hat das gewisse Etwas.* Sie beobachtet den Fleckigen Dürren Kater (so nennt Cal ihn), wie er zu seinem Milchteller schleicht, und während Mr. Frosty die Milch aufleckt, greift Jeannine ihn sich. Sie streift ihm das Halsband über den Kopf, und während Mr. Frosty entrüstet strampelt, hängt sie die Leine ein. In ein paar Minuten wird er vergessen haben, dass er gefangen ist. Er wird das Halsband als selbstverständlich hinnehmen und von fetten Mäusen träumen. *Sie hat etwas Unvergessliches an sich ...* Sie bindet ihn an einen Bettpfosten, holt tief Luft und sieht sich zufällig im Wandspiegel: errötet, funkelnde Augen, ihr Haar wie von einem entfesselten Sturm zurückgeworfen, das ganze Gesicht glühend. Die Konturen ihrer Figur sind perfekt, aber wer kann mit all dieser Schönheit etwas anfangen, wer bemerkt sie, macht sie publik, macht sie verfügbar? Jeannine ist für Jeannine nicht verfügbar. Noch deprimierter als sonst, wirft sie sich die Jacke über den Arm. *Ich wünschte, ich hätte Geld ...* »Hab keine Angst«, sagt sie dem Kater. »Jemand kommt und wird sich um dich kümmern.« Sie zupft ihre Jacke zurecht, nimmt den Koffer und ihr Buch, macht das Licht aus und zieht die Tür (die sich von selbst verriegelt) hinter sich zu. *Wenn er nur kommen würde* (denkt sie) *und mich zu mir selbst führen würde.*

Ich habe schon so lange auf dich gewartet. Wie lange muss ich denn noch warten?

Nacht für Nacht allein. (»Du kannst nicht«, sagt das Treppenhaus. »Du kannst nicht«, sagt die Straße). Ein Bruchstück eines alten Liedes treibt durch ihre Gedanken und verweilt hinter ihr im Treppenhaus, wo auch ihre Gedanken zurückbleiben und sich wünschen, sie wäre eine Meerjungfrau und schwebe, anstatt zugehen, dass sie jemand anders wäre und sich selbst die Treppe herunterkommen sähe, das schöne Mädchen, das alles um sich herum in Harmonie versetzt.

Jemand Wunderschönes ist gerade vorbeigekommen.

2

Ich lebe zwischen den Welten. Die Hälfte der Zeit mache ich die Hausarbeit gern, ich tue viel für mein Äußeres, ich werde mit Männern schnell warm und kann wunderbar flirten (ich meine, ich bewundere sie wirklich, aber ich würde eher sterben, als die Initiative zu ergreifen, das ist Sache der Männer), in Gesprächen setze ich meinen Standpunkt nicht durch und ich liebe es zu kochen. Ich tue gern Dinge für andere Menschen, besonders für männliche. Ich habe einen guten Schlaf, wache auf die Sekunde auf und träume nicht. Ich habe nur einen einzigen Fehler:

Ich bin frigide.

In meiner anderen Verkörperung lebe ich eine solche Fülle von Konflikten aus, dass Sie für mein Leben keinen Pfifferling geben würden, aber ich überlebe trotzdem. Ich wache wütend auf, gehe mit tauber Hoffnungslosigkeit zu Bett, trotze Gefühlen, die ich sehr gut als Herablassung und allgemeine Verachtung erkenne, gerate in Streitigkeiten, schreie, sorge mich um Leute, die ich nicht einmal kenne, lebe so, als wäre ich die einzige Frau auf der Welt, die sich gegen alles zu wehren versucht, arbeite wie ein Schwein, verstreue überall in meiner Wohnung Notizen, Artikel, Manuskripte, Bücher, werde schlampig, ist mir egal, keife streitsüchtig herum, muss aus purer Frustration manchmal innerhalb von fünf Minuten lachen und weinen. Ich brauche zwei Stunden zum Einschlafen und eine, um aufzuwachen. Ich träume an meinem Schreibtisch. Ich träume an allen Orten. Ich bin sehr schlecht angezogen.

Aber Oh, wie ich mein Essen genieße! Und Oh, wie ich ficke!

3

Jeannine hat einen älteren Bruder, der Mathematiklehrer an einer New Yorker Highschool ist. Ihre Mutter, die in den Ferien bei ihm wohnt, wurde Witwe, als Jeannine vier Jahre alt war. Als kleines Baby übte sich Jeannine im Sprechen. Sie zog sich allein in einen Winkel zurück und sagte die Wörter immer wieder, um sie richtig auszusprechen. Ihr erster ganzer Satz war: »Sieh mal, der Mond.« Im Grundschulalter presste sie Blumen und schrieb Gedichte. Jeannines Bruder, ihre Schwägerin, deren zwei Kinder und ihre Mutter leben den Sommer über in zwei Häuschen nahe am See. Jeannine wird zusammen mit ihrer Mutter im kleineren wohnen. Mit mir auf den Fersen geht sie die Treppe hinunter und trifft auf Mrs. Dadier, die gerade Blumen in dem Einmachglas auf dem Küchentisch arrangiert. Ich bin direkt hinter Jeannine, aber Jeannine kann mich natürlich nicht sehen.

»Alle fragen schon nach dir«, sagt Mrs. Dadier und küsst ihre Tochter flüchtig auf die Wange.

»Hmhm«, sagt Jeannine, noch immer schläfrig. Ich ducke mich hinter die Bücherregale, die das Wohnzimmer von der Kochnische trennen.

»Wir dachten, du würdest wieder diesen netten jungen Mann mitbringen«, sagt Mrs. Dadier und stellt Milch und Müsli vor ihre Tochter auf den Tisch. Jeannine zieht sich in schmollende Passivität zurück. Ich mache eine fürchterliche Grimasse, die natürlich niemand sieht.

»Wir haben uns getrennt«, sagt Jeannine unaufrichtig.

»Warum?«, fragt Mrs. Dadier und reißt ihre blauen Augen weit auf. »Was war denn los mit ihm?«

Er war impotent, Mutter. Aber wie hätte ich zu einer feinen Dame so etwas sagen können? Ich ließ es bleiben.

»Nichts«, sagt Jeannine. »Wo ist Bru?«

»Angeln«, sagt Mrs. Dadier. Bruder macht sich oft am frühen Morgen auf und meditiert über einer Angelschnur. Die Damen tun das nicht. Mrs. Dadier hat Angst, dass er auf einem glitschigen Stein ausrutschen, hinfallen und sich den Kopf an einem Felsen aufschlagen könnte. Jeannine hält nicht viel vom Angeln.

»Wir werden uns einen schönen Tag machen«, sagt Mrs. Dadier. »Heute Abend wird ein Stück aufgeführt, und es wird getanzt. Es werden jede Menge junger Leute kommen, Jeannine.« Mit ihrem ewig frischen Lächeln räumt Mrs. Dadier den Tisch ab, an dem ihre Schwiegertochter mit den Kindern gefrühstückt hat. Eileen hat mit den Kindern alle Hände voll zu tun.

»*Nicht*, Mutter«, sagt Jeannine mit gesenktem Blick.

»Es macht mir nichts aus«, erwidert Mrs. Dadier. »Lass nur, ich habe es schon so oft getan.« Lustlos schiebt Jeannine ihren Stuhl zurück. »Du bist noch nicht fertig«, stellt Mrs. Dadier mit leichtem Erstaunen fest. Wir müssen hier raus. »Ja, ich mag nicht

... ich gehe Bru suchen«, sagt Jeannine ausweichend, »bis nachher«, und dann ist sie verschwunden. Mrs. Dadier lächelt nicht, wenn niemand in der Nähe ist. In Situationen wie dieser setzen Mutter und Tochter dieselben Mienen auf – ruhig und todmüde. Mit entrückter Bösartigkeit, völlig losgelöst von dem, was in ihrem Kopf vorgeht, reißt Jeannine die Spitzen von den Gräsern, die am Wegesrand wachsen. Mrs. Dadier trocknet die letzten Teller ab und seufzt. Erledigt. Es wird immer wieder zu erledigen sein. Jeannine erreicht den Pfad, der um den See führt, die große Urlaubsattraktion der Gemeinde, und beginnt ihn zu umrunden, aber es scheint niemand in der Nähe zu sein. Sie hatte gehofft, ihren Bruder zu finden, den sie immer am liebsten gehabt hatte (»Mein großer Bruder«). Sie setzt sich auf einen Stein neben dem Pfad, Jeannine, das Baby. Draußen auf dem See ist ein einzelnes Kanu mit zwei Leuten zu sehen. Jeannines Blick, mit einem Anflug von Neid, verharrt einen Moment darauf und schweift dann weiter. Ihre Schwägerin kommt um vor Sorge um eines der Kinder. Eins dieser Kinder hat immer irgendetwas. Jeannine schlägt müßig mit den Knöcheln gegen den Stein. Für eine romantische Träumerei ist sie zu missmutig und bald steht sie auf und geht weiter. Wer kommt auch schon zum See? Vielleicht ist Bru ja zu Hause. Sie geht den gleichen Weg zurück und nimmt an einer Gabelung den Seitenpfad. Langsam schlendert sie dahin, bis der See mit seinem dichten Saum aus Bäumen und Büschen hinter ihr verschwindet. Eileen Dadiers Jüngstes, das kleine Mädchen, taucht für einen Moment am oberen Fenster auf und verschwindet wieder. Bru ist hinter dem Häuschen und nimmt Fische aus. Um seine Sportkleidung zu schützen, trägt er eine Gummischürze.

»Küss mich«, sagt Jeannine. »Ja?« Sie lehnt sich nach vorn, streckt die Arme nach hinten weg, um ja nicht mit den Fischresten in Berührung zu kommen, und hält ihm einladend ihre Wange hin. Ihr Bruder küsst sie. Mit dem Jungen an der Hand kommt Eileen um die Hausecke. »Gib Tantchen einen Kuss«, sagt sie. »Ich freu mich *so*, dich zu sehen, Jeannie.«

»Jeannine«, sagt Jeannine (automatisch).

»Denk nur, Bud«, sagt Eileen. »Sie muss gestern Nacht angekommen sein. Bist du gestern Nacht angekommen?« Jeannine nickt. Jeannines Neffe, der außer seinem Vater niemanden mag, zerrt wie verrückt an Eileen Dadiers Hand und versucht verbissen, seine Finger aus ihrem Griff zu lösen. Bud ist mit dem Ausnehmen der Fische fertig. Methodisch wischt er sich die Finger an einem Geschirrtuch ab, das Eileen nachher von Hand waschen muss, damit ihre Wäsche nicht verdreckt wird. Er nimmt die Schürze ab und trägt Messer und Hackmesser ins Haus, aus dem kurz darauf das Geräusch laufenden Wassers ertönt. Als Bru wieder erscheint, trocknet er sich die Hände an einem Handtuch ab.

»Oh, Baby«, sagt Eileen Dadier vorwurfsvoll zu ihrem Sohn, »sei doch nett zu Tantchen.« Jeannines Bruder nimmt seiner Frau die Hand des Sohnes ab. Augenblicklich hört der kleine Junge auf, sich zu winden.

»Jeannine«, sagt er. »Es ist schön, dich zu sehen. Wann bist du angekommen? Wann wirst du heiraten?«

4

Ich fand Jeannine an diesem Abend auf der Veranda des Clubhauses. Sie blickte zum Mond auf. Sie war vor ihrer Familie geflüchtet.

»Die wollen nur dein Bestes«, sagte ich.

Sie verzog das Gesicht.

»Sie lieben dich«, sagte ich.

Ein tiefes, ersticktes Geräusch. Sie schlug mit der Faust gegen das Verandageländer.

»Ich finde, du solltest wieder zu ihnen gehen, Jeannine«, sagte ich. »Deine Mutter ist eine wunderbare Frau, die nie vor Wut die Stimme erhoben hat, solange du sie kennst. Und sie hat euch alle aufgezogen und durch die Highschool gebracht, obwohl sie selbst arbeiten musste. Dein Bruder ist ein entschlossener, anständiger Mann, der seiner Frau und seinen Kindern ein angenehmes Leben ermöglicht, und Eileen will nichts in der Welt mehr als ihren Mann und ihre kleinen Kinder. Du solltest ihnen mehr Achtung entgegenbringen, Jeannine.«

»Ich weiß«, sagte Jeannine leise und deutlich. Vielleicht sagte sie aber auch *ach, Scheiß*.

»Jeannine, du wirst nie einen guten Job bekommen«, sagte ich. »Im Augenblick gibt es keine. Und wenn es welche gäbe, würden sie sie niemals einer Frau geben und erst recht nicht einem erwachsenen Baby wie dir. Glaubst du vielleicht, du könntest dich in einem guten Job halten, selbst wenn du einen hättest? Sie sind ohnehin alle langweilig, hart und langweilig. Du willst doch mit vierzig keine ausgetrocknete alte Schachtel sein, aber genau darauf steuerst du zu, wenn du so weitermachst. Du bist neunundzwanzig. Du wirst langsam alt. Du solltest jemanden heiraten, der für dich sorgen kann, Jeannine.«

»Was soll's«, sagte sie. Oder war es *Na toll?*

»Heirate jemanden, der für dich sorgen kann«, fuhr ich zu ihrem eigenen Wohl fort. »Das ist schon in Ordnung, du bist ein Mädchen. Such dir jemanden wie Bud, der einen guten Job hat, jemanden, den du respektieren kannst. Heirate ihn. Es gibt keinen anderen Weg für eine Frau, Jeannine. Möchtest du nie Kinder haben? Nie einen Ehemann haben? Nie ein eigenes Haus besitzen?« (Kurzes Aufleuchten eines gebohnerten Fußbodens, Hausfrau in Organdyschürze, lächelt besitzend, Ehemann mit Rosen. Das ist ihres, nicht meines.)

»Aber nicht Cal.« *Fahr zur Hölle.*

»Jetzt mal im Ernst, worauf wartest du?« (Ich wurde ungeduldig.) »Nimm zum Beispiel Eileen – verheiratet, oder nimm deine Mutter mit zwei Kindern, und all deine alten Schulfreundinnen und die Pärchen hier draußen, genug, um den See zum Überlaufen zu bringen, würden sie alle auf einmal hineinspringen. Glaubst du vielleicht, du unterscheidest dich von denen? Kultivierte Jeannine! Gebildete Jeannine! Was glaubst du denn, worauf du wartest?«

»Auf einen Mann«, sagte Jeannine. *Auf einen Plan.* Mein Eindruck, dass jemand anderes ihre Worte echote, bestätigte sich durch ein kurzes Husten hinter mir. Dieser Jemand entpuppte sich jedoch als Mr. Dadier, der herausgekommen war, um seine Schwester zu holen. Er nahm sie beim Arm und zog sie zur Tür. »Komm doch, Jeannie. Wir wollen dich jemandem vorstellen.«

Doch die Frau, die jetzt im Lichtschein stand, war nicht Jeannine. Ein Vorübergehender drinnen sah die Substitution durch die Tür und gaffte. Aber sonst schien niemand etwas zu bemerken. Jeannine sitzt noch immer am Geländer und meditiert: Arzt, Rechtsanwalt, Indianerhäuptling, armer Mann, reicher Mann. Vielleicht wird er hoch gewachsen sein, vielleicht macht er zwanzig Mille im Jahr, vielleicht spricht er drei Sprachen und ist wahnsinnig gebildet, vielleicht. Mister Schicksal. Janet, die im Gegensatz zu uns keine Vorstellung davon hat, dass ein gepflegtes, würdevolles, ladylikes Aussehen selbst in dem schlimmsten Schurken das erschreckende Bewusstsein davon wecken wird, dass er Eine Dame beleidigt hat (das ist jedenfalls die allgemeine Auffassung), hat sich aus Bud Dadiers Griff befreit, indem sie ihn den Daumen umdrehte. Sie ist das Opfer einer natürlichen, unwissenden und ungerechtfertigten Alarmiertheit. Sie denkt, gepackt zu werden ist nicht nur eine unfreundliche Geste, sondern einfach ein Unding. Janet ist bereit, Zeter und Mordio zu schreien.

»Hah«, stößt Bru hervor. Er will sie zur Rede stellen. »Was machen Sie hier? Wer sind Sie?«

Fass mich noch einmal an, und ich schlage dir die Zähne ein.

Selbst bei diesem schlechten Licht kann man sehen, wie ihm das Blut ins Gesicht schießt. Das kommt davon, wenn man missverstanden wird. »Immer schön höflich bleiben, junge Dame!«

Janet bricht in höhnisches Gelächter aus.

»Sie bleiben –«, beginnt Bud Dadier, aber Janet entwischt ihm, indem sie wie eine Seifenblase verschwindet. Was denken Sie, wofür Bud steht – Buddington? Budworthy? Oder ›Bud‹ wie in ›Buddy‹? Er schwenkt die Hand mehrere Male vor den Augen –

das Einzige, was von Janet bleibt, ist ein heiserer Triumphschrei, den niemand (außer uns beiden) hören kann. Die Frau vor der Tür ist Jeannine. Bru, zu Tode erschrocken – und wer wäre das nicht –, packt sie.

»Oh, Bru!«, sagt Jeannine vorwurfsvoll und reibt sich den Arm.

»Du solltest nicht allein hier draußen sein«, sagt er. »Es sieht nicht so aus, als würdest du dich amüsieren. Mutter hatte große Probleme, noch eine zusätzliche Eintrittskarte zu bekommen, weißt du.«

»Das tut mir Leid«, gibt Jeannine reumütig zurück. »Ich wollte mir nur den Mond anschauen.«

»Schön, und jetzt hast du ihn gesehen«, sagt ihr Bruder. »Du bist schon seit fünfzehn Minuten hier draußen. Ich sollte dir sagen, dass Mutter, Eileen und ich über dich geredet haben, Jeannine, und wir sind alle der Meinung, dass du mit deinem Leben etwas anfangen solltest. Du kannst dich nicht einfach so treiben lassen. Du weißt ja, du bist keine zwanzig mehr.«

»Oh, Bru ...«, sagt Jeannine unglücklich. Warum sind Frauen so unvernünftig? »Natürlich will ich Spaß haben«, sagt sie.

»Dann komm rein und hab ihn.« (Er streicht seinen Hemdkragen glatt.) »Vielleicht lernst du ja jemanden kennen, wenn du es darauf anlegst – du hast ja gesagt, dass du das willst.«

»Ja, genau«, sagt Jeannine. *Na, du auch?*

»Dann verhalte dich um Himmels willen auch danach. Wenn du nicht bald anfängst, wirst du vielleicht keine zweite Chance haben. Und jetzt komm.« Es waren Mädchen mit netten Brüdern und Mädchen mit unangenehmen Brüdern dort, auch eine Freundin von mir war da, mit einem überraschend gut aussehenden älteren Bruder, der Sessel an einem Bein hochheben konnte. Einmal hatte ich mit den beiden und einem anderen Jungen ein Doppelrendezvous, und der Bruder meiner Freundin zeigte auf die Häuschen des Lageranwalts. »Wisst ihr, was das sein soll? Die Allee der Wechseljahre.«

Wir lachten alle. Ich fand es nicht sonderlich gut, aber nicht etwa, weil es von schlechtem Geschmack zeugte. Wie Sie an dieser Stelle wahrscheinlich schon festgestellt haben (richtigerweise), habe ich überhaupt keinen Geschmack. Das heißt, ich weiß nicht, was guter oder schlechter Geschmack ist. Ich lachte, weil ich genau wusste, dass mich die anderen komisch von den Seite ansehen würden, wenn ich es nicht täte. Wenn du solche Witze nicht lustig findest, giltst du sofort als prüde. Mit hängenden Schultern und widerstandslos wie ein Sklavenmädchen folgte Jeannine Bru ins Clubhaus. Wenn ältere Brüder nur irgendwie standardisiert werden könnten, damit man wüsste, was man zu erwarten hat! Wenn alle älteren Brüder doch nur jüngere Brüder wären. »Und, wen soll ich heiraten?«, fragte Jeannine und versuchte das Ganze ins Komische zu wenden, als sie das Clubhaus betraten. Vollkommen ernsthaft antwortete er:

»Irgendwen.«

5

Der »Große Glückswettbewerb«

(das kommt oft vor)

ERSTE FRAU: Ich bin wunschlos glücklich. Ich liebe meinen Mann, und wir haben zwei wunderbare Kinder. Ich brauche gewiss keine Veränderung in *meiner* Lostrommel.

ZWEITE FRAU: Ich bin sogar noch glücklicher, als Sie es sind. Mein Mann spült jeden Mittwoch ab, und wir haben drei wunderbare Kinder, eines lieber als das andere. Ich bin furchtbar glücklich.

DRITTE FRAU: Keine von Ihnen ist so glücklich wie ich. Ich bin fantastisch glücklich. In den fünfzehn Jahren seit unserer Heirat hat sich mein Mann noch nie nach einer anderen Frau umgedreht. Er hilft mir im Haushalt, wann immer ich ihn darum bitte, und er würde überhaupt nichts dagegen haben, wenn ich arbeiten gehen wollte. Aber ich bin am glücklichsten, wenn ich meiner Verantwortung ihm und den Kindern gegenüber nachkommen kann. Wir haben vier Kinder.

VIERTE FRAU: Wir haben *sechs* Kinder. (Das ist zu viel. Langes Schweigen.) Ich habe bei Bloomingdale's einen Halbtagsjob als Büroangestellte, um den Kindern die Skistunden zu ermöglichen, aber ich fühle, dass ich mich am besten verwirklichen kann, wenn ich Eierkuchen und Baiser backe oder den Keller schön herrichte.

ICH: Ihr elenden Schwachköpfe, ich habe den Friedensnobelpreis, vierzehn veröffentlichte Romane, sechs Liebhaber, ein Haus in der Stadt und eine Loge in der Metropolitan-Oper, ich fliege ein Flugzeug, repariere meinen Wagen selbst und schaffe vor dem Frühstück achtzehn Liegestütze, wenn ihr es schon auf Zahlen anlegt.

ALLE FRAUEN: Umbringen, umbringen, umbringen, umbringen.

ODER FÜR ANFÄNGER

ER: Ich kann dumme, vulgäre Frauen, die Groschenromane lesen und keine intellektuellen Interessen haben, nicht ausstehen.

ICH: Ach du Schreck, ich auch nicht.

ER: Aber ich bewundere feinsinnige, kultivierte, charmante Frauen, die Karriere machen.

ICH: Ach du Schreck, ich auch.

ER: Was glaubst du, warum diese furchtbaren, dummen, vulgären, wandelnden Banalitäten so furchtbar werden?

ICH: Na ja, wahrscheinlich, nach reiflicher Überlegung – und nicht, dass ich jemanden vor den Kopf stoßen will und das alles, also nur als Vermutung, in der Hoffnung, dass du nicht über mich herfällst – möchte ich vorschlagen, dass es zumindest teilweise eure Schuld ist.

(Langes Schweigen)

ER: Weißt du, wenn ich es mir genau überlege, komme ich zu der Überzeugung, dass vorlaute, kastrierende, unattraktive, neurotische Frauen sogar noch schlimmer sind. Übrigens, man sieht dir dein Alter an. Und deine Figur war auch schon mal besser.

ODER

ER: Liebling, warum musst du nur halbtags als Teppichverkäuferin arbeiten?

SIE: Weil ich den Markt betreten und beweisen möchte, dass ich trotz meines Geschlechts im Leben der Gemeinschaft ein nützlicher Bestandteil sein kann und das zu verdienen in der Lage bin, was unsere Kultur als Zeichen und Symbol erwachsener Unabhängigkeit erachtet – nämlich Geld.

ER: Aber Liebling, wenn wir die Kosten für Babysitter und Kindergarten von deinem Gehalt abgezogen haben und die höhere Steuerklasse und dein Mittagessen in der Stadt in Betracht ziehen, kostet uns deine Arbeit sogar noch Geld. Du verdienst also überhaupt nichts, wie du siehst. Du kannst nichts verdienen. Nur ich kann verdienen. Hör auf zu arbeiten.

SIE: Nein, das werde ich nicht. Und ich hasse dich.

ER: Aber Liebling. Warum denn so irrational? Es macht doch nichts, dass du kein Geld verdienen kannst, weil *ich* das Geld verdiene. Und nachdem ich es verdient habe, gebe ich alles dir, weil ich dich so liebe. Du *brauchst* also gar kein Geld zu verdienen. Freut dich das nicht?

SIE: Nein. Warum kannst du nicht zu Hause bleiben und auf das Baby aufpassen? Warum können wir das alles nicht von deinem Gehalt abziehen? Warum sollte ich mich freuen, wenn ich mir nicht einmal meinen Lebensunterhalt verdienen kann? Warum –

ER (würdevoll): Dieser Streit wird allmählich banal und lächerlich. Ich lasse dich allein, bis Einsamkeit, Abhängigkeit und dein schlechtes Gewissen, mich sehr verärgert zu haben, dich wieder in das süße Mädchen verwandeln, das ich geheiratet habe. Es hat keinen Sinn, mit einer Frau zu streiten.

ODER ALS LETZTES

ER: Trinkt Ihr Hund das *kalte Springbrunnenwasser*?

SIE: Sieht ganz so aus.

ER: Wenn Ihr Hund das kalte Wasser trinkt, wird er sich eine Kolik holen.

SIE: Sie ist eine Hündin. Und die Kolik ist mir ganz egal. Wissen Sie, wovor mir wirklich graut, ist mit ihr auf die Straße zu gehen, wenn sie heiß ist. Ich habe keine Angst, dass sie sich eine Kolik holt, sondern dass sie Junge kriegen könnte.
ER: Das ist fast dasselbe, nicht? Har har har
SIE: Vielleicht war es für Ihre Mutter dasselbe.
(In diesem Augenblick stößt Joanna die Nervensäge auf Fledermausschwingen hernieder, befördert ER mit einem mächtigen Schwinger zu Boden und hebt SIE und HUND zum Sternbild Victoria Femina empor, wo sie bis in alle Ewigkeiten funkeln.)
Ich weiß – nur um mich Lügen zu strafen –, irgendwo lebt eine wunderschöne (muss wunderschön sein), intellektuelle, gütige, gebildete, charmante Frau, die acht Kinder hat, ihr eigenes Brot, Kuchen und Torten backt, den eigenen Haushalt führt, selbst kocht, ihre Kinder großzieht, täglich einem anspruchsvollen Acht-Stunden-Job auf der oberen Führungsebene in einer Männerdomäne nachgeht und von ihrem gleichermaßen erfolgreichen Ehemann vergöttert wird, weil sie, obwohl dynamische, aggressive Geschäftsfrau mit dem Auge eines Adlers, dem Herzen eines Löwen, der Zunge einer Natter und den Muskeln eines Gorillas (sie sieht aus wie Kirk Douglas), abends nach Hause kommt, in ein hauchzartes Negligee schlüpft und eine Perücke überstreift, um sich augenblicklich in ein Playboy-Dummchen zu verwandeln und damit lächelnd die Falschmeldung zu widerlegen, dass man nicht gleichzeitig acht verschiedene Personen für zwei verschiedene Arten der Wertschätzung sein kann. *Sie hat ihre Weiblichkeit nicht verloren.*
Und ich bin Marie von Rumänien.

Ƅ

Jeannine zieht die Schuhe ihrer Mami an. Die Wächterin der Kindheit und weibliche Begleiterin der Männer erwartet sie am Ende der Straße, auf der wir alle reisen müssen. Sie schwamm, ging spazieren, tanzen, picknickte mit einem anderen Mädchen. Aus der Stadt besorgte sie Bücher, Zeitungen für den Bruder und Kriminalromane für Mrs. Dadier – und nichts für sich selbst. Mit neunundzwanzig kann sie ihre Zeit nicht mehr mit Lesen verschwenden. Entweder sind sie zu jung, oder sie sind verheiratet oder sie sehen nicht gut aus oder sie haben sonst etwas Abstoßendes an sich. Zurückweisungen. Ein paar Mal ging Jeannine mit dem Sohn einer Freundin ihrer Mutter aus und versuchte mit ihm ins Gespräch zu kommen. Er sah gar nicht mal so schlecht aus, dachte sie bei sich, wenn er nur etwas mehr reden würde. Eines Tages ruderten sie mitten auf dem See, als er sagte: »Jeannine, ich muss dir etwas sagen.«

Jetzt kommt es, dachte sie, und ihr Magen zog sich zusammen.

»Ich bin verheiratet«, sagte er und nahm seine Brille ab, »aber meine Frau und ich leben getrennt. Sie wohnt bei ihrer Mutter in Kalifornien. Ihr Gefühlsleben ist gestört.«

»Oh«, entgegnete Jeannine verwirrt und wusste nicht, was sie sagen sollte. Sie hatte ihn nicht besonders gemocht, aber die Enttäuschung war trotzdem sehr groß. Zwischen Jeannine und dem realen Leben liegt eine Barriere, die nur von einem Mann oder durch eine Heirat beseitigt werden kann. Irgendwie hat Jeannine keine Berührung mit dem, was alle als das reale Leben ansehen. Er blinzelte ihr mit seinen nackten Augen zu, und, mein Gott, wie war er plötzlich fett und hässlich, aber Jeannine brachte ein Lächeln zustande. Sie wollte seine Gefühle nicht verletzen.

»Ich wusste, du würdest es verstehen«, sagte er mit erstickter Stimme, den Tränen nahe. Er drückte ihre Hand. »Ich wusste, du würdest es verstehen, Jeannie.«

Sie begann ihn wieder zu taxieren, jene schnelle Kalkulation durchzugehen, die jetzt schon fast automatisch ablief: Aussehen, Beruf, war er ›romantisch‹, las er Gedichte? Ob er dazu gebracht werden konnte, sich besser zu kleiden, abzunehmen oder Gewicht anzusetzen (was auch immer vonnöten war), ob sein Haar besser geschnitten werden konnte. Sie würde etwas für ihn empfinden können, ja. Auf ihn konnte sie bauen. Schließlich konnte er sich scheiden lassen. Er war intelligent. Er war viel versprechend. »Ich verstehe«, sagte sie, gegen den Strich. Schließlich war mit ihm alles in Ordnung, wenn man es genau nahm. Vom Ufer muss es wirklich ganz gut aussehen, das Kanu, das hübsche Mädchen, die duftigen Sommerwolken, Jeannines Sonnenbrille (von dem Mädchen geborgt, mit dem sie gepicknickt hatte). So viel konnte daran nicht falsch sein. Sie lächelte ein wenig. Sein Beitrag ist *Sorg dafür, dass ich mich gut fühle,* ihr Beitrag ist *Sorg dafür, dass ich existiere.* Über dem Wasser kam die Sonne heraus, und es war wirklich ganz nett. Und da war dieses schmerzhafte, wühlende Gefühl in ihr, diese schreckliche Zärtlichkeit, dieses Bedürfnis, als beginne sie ihn vielleicht schon zu lieben, auf ihre Art.

»Hast du heute Abend schon was vor?« Armer Mann. Sie fuhr sich mit der Zunge über die Lippen und antwortete nicht. Die Sonne wärmte sie von allen Seiten und sie war sich ihrer bloßen Arme und Schultern, des Anblicks, den sie bot, genüsslich bewusst. »Hm?«, sagte sie.

»Ich dachte – ich dachte, du würdest vielleicht zu der Aufführung gehen.« Er zog sein Taschentuch hervor und wischte sich damit über das Gesicht. Dann setzte er die Brille wieder auf.

»Du solltest eine Sonnenbrille tragen«, sagte Jeannine und stellte sich vor, wie er wohl damit aussähe. »Ja, Bud und Eileen gehen auch. Möchtest du dich uns anschließen?« Die überraschte Dankbarkeit eines Mannes, der begnadigt wird. *Ich habe ihn wirklich gern.* Er beugte sich näher zu ihr – das erschreckte sie wegen des Kanus und gleichzeitig stieß es sie ab (Freud sagt, Ekel ist ein wichtiger Ausdruck im Sexualleben zivilisierter Völker). »Nicht! Wir kippen um!«, schrie sie. Er richtete sich auf. Schritt für Schritt. *Du musst die Leute kennen lernen.* Sie war beinahe erschrocken von der Lebendigkeit, die er ihr vermittelte, erschrocken vom Reichtum der ganzen Szene, erschrocken, wie viel sie empfand, ohne es für ihn zu empfinden. Sie fürchtete, die Sonne könnte sich hinter einer Wolke verstecken und ihr wieder alles nehmen.

»Wann soll ich dich abholen?«, fragte er.

7

An diesem Abend verliebte sich Jeannine in einen Schauspieler. Das Theater, ein flaches Gebäude, das durch seine rosarote Stuckverzierung einem sommerlichen Filmpalast ähnelte, stand mitten in einem Pinienwäldchen. Das Publikum saß auf harten Holzstühlen und sah zu, wie eine Collegegruppe *Charleys Tante* aufführte. In der Pause ging Jeannine weder hinaus, noch stand sie auf. Sie saß nur stumpfsinnig da, fächelte sich mit ihrem Programm Luft zu und wünschte sich den Mut, irgendwie Abwechslung in ihr Leben zu bringen. Wie gebannt starrte sie auf die Bühne. Die Anwesenheit ihres Bruders und ihrer Schwägerin verdross sie maßlos, und jedes Mal, wenn sie mit dem Ellbogen an ihre Verabredung neben sich stieß, wollte sie im Erdboden versinken oder sich in Luft auflösen oder laut schreiend hinausrennen. Es spielte keine Rolle, in welchen Schauspieler oder Charakter sie sich verliebte, das wusste sogar Jeannine selbst. Es war die Unwirklichkeit der Szene auf der Bühne, die in ihr das Verlangen weckte, an ihr teilzuhaben, dabei mitzumachen oder zweidimensional zu sein, alles, was ihr unstetes Herz beruhigen würde. *Ich bin nicht fürs Leben geschaffen*, sagte sie. Es war mehr Leid als Freude darin und seit einigen Jahren war es schlimmer geworden, bis Jeannine jetzt befürchtete, es zu tun. *Ich kann nichts dafür*, sagte sie. Dann fügte sie hinzu: *Ich bin dem Dasein nicht gewachsen.*

Morgen werde ich mich besser fühlen. Sie dachte an Bud, wie er sein kleines Töchterchen mit zum Angeln mitnehmen würde (unter Eileens Protest war dies heute Morgen geschehen), und Tränen traten ihr in die Augen. Dieser Schmerz. Die schmerzhafte Freude. Durch einen Nebel der Verzweiflung sah sie auf der Bühne die eine Gestalt, die ihr etwas bedeutete. Sie wollte es so. Rosen und Verzückungen im Dunkeln. Sie hatte schreckliche Angst vor dem Moment, in dem der Vorhang fallen würde – in der Liebe wie *im* Schmerz, *in* Not, *in* Sorgen. Wenn man nur in einem halbtoten Zustand verharren könnte. Am Ende schloss sich der Vorhang (aus grauem Samt und abgenutzt) doch und öffnete sich wieder für die Truppe. Jeannine murmelte etwas über zu stickige Luft und rannte hinaus, zitternd vor Entsetzen. Wer bin ich, was bin ich, was will ich, was wird aus mir, was für eine Welt ist dies. Eins der Nachbarskinder verkaufte Limonade an einem Tisch mit Stühlen, die man draußen auf einen Teppich aus Piniennadeln unter den Bäumen aufgestellt hatte. Um ihre Einsamkeit aufzuhellen, kaufte Jeannine sich einen Becher, und ich tat es ihr gleich. Es war ein furchtbares Zeug. *(Falls mich jemand sieht, sage ich einfach, mir wäre zu warm geworden, und ich hätte einen Drink gebraucht.)* Blindlings ging sie in den Wald hinein und lehnte in einiger Entfernung vom Theater die Stirn an einen Baumstamm. Jeannine, sagte ich, warum bist du so unglücklich?

Ich bin nicht unglücklich.

Du hast alles (sagte ich). Was gibt es denn noch, das du haben willst?

Ich will sterben.

Möchtest du Pilotin bei einer Airline werden? Ist es das? Und sie lassen dich nicht? Hast du eine Begabung für Mathematik, die sie völlig unterdrückt haben? Haben sie sich geweigert, dich als Truckfahrerin einzustellen? Was ist es?

Ich will leben.

Ich werde dich und deine eingebildete Verzweiflung verlassen (sagte ich) und mich mit einem vernünftigen Menschen unterhalten. Wirklich, man könnte meinen, dir fehlt es an lebensnotwendigen Dingen. Geld? Du hast Arbeit. Liebe? Du gehst mit Jungen aus, seit du dreizehn bist.

Ich weiß.

Du kannst nicht erwarten, dass die Liebesgeschichten ein Leben lang dauern, Jeannine: Abendessen bei Kerzenschein, Tanzen und schöne Kleider sind nett, aber sie sind nicht das Leben. Es kommt eine Zeit, wo man die gewöhnliche Seite des Lebens leben muss, und eine Liebesaffäre ist nur ein sehr kleiner Teil. Ganz egal, wie nett es ist, wenn du umschwärmt und ausgeführt wirst, irgendwann sagst du »ja« und damit hat es sich. Das mag ein gro-

ßes Abenteuer sein, aber danach sind noch fünfzig oder sechzig Jahre zu füllen. Das kannst du nicht allein mit Liebesaffären bewerkstelligen, das weißt du. Denk nach, Jeannine – fünfzig oder sechzig Jahre!
Ich weiß.
Und?
(Schweigen)
Nun, was willst du also?
(Sie antwortete nicht.)
Ich versuche vernünftig mit dir zu reden, Jeannine. Du sagst, du möchtest keinen Beruf und du möchtest keinen Mann – Tatsache ist, du hast dich gerade verliebt, aber das tust du als nichtig ab – was also willst du? Ich höre.
Nichts.
Das stimmt nicht, meine Liebe. Erzähl mir, was du willst. Komm schon.
Ich will Liebe. (Sie ließ ihren Pappbecher mit Limonade fallen und schlug sich die Hände vor das Gesicht.)
Nur zu. Die Welt ist voller Menschen.
Ich kann nicht.
Du kannst nicht? Warum nicht? Du hast dich doch für heute Abend hier verabredet, oder nicht? Du hattest nie Schwierigkeiten, das Interesse der Männer auf dich zu ziehen. Also, geh ran.
Nicht auf diese Weise.
Auf welche Weise? (fragte ich).
Nicht auf die reale Art und Weise.
Was! (sagte ich).
Ich will etwas anderes, etwas anderes, wiederholte sie.
»Na schön, Jeannine«, sagte ich, »wenn dir weder die Realität noch die menschliche Natur genehm ist, weiß ich nicht, was du sonst noch haben *könntest*.« Damit ließ ich sie auf den Piniennadeln im Schatten der Bäume und abseits der Menge und der außen am Theatergebäude angebrachten Flutlichter stehen. Jeannine ist sehr romantisch. Sie baut eine ganze Philosophie auf dem Zirpen der Grillen und der Qual ihres Herzens auf. Aber das wird

nicht lange anhalten. Langsam wird sie wieder sie selbst werden. Sie wird zu Bud und Eileen und zu ihrem Job, den aktuellen X zu faszinieren, zurückkehren.

Zurück im Theatergebäude mit Bud und Eileen blickte Jeannine in den Spiegel, der über der Kartenausgabe angebracht war, damit die Damen ihren Lippenstift nachziehen konnten, und sprang hoch – »Wer ist das?«

»Hör auf damit, Jeannine«, sagte Bud. »Was ist nur mit dir los?« Wir sahen alle hin, und es war Jeannine selbst, ohne Zweifel, die gleiche anmutig schlaksige und dünne Gestalt, der gleiche nervös ausweichende Blick. »Das bist doch nur du«, sagte Eileen lächelnd. Jeannine war aus ihrer Melancholie gerüttelt. Sie wandte sich ihrer Schwägerin zu und stieß mit ungewohnter Schärfe zwischen den Zähnen hervor: »Was erwartest du vom Leben, Eileen? Sag's mir!«

»Ach, Schätzchen«, gab Eileen zurück, »was soll ich schon groß wollen? Ich will genau das, was ich habe.« X kam von der Herrentoilette. Armer Kerl. Traurige Gestalt.

»Jeannine will wissen, worauf es im Leben ankommt«, sagte Bud. »Wie sehen Sie das, Frank? Haben Sie ein paar Worte der Weisheit für uns?«

»Ihr seid schrecklich«, stieß Jeannine hervor. X lächelte nervös. »Na ja, ich weiß nicht«, meinte er.

Das ist auch mein Problem. Mein Wissen wurde mir genommen.

(Sie erinnerte sich an den Schauspieler auf der Bühne und ihre Kehle zog sich zusammen. Es tat weh, tat weh. Aber niemand bemerkte es).

»Glaubst du«, sagte sie sehr leise zu X, »dass du schon nach kurzer Zeit wissen könntest, was du willst – ich meine, sie machen es nicht absichtlich, aber das Leben ... die Leute ... die Leute bringen die Dinge durcheinander?«

»Ich weiß, was ich will«, sagte Eileen fröhlich. »Ich will nach Hause und Oma das Baby abnehmen. Okay, Liebling?«

»Das sollte nicht heißen –«, begann Jeannine.

»Oh, Jeannie!«, sagte Eileen liebevoll und wahrscheinlich mehr X als ihrer Schwägerin zuliebe, »oh, Jeannie!« Und küsste sie. Auch Bud drückte ihr einen flüchtigen Kuss auf die Wange.

Rührt mich bloß nicht an!

»Willst du einen Drink?«, fragte X, nachdem Bud und Eileen gegangen waren.

»Ich will wissen, was du vom Leben erwartest«, sagte Jeannine fast unhörbar, »und ich gehe keinen Schritt, bevor du es mir nicht gesagt hast.« Er starrte sie an.

»Na los«, sagte sie. Er grinste unsicher.

»Nun, ich gehe zur Abendschule. Ich will diesen Winter meinen BA machen.« (Er geht zur Abendschule. Er will seinen BA machen. Huiuiui! Ich bin nicht beeindruckt.)

»Wirklich?«, sagte Jeannine mit aufrichtiger Ehrfurcht.

»Wirklich«, sagte er. Erster Treffer. Strahlende Dankbarkeit. Vielleicht reagiert sie ähnlich, wenn er ihr erzählt, dass er Ski fahren kann. In dieser lieblichsten und angenehmsten aller sozialen Interaktionen bewundert sie ihn. Ihre Bewunderung freut ihn, und diese Freude verleiht ihm Wärme und Stil, er entspannt sich, er mag Jeannine wirklich. Jeannine sieht das und etwas wühlt sie auf, etwas hofft aufs Neue. Ist er Der Eine? Kann Er Ihr Leben Ändern? (Weißt du, was du willst? Nein. Dann beschwere dich nicht.) Jeannine flieht aus der Unaussprechlichkeit ihrer eigenen Wünsche – denn was passiert, wenn man herausfindet, dass man etwas will, das gar nicht existiert? – und landet im Schoß des Möglichen. Als Ertrinkende greift sie nach den bereitwilligen Wassermannhänden von X, vielleicht ist es der Wunsch zu heiraten, vielleicht hat sie nur zu lange gewartet. *Dort* ist die Liebe, *dort* ist die Freude – in der Ehe. Man muss die Chance nur beim Schopf ergreifen. Es heißt, ein Leben ohne Liebe stelle seltsame Dinge mit dir an. Vielleicht beginnt man daran zu zweifeln, ob die Liebe überhaupt existiert.

Ich schrie sie an und schlug sie auf Rücken und Kopf. Oh, ich war ein wütender und böser Geist dort in der Theaterlobby, aber sie hielt den armen X unentwegt bei den Händen – wie wenig wusste er von den Hoffnungen, die auf ihm lasteten, als sie fortfuhr (sage ich) seine Hände zu halten und ihm in die geschmeichelten Augen zu sehen. Wie wenig wusste sie darüber, dass er im Wasser lebte und sie ertränken würde. Wie wenig wusste sie über die Ertränkungsmaschine auf seinem Rücken, mit der er in seiner Jugend neben der Pfeife, seinen Tweedhosen, seinen Ambitionen, seinem Beruf und den Eigenwilligkeiten seines Vaters ausgestattet worden war. Irgendwo ist Der Eine. Die Lösung. Erfüllung. Erfüllte Frauen. Voll gefüllt. Mein Prinz. Komm. Löse dich los, Tod. Sie stolpert in die Schuhe ihrer Mami, das kleine Mädchen spielt Vater und Mutter. Ich könnte sie irgendwohin treten. Und X, der arme, hintergangene Bastard, glaubt, dass er unter allen Leuten auserwählt ist – als ob er auch nur das Geringste damit zu tun hätte! (Ich weiß immer noch nicht, wen sie im Spiegel sah oder zu sehen glaubte. War es Janet? Oder ich?)

Ich will heiraten.

৪

Männer haben Erfolg. Frauen heiraten.
Männer versagen. Frauen heiraten.
Männer gehen ins Kloster. Frauen heiraten.
Männer fangen Kriege an. Frauen heiraten.
Männer beenden sie. Frauen heiraten.
Langweilig, langweilig. (Siehe unten)

۹

Am nächsten Morgen ging Jeannine nur so zum Spaß zum Haus ihres Bruders. Sie hatte sich die Haare aufgedreht und trug ein betont elegantes Tuch über den Lockenwicklern. Mrs. Dadier und Jeannine wissen beide, dass es in einer Frühstücksecke nichts gibt, was diese dreißig Jahre lang interessant gestalten könnte, und trotzdem kichert Jeannine und rührt verspielt mit ihrem Strohhalm im Frühstückskakao herum. Es ist die Art von Strohhalm, die in der Mitte gefältelt ist, wie der Blasebalg einer Ziehharmonika.

»Als kleines Mädchen habe ich die immer gemocht«, sagt Jeannine.

»Ach ja, du meine Güte, wirklich«, erwidert Mrs. Dadier, die über ihrer zweiten Tasse Kaffee sitzt und gleich das Geschirr attackieren wird.

Jeannine lässt einige hysterische Sätze los.

»Erinnerst du dich –?«, kreischt sie. »Und weißt du noch –«

»Himmel, ja«, antwortet Mrs. Dadier. »Ja, ja doch.«

Sie sitzen da und sagen nichts.

»Hat Frank angerufen?« Mrs. Dadier hält ihren Tonfall mit Sorgfalt neutral, denn sie weiß genau, dass Jeannine Einmischungen in ihre Angelegenheiten nicht ausstehen kann. Jeannine verzieht das Gesicht und lacht dann wieder. »Oh, gib ihm etwas Zeit, Mutter«, sagt sie. »Es ist ja erst zehn Uhr.« Sie scheint die Sache mehr von der lustigen Seite zu sehen als Mrs. Dadier. »Bru«, sagt Letztere, »war schon um fünf auf, und Eileen und ich sind um acht aufgestanden. Ich weiß, Jeannine, es ist dein Urlaub, aber auf dem Lande –«

»Ich *bin* um acht aufgestanden«, sagt Jeannine gekränkt. (Sie lügt.) »Wirklich. Ich bin um den See gegangen. Ich weiß nicht, warum du mir immer vorhältst, wie spät ich morgens aufstehe. Früher traf das vielleicht zu, aber heute ist das einfach nicht mehr so, und es ärgert mich sehr, wenn du so etwas sagst.« Die Sonne scheint wieder herein. Wenn Bud nicht in der Nähe ist, muss man sich vor Jeannine in Acht nehmen. Mrs. Dadier versucht ihre Wünsche zu erahnen und sie nicht zu stören.

»Ach, das vergesse ich doch immer wieder«, sagt Mrs. Dadier. »Deine dumme alte Mutter! Bud sagt, ich würde noch meinen Kopf vergessen, wenn er nicht angeschraubt wäre.« Es funktioniert nicht. Jeannine fällt leicht eingeschnappt über Toast und Marmelade her und schiebt sich ein Stück quer in den Mund. Marmelade tropft auf den Tisch. Jeannine, zu Unrecht des späten Aufstehens beschuldigt, trägt es auf der Tischdecke aus. Spät aufstehen heißt in Sünde zu schwelgen. Es ist unverzeihlich. Es ist unanständig. Mrs. Dadier beschließt mit dem falschen Mut der zum Untergang Geweihten, die Marmeladeflecken zu ignorieren und zur wirklich wichtigen Frage vorzudringen, *nämlich*, wird Jeannine eine eigene Kochnische haben (obwohl diese de facto natürlich jemand anderem gehören wird, nicht wahr) und wird sie zum frühen Aufstehen gebracht werden, das heißt, Wird Sie Heiraten. Sehr vorsichtig und besänftigend sagt Mrs. Dadier: »Liebling, hast du je daran gedacht ...«, aber an diesem Morgen läuft ihre Tochter nicht wutentbrannt davon, sondern küsst sie auf den Scheitel und verkündet: »Ich werde abräumen und spülen.«

»Oh nein«, sagt Mrs. Dadier missbilligend. »Meine Güte, bloß nicht. Ich mach das schon.« Jeannine zwinkert ihr zu. Sie fühlt sich tugendhaft (wegen des Geschirrs) und wagemutig (aus einem anderen Grund). »Ich geh mal telefonieren«, sagt sie und schlendert ins Wohnzimmer. *Und lässt das Geschirr stehen.* Sie setzt sich in den Korbsessel und spielt mit dem Bleistift herum, den ihre Mutter immer neben den Telefonblock legt. Sie malt Blumen auf den Block und Profile von Mädchengesichtern, deren Augen jedoch aus der Frontalansicht erscheinen. Soll sie X anrufen? Soll sie warten, bis X sie anruft? Wenn er anruft, soll sie überschwänglich oder zurückhaltend reagieren? Kameradschaftlich oder distanziert? Soll sie X von Cal erzählen? Soll sie ablehnen, wenn er heute Abend mit ihr ausgehen will? Wohin soll sie gehen, wenn sie es tut? Natürlich kann sie ihn auf keinen Fall anrufen. Aber angenommen, sie ruft Mrs. Dadiers Freundin unter einem Vorwand an? *Meine Mutter bat mich, Ihnen zu sagen ...* Jeannines Hand liegt schon auf dem Telefonhörer, als sie bemerkt, wie ihre Hand zittert: der Eifer einer Sportsfrau bei der Jagd. Sie lacht in sich hinein. Zitternd vor Aufregung nimmt sie den Hörer ab und wählt X' Nummer, endlich. Jeannine hat den Messingring schon fast in der Hand, der ihr alles Wertvolle im Leben zu erschließen vermag. Es ist nur eine Frage der Zeit, bis X sich entscheidet. Bis dahin kann sie ihn bestimmt auf Distanz halten, ihn fasziniert halten. Man kann so viel Zeit mit dem Sie-liebt-mich-sie-liebt-mich-nicht verbringen, dass daneben kaum etwas anderes erledigt werden muss. Sie empfindet etwas für ihn, wirklich. Sie fragt sich, wann die Realität dieses Gefühls sie wirklich treffen wird. Weit draußen im Telefontraumland nimmt jemand den Hörer ab, unterbricht das letzte Klingelzeichen, Schritte nähern und entfernen sich, jemand räuspert sich laut in den Hörer.

»Hallo?« (Es ist seine Mutter.) Gewandt wiederholt Jeannine die falsche Nachricht, die sie sich im Kopf zurechtgelegt hat. »Frank kommt gerade«, sagt die Mutter von X. »Frank, es ist Jeannine Dadier.« Horror. Noch mehr Schritte.

»Hallo?«, sagt X.

»Meine Güte, du? Ich wusste gar nicht, dass du zu Hause bist«, sagt Jeannine.

»Hey!«, ruft X erfreut. Nach den Regeln ist das sogar mehr, als sie erwarten darf.

»Oh, ich rief nur an, um deiner Mutter etwas auszurichten«, sagt Jeannine und zeichnet unregelmäßige, gezackte Linien über die Gesichter auf dem Notizblock. Sie versucht weiter an letzte Nacht zu denken, aber sie kann sich nur erinnern, wie Bud mit seiner jüngsten Tochter spielte, das einzige Mal, dass sie ihren Bruder so töricht sah. Er lässt sie auf seinem Knie wippen und wird rot im Gesicht, als er sie über seinem Kopf herumwirbelt, während sie vor Vergnügen kreischt. »Hoppe-hoppe-Reiter! Wenn er fällt, dann schrei-eit er!« Normalerweise rettet Eileen dann das Baby mit der Begründung, dass es sich zu sehr aufrege. Aus irgendeinem Grund verursacht Jeannine diese Erinnerung große Schmerzen, und sie kann sich kaum auf das konzentrieren, was sie sagt.

»Ich dachte, du wärst schon weg«, sagt sie hastig. Er redet und redet über irgendwelche Dinge, die Preise des Bootsverleihs am See oder ob sie gern Tennis spielen würde.

»Oh, ich liebe Tennis«, sagte Jeannine, die nicht einmal einen Schläger besitzt.

Würde sie heute Nachmittag gern herüberkommen?

Sie beugt sich vom Telefon weg, um einen imaginären Terminkalender oder imaginäre Freunde zu Rate zu ziehen. Sie erlaubt sich ein widerstrebendes Hmm, ja, sie hätte noch ein paar freie Stunden. Es würde bestimmt Spaß machen, ihre Tenniskünste wieder aufzufrischen. Aber nicht dass sie wirklich gut sei, fügt sie schnell noch hinzu. X kichert. Nun ja, mal sehn. Es folgen noch ein paar Banalitäten, dann legt sie schweißgebadet und den Tränen nahe auf. *Was ist los mit mir?* Sie sollte glücklich oder wenigstens selbstzufrieden sein, stattdessen durchlebt sie gerade den übelsten Kummer. Warum nur, um alles in der Welt? Rachsüchtig bohrt sie die Bleistiftspitze in den Telefonblock, als ob er irgendwie verantwortlich sei. *Hol dich der Teufel.* Perverserweise kommen ihr jetzt auch noch Gedanken an den dümmlichen Cal, nicht gerade freundliche Gedanken. Sie muss wieder zum Telefon greifen, nachdem ihr eine imaginäre Verabredung mit einer imaginären Bekannten eingefallen ist, und sie muss X zu- oder absagen, also rückt Jeannine das Tuch über ihren Lockenwicklern zurecht, spielt mit einem Knopf an ihrer Bluse, starrt mit elendem Blick auf ihre Schuhe, fährt sich mit den Händen über die Knie und denkt nach. Sie ist nervös. Masochistisch. Ihr kommt wieder diese alte Geschichte in den Sinn, dass sie nicht gut genug ist für das Glück. Das ist Unsinn und sie weiß es. Lächelnd nimmt sie den Telefonhörer: Tennis, Drinks, Dinner, noch ein paar Verabredungen, wenn sie wieder in der Stadt ist, dann kann er ihr von der Abendschule erzählen, und dann, eines Nachts (wenn er sie ganz besonders heftig umarmt) – »Jeannie, ich lasse mich scheiden.« *Mein Name ist Jeannine.* Das Shopping wird Spaß machen. *Schließlich bin ich neunundzwanzig.* Mit einem Gefühl tiefster Erleichterung wählt sie. Jetzt beginnt ein neues Leben. Auch sie kann es schaffen. Sie ist normal. Sie ist so gut wie jedes andere Mädchen. Flüsternd beginnt sie zu singen. Im Telefonland läutet das Telefon, und irgendjemand geht ran, um abzuheben. Sie hört die merkwürdigen Hintergrundgeräusche der Relais, jemand spricht ganz leise aus weiter Ferne. Sie spricht jetzt schnell und deutlich, ohne das geringste Zögern, erinnert sich dabei an all die lieblosen Nächte, als ihre Knie sich in die Luft bohrten, wie unbequem es war und sie fast erstickte, wie ihre Beinmuskeln schmerzten, und sie kann ihre Füße nicht auf das Bett setzen. Die Ehe wird das alles heilen. Das Scheuern des hoffnungslos verdreckten alten Linoleums und das Abstauben der immer gleichen scheußlichen Dinge, Woche für Woche. Aber er kommt viel herum. Kühn und entschieden sagt sie:

»Cal, komm und hol mich.«

Von ihrer eigenen Treulosigkeit schockiert, bricht sie in Tränen aus. Sie hört Cal sagen: »Okay, Baby«, und er erklärt ihr, welchen Bus er nehmen wird.

»Cal!«, fährt sie atemlos fort. »Du kennst die Frage, die du dauernd stellst, Liebling? Also, die Antwort lautet Ja.« Äußerst erleichtert legt sie auf. Es geht ihr schon viel besser, jetzt, da sie es hinter sich hat. Dumme Jeannine, irgendetwas anderes zu erwarten. Die Ehe ist ein Kontinent, von dem es keine Karten gibt. Sie fährt sich mit dem Handrücken über die Augen. X kann zum Teufel gehen. Konversation zu machen ist auch nur Arbeit. Sie schlendert zur Frühstücksecke, wo sie sich ganz allein wieder findet. Mrs. Dadier ist draußen hinter dem Haus, zupft Unkraut in einem kleinen Gartenstückchen, das allen Dadiers gemeinsam gehört. Jeannine nimmt das Fliegengitter aus dem Küchenfenster und lehnt sich hinaus.

»Mutter!«, ruft sie in einer plötzlichen Aufwallung von Glück und Aufregung, denn plötzlich war ihr die Bedeutung dessen, was sie gerade getan hatte, klar geworden. »Mutter!«, (sie winkt wie wild aus dem Fenster) »Rate mal!« Mrs. Dadier, die im Möhrenbeet kniet, richtet sich auf und beschattet ihr Gesicht mit einer Hand. »Was ist los, Liebling?«

»Mutter, ich werde heiraten!« Was danach kommt, wird sehr aufregend sein, eine Art großes Schauspiel, denn Jeannine wird eine glanzvolle Hochzeit feiern. Völlig aufgelöst lässt Mrs. Dadier ihre Gartenschaufel fallen. Sie wird ins Haus eilen, ein unglaublicher Stimmungsaufschwung wird beide Frauen erfassen, sie werden sich tatsächlich küssen und umarmen, und Jeannine wird durch die Küche tanzen. »Warte nur, bis Bru *das* hören wird!«,

wird Jeannine ausrufen. Sie werden beide weinen. Zum ersten Mal in ihrem Leben hat Jeannine es geschafft, etwas absolut richtig zu machen. Und es ist auch nicht zu spät. Sie glaubt, dass der späte Zeitpunkt ihrer Heirat vielleicht durch eine besondere Reife ausgeglichen wird, schließlich muss all das Experimentieren, all das Widerstreben einen Grund haben. Sie stellt sich den Tag vor, an dem sie sogar noch bessere Neuigkeiten verkünden kann: »Mutter, ich bekomme ein Baby.« Cal selbst spielt bei all dem kaum eine Rolle, denn Jeannine hat seine Einsilbigkeit und Passivität vergessen, seine merkwürdige Traurigkeit, die mit keinem eindeutigen Gefühl verbunden ist, seine Schroffheit und wie schwer es ist, ihn dazu zu bringen, über etwas zu reden. Atemlos vor Freude umarmt sie sich selbst, wartet darauf, dass Mrs. Dadier ins Haus eilt. »Mein kleines Mädchen!«, wird Mrs. Dadier aufgelöst sagen und Jeannine umarmen. Jeannine scheint es, dass sie noch nie etwas so Schönes und Solides gesehen hat wie die Küche im Licht der Morgensonne, mit den leuchtenden Wänden, alles vom Licht mit den feinsten Konturen versehen, so frisch und real. Jeannine, die von einer erbarmungslos strengen Disziplin, die sie nicht selbst gewählt hatte, fast umgebracht worden wäre, die beinahe tödlich verstümmelt wurde von einer wachsamen Selbstunterdrückung, die für alles, was sie einst wünschte oder liebte, unerheblich war, hier findet sie ihre Belohnung. Das beweist, dass es so in Ordnung ist. Alles ist zweifellos gut und zweifellos real. Sie liebt sich selbst, und wenn ich wie Atropos in der Ecke stehe, meinen Arm um den Schatten ihres toten Ich gelegt, wenn die andere Jeannine (die schrecklich müde ist und weiß, dass es für sie auf dieser Seite des Grabes keine Freiheit gibt) versucht, sie zu berühren, während sie vergnügt vorbeiwirbelt, dann sieht und hört Jeannine sie nicht. Mit einem Schlag hat sie ihre Vergangenheit amputiert. Sie ist auf dem Weg, erfüllt zu werden. Sie umarmt sich selbst und wartet. Das ist alles, was man tun muss, wenn man ein wirklich erstklassiges Dornröschen ist. Sie weiß es.
Ich bin so glücklich.
Und dort, ohne die Gnade Gottes, gehe ich meinen Weg.

Siebter Teil

1

Ich erzähle euch, wie ich ein Mann wurde.
Zuerst jedoch musste ich eine Frau werden.
Lange Zeit war ich ein Neutrum gewesen, alles andere als eine Frau, sondern Einer Von Den Jungs, denn wenn du in eine Versammlung von Männern trittst, beruflich oder aus anderen Gründen, kannst du genauso gut ein riesiges Plakat tragen, auf dem steht: SEHT HER! ICH HABE TITTEN!, und dann kommt dieses Kichern und Glucksen und dieses Erröten und dieses Uriah-Heep-Gehabe und dieses Wedeln mit Krawatten und Schließen von Knöpfen und diese Anspielungen und Komplimente und diese gehemmte Galanterie samt süffisanter Hinweise auf meine äußere Erscheinung – dieser ganze öde Mist, nur um mir zu gefallen. Wenn es dir wirklich gelingt, Einer Von Den Jungs zu sein, vergeht das. Natürlich gehört eine bestimmte Entkörperung dazu, aber das Plakat verschwindet. Ich klopfte auf Schultern und lachte über dreckige Witze, besonders über die feindseligen. Unter der Oberfläche sagst du vergnügt, aber entschieden nein, nein, nein, nein, nein, nein. Aber für meinen Job ist es notwendig, und ich mag meinen Job. Ich nehme an, sie beschlossen, dass meine Titten nicht die besten waren oder nicht real oder dass sie einer anderen gehörten (meiner Zwillingsschwester), und auf diese Art teilten sie mich auf Höhe des Halses. Wie ich schon sagte, es erfordert eine gewisse Entkörperung. Ich dachte, wenn ich meinen Doktortitel hätte, meinen Lehrstuhl und meine Tennismedaille und meinen Ingenieursvertrag und meine Zehntausend im Jahr und meine Vollzeithaushälterin und einen guten Ruf und die Anerkennung meiner Kollegen, wenn ich groß, stark und schön ge-

worden wäre, wenn mein IQ über 200 geschnellt wäre, wenn ich ein Genie wäre, *dann* könnte ich mein Plakat sicherlich abnehmen. Ich ließ mein Lächeln und mein fröhliches Lachen zu Hause. Ich bin keine Frau, ich bin ein Mann. Ich bin ein Mann mit dem Gesicht einer Frau. Ich bin eine Frau mit dem Verstand eines Mannes. Das sagen alle. Voller Stolz auf meinen Intellekt betrat ich einen Buchladen, ich erwarb ein Buch, ich musste Den Mann nicht länger besänftigen. Bei Gott, ich glaube, ich werde es schaffen. Ich kaufte eine Ausgabe von John Stuart Mills *Die Hörigkeit der Frau*, wer wird jetzt noch etwas gegen John Stuart Mill haben? Er ist tot. Aber der Verkäufer dachte anders. Mit anbiedernder Schalkhaftigkeit drohte er mir mit dem Finger und machte »Ts, ts, ts«, und das ganze Getue fing wieder von vorn an. Was für ein Vergnügen für ihn, jemanden zu haben, der nicht automatisch außerhalb der Kritik stand, und jenseits des Schattens einer Hoffnung wusste ich: weiblich sein heißt, Spiegel und Honigglas sein, Sklavin und Richterin, der schreckliche Rhadamanthus, für den er diese Rolle spielen muss, aber dessen Urteil nicht menschlich und dessen Dienste für jeden nach Belieben verfügbar sind, die Vagina Dentata und der ausgestopfte Teddybär, den er bekommt, wenn er die Prüfung besteht. Das geht so weiter, bis Sie fünfundvierzig sind, meine Damen, danach lösen Sie sich in Luft auf wie das Lächeln der Grinsekatze, und alles, was zurückbleibt, ist eine widerwärtige Unförmigkeit und ein tückisches Gift, das automatisch jeden Mann unter einundzwanzig infiziert. Nichts kann Sie darüber oder darunter versetzen, nichts jenseits oder außerhalb davon, nichts, nichts, absolut gar nichts, nicht Ihre Muskeln oder Ihr Verstand, nicht die Tatsache, dass Sie einer von den Jungs oder eins von den Mädchen sind oder dass Sie Bücher schreiben oder Briefe schreiben oder dass Sie schreien oder die Hände ringen oder Salat zubereiten oder zu groß oder zu klein sind oder reisen oder zu Hause bleiben, weder Hässlichkeit noch Akne, weder Schüchternheit noch Feigheit, weder chronisches Schrumpfen noch hohes Alter. In den letztgenannten Fällen sind Sie bloß doppelt verdammt. Ich ging davon – »typisch weiblich«, wie der Mann sagt –, und ich weinte, als ich meinen Wagen lenkte, und ich weinte am Straßenrand (weil ich nichts sehen konnte und vielleicht in irgendetwas hineingefahren wäre), und ich heulte und rang die Hände, wie es nur die Leute in mittelalterlichen Liebesgeschichten tun, denn das verschlossene Auto einer amerikanischen Frau ist der einzige Ort, an dem sie allein sein kann (wenn sie unverheiratet ist), und das Heulen einer kranken Wölfin geht um die Welt, woraufhin die Welt es für äußerst komisch hält. Privatsphäre in Autos und Badezimmern, auf was für Ideen wir doch kommen! Wenn sie jetzt wieder von den hübschen Kleider anfangen, werde ich mich umbringen.

Ich hatte ein fünf Jahre altes Ich, das sagte: *Daddy wird dich nicht lieb haben.*

Ich hatte ein zehn Jahre altes Ich, das sagte: *Die Jungs werden nicht mit dir spielen.*

Ich hatte ein fünfzehn Jahre altes Ich, das sagte: *Keiner wird dich heiraten.*

Ich hatte ein zwanzig Jahre altes Ich, das sagte: *Ohne ein Kind wirst du keine Erfüllung finden.* (Ein Jahr, in dem ich immer wieder Alpträume über Unterleibskrebs hatte, den niemand entfernen wollte.)

Ich bin eine kranke Frau, eine Verrückte, eine Nussknackerin, eine Männerfresserin. Ich zehre die Männer nicht anmutig mit meinem feuerroten Haar oder meinem vergifteten Kuss auf, ich zerbreche ihre Gelenke mit diesen verdreckten Ghul-Klauen und stehe dabei wie eine Katze ohne Krallen auf einem Fuß, ich bremse eure schwächlichen Versuche, euch zu retten, mit meinem krallenbewehrten Hinterfuß aus: mein verfilztes Haar, meine schmutzige Haut, die großen, flachen, grün belegten, blutigen Zähne. Ich glaube nicht, dass mein Körper irgendwas hermacht. Ich glaube nicht, dass ich schön anzuschauen bin. Oh, von allen Krankheiten ist der Selbsthass die schlimmste, und zwar, so meine ich, nicht für diejenige, die diese Krankheit hat!

Ist euch klar, dass ihr mir die ganze Zeit Predigten haltet? Ihr sagt mir, selbst Grendels Mutter wurde von Mutterliebe getrieben.

Ihr sagtet, Ghuls seien männlich.
Rodan ist männlich – und ein Idiot.
King Kong ist männlich.
Ich hätte eine Hexe sein können, aber der Teufel ist männlich.
Faust ist männlich.
Der Mensch, der die Bombe über Hiroshima abwarf, war männlich.
Ich war nie auf dem Mond.

Dann gibt es diese Vögel, mit (wie Shaw es so vornehm formuliert) den rührenden Gedichten über ihre Liebe und ihren Nestbau, in denen die Männchen so wundervoll und schön singen und die Weibchen auf dem Nest sitzen, und die Paviane, die halb zerrissen werden (weiblich) von den anderen (männlich), und die Schimpansen mit ihrer Hierarchie (männlich), über die Professoren (männlich) mit *ihrer* Hierarchie schreiben, und die den (männlich) Blickwinkel von (weiblich) (männlich) einnehmen (männlich). Sie sehen also, was los ist. Im Grunde meines Herzens muss ich sanft und freundlich sein, und ich habe der Gottesanbeterin oder der weiblichen Wespe nie auch nur einen Gedanken gewidmet, aber vermutlich bin ich einfach nur loyal meiner eigenen Spezies gegenüber. Ich könnte ebenso gut davon träumen, eine Eiche zu sein. Kastanienbaum, starkwurzelige Hermaphrodite. Ich will euch nicht erzählen, mit welchen Poeten und Propheten mein Kopf voll gestopft ist (Deborah, die sagte »Ich auch, bitte, bitte?« und von der Lepra geschlagen wurde) oder zu Wem ich betete (meine eigene gewaltige Fröhlichkeit erregend) oder wen ich auf der Straße mied (männlich) oder wen ich im Fernsehen sah (männlich), wobei ich nur Buster Crabbe – wenn ich mich recht entsinne – von meinem Hass verschonte, den früheren Flash Gordon und Schwimmlehrer (glaube ich) im wirklichen Leben, in dessen menschlich ansehnlichem, sanftem, verwirrtem alten Gesicht ich den absurden, aber bewegenden Eindruck fand, ich sähe eine Reflektion meiner eigenen Verwirrung über unser gemeinsames Gefängnis. Ich kenne ihn natürlich nicht, und niemand ist verantwortlich für seinen Schatten auf dem Bildschirm oder für das, was verrückte Frauen dort sehen mögen. Ich liege in meinem Bett (das nicht männlich ist), das in einer Fabrik von einem (Mann) gebaut, von einem (Mann) entworfen und mir von einem (kleinen Mann) mit ungewöhnlich schlechten Manieren verkauft worden ist. Ich meine, ungewöhnlich schlechte Manieren für jeden.

Sie sehen also, wie *sehr* sich dies von den Verhältnissen in den schlechten alten Zeiten, sagen wir von vor fünf Jahren, *unterscheidet*. New Yorker (weiblich) haben jetzt seit fast einem Jahr das Recht auf Abtreibung, wenn sie der Krankenhausverwaltung ausreichend begründen können, dass sie ein Bett brauchen und kein Problem damit haben, von den Schwestern Babykiller genannt zu werden. Bürger von Toronto, Kanada, haben völlig freien Zugang zu schwangerschaftsverhütenden Mitteln, wenn sie bereit sind, 100 Meilen bis über die nächste Grenze zu reisen. Ich könnte meine eigene Zigarette rauchen, wenn ich rauchen würde (und meinen eigenen Lungenkrebs bekommen). Fortschritt, ewiger Fortschritt! Einige meiner besten Freunde sind – ich wollte sagen, einige meiner besten Freunde sind – meine Freunde –

Meine Freunde sind tot.

Wer hat jemals *Frauen* gesehen, die irgendjemandem Angst einjagen? (Das war, als ich es für wichtig hielt, Leuten Angst einjagen zu können.) Man kann nicht sagen – um eine gute, alte Freundin zu zitieren –, dass es Dramen von Shakespeare gibt und dass Shakespeare eine Frau war, oder dass Kolumbus über den Atlantik segelte und dass Kolumbus eine Frau war, oder dass Alger Hiss wegen Landesverrats verurteilt wurde und dass Alger Hiss eine Frau war. (Mata Hari war keine Spionin, sie war eine Fickerin.) Jedenfalls weiß jedermann (pardon) weiß jede Frau und jeder Mann, dass die Taten von Frauen, die wirklich bedeutend sind, nicht eine große, billige Arbeitskraft vorstellen, die man einschaltet, wenn Krieg ist, und hinterher wieder ausschaltet, ausgenommen ihre Funktion, Mutter zu sein, die nächste Generation heranzuziehen, sie zu gebären, zu stillen, die Fußböden für sie zu schrubben, sie zu lieben, für sie zu kochen, sie zu baden, ihre Windeln zu wechseln, hinter ihnen herzuräumen und vor allem, sich für sie aufzuopfern. Das ist der wichtigste Job der Welt. Deshalb bezahlen sie euch nicht.

Ich weinte, und dann hörte ich auf zu weinen, weil ich sonst nie zu weinen aufgehört hätte. Auf diese Weise gelangen die Dinge an einen schrecklichen toten Punkt. Sie werden bemerken, dass sogar meine Diktion weiblich wird und somit meine wahre Natur enthüllt, ich sage nicht mehr »verdammt« oder »verflucht«, ich füge eine Menge relativierender Worte wie »ziemlich« ein, ich winde mich in diesen atemlosen, kleinen, weiblichen Schnörkeln, sie warf sich aufs Bett, ich habe keine Systematik (dachte sie), meine Gedanken sickern ungeformt wie Menstruationsblut hervor, es ist alles sehr weiblich und tief und reine Essenz, es ist sehr primitiv und voller ›und‹s, man nennt es ›Endlos-Sätze‹.

Sehr sumpfig in meinem Verstand. Sehr verfault und sehr karg. Ich bin eine Frau. Ich bin eine Frau mit dem Gehirn einer Frau. Ich bin eine Frau mit der Krankheit einer Frau. Ich bin eine Frau ohne Hüllen, nackt wie eine Natter, Gott helfe mir und Ihnen.

2

Dann wurde ich ein Mann.

Das geschah langsamer und weniger dramatisch.

Ich glaube, es hat etwas mit dem Wissen zu tun, das man erleidet, wenn man eine Außenseiterin ist – ich meine *erleiden*, ich meine nicht *erfahren* oder *erlernen* oder *erdulden* oder *benutzen* oder *genießen* oder *sammeln* oder *abschleifen* oder *unterhalten* oder *besitzen* oder *haben*.

Dieses Wissen ist natürlich die Einsicht aller Erfahrung durch zwei Augenpaare, zwei Wertsysteme, zwei Erwartungsgewohnheiten, beinahe zwei Gehirne. Das wird für ein unfehlbares Rezept gehalten, dich gaga zu machen. Die Jagd auf den Hasen Versöhnung mit den Hunden der Hartnäckigkeit – aber so ist es, verstehen Sie? Ich bin nicht Sir Thomas Nasshe (oder Lady

Nasshe, obwohl sie nie eine Zeile geschrieben hat, das arme Ding). Gerade fängt man etwas an, schon kommt das Fallgitter runter. Zack. Zurück zum Wissen: Ich glaube, als ich die Herren der Erde beim Lunch in der Firmen-Cafeteria sah, war es endgültig vorbei mit mir. Wie eine andere Freundin von mir einmal sagte: Die Anzüge der Männer wurden zu dem Zweck entworfen, Vertrauen zu erzeugen, selbst wenn die Männer es nicht können. Aber ihre *Schuhe* –! Großer Gott! Und ihre *Ohren!* Himmel! Diese Unschuld, diese unverdorbene Naivität der Macht. Diese kindliche Einfältigkeit, mit der sie ihr Leben den Schwarzen Männern anvertrauen, die für sie kochen, ihre Selbsteinschätzung, ihre Überheblichkeit und ihre kleinen Annäherungsversuche mir gegenüber, die ich alles für sie tue. Ihre Ignoranz, diese totale, glückselige Ignoranz. Da gab es mal diese Jungfrau, die Wir bei Vollmond auf dem Firmenhof opferten. (Du dachtest, eine Jungfrau sei ein Mädchen, nicht wahr?) Da gab es Unser Denken über Hausarbeit – ach du lieber Gott, gelehrte Schriften über Hausarbeit, was könnte absurder sein? Und Unsere Partys, wo wir Einander zwickten und jagten. Unsere Preisvergleiche zwischen Frauenkleidern und Männeranzügen. Unsere PushUps. Unser Weinen im Beisein der anderen. Unseren Tratsch. Unsere Belanglosigkeiten. Alles Belanglosigkeiten, die nicht eine Sekunde der Aufmerksamkeit eines denkenden Wesens wert waren. Wenn Sie Uns sehen, wie Wir bei Mondaufgang durch die Büsche schleichen, schauen Sie nicht hin. Und warten Sie nicht in der Nähe. Achten Sie auf die Mauer, meine Liebe, damit sind Sie besser beraten. Wie alle Veränderungen konnte ich sie nicht spüren, während sie ablief, aber Folgendes müssen Sie tun:

Um Gegensätze aufzulösen, vereinigen Sie sie in Ihrer Person.

Das bedeutet: in aller Hoffnungslosigkeit, im Schrecken Ihres Lebens, ohne eine Zukunft, im Niedergang der schlimmsten Verzweiflung, die Sie ertragen können und die Ihnen doch noch den Verstand lässt, eine Wahl zu treffen – nehmen Sie das nackte Ende einer Hochspannungsleitung in die bloße Hand. Das andere Ende nehmen Sie in die linke Hand. Bleiben Sie in einer tiefen Pfütze stehen. (Machen Sie sich keine Sorgen, dass Ihnen der Draht wegfallen könnte, das wird er nicht.) Elektrizität bevorzugt den vorbereiteten Verstand, und sollten Sie diese Lawine aus Versehen stören, werden Sie tödlich getroffen, Sie werden wie ein Kotelett verkohlen und Ihre Augen werden wie roter Gelee aufplatzen, aber wenn diese Drähte Ihre eigenen Drähte sind – machen Sie weiter. Gott wird dafür sorgen, dass Ihre Augen im Kopf bleiben und dass Ihre Gelenke zusammenhalten. Wenn Sie nur Hochspannung schickt, nun ja, wir alle haben diese kleinen Schocks erfahren – dann schütteln Sie sie einfach ab, wie eine Ente das Wasser aus ihrem Gefieder schüttelt, und Sie kann Ihnen nichts anhaben – aber wenn Sie mit Hochspannung *und* in hoher Stromstärke brüllt, dann hat Sie es auf Ihre Markknochen abgesehen, dann machen Sie sich zu einer Leitung für den heiligen Schrecken und die Ekstase der Hölle. Aber nur so können die Drähte sich selbst heilen. Nur so können sie Sie heilen. Frauen sind an diese Kraft nicht gewöhnt, diese Lawine gespenstischer Spannung wird Ihre Muskeln und Ihre Zähne wie bei einem durch Strom getöteten Kaninchen blockieren, aber Sie sind eine starke Frau, Sie sind Gottes Liebling, und Sie können es ertragen. Wenn Sie sagen können »ja, in Ordnung, mach weiter« – wohin sonst können Sie schließlich gehen? Was sonst können Sie tun? –, wenn Sie sich durch sich hindurch und in sich hinein und aus sich heraus lassen, Ihr Innerstes nach Außen kehren, sich den Versöhnungskuss geben, sich heiraten, sich lieben ...

Nun, ich wurde ein Mann.

Wir lieben das, sagt Plato, was an uns fehlerhaft ist. Wenn wir unser magisches Ich im Spiegel eines anderen Menschen sehen, verfolgen wir es mit verzweifelten Schreien – *Bleib stehen! Ich muss dich besitzen!* –, aber wenn es bereitwillig stehen bleibt und sich umdreht, wie kann man es dann besitzen? Ficken, wenn Sie das Wortspiel gestatten, ist eine Anti-Klimax. Und du bist so armselig wie zuvor. Jahrelang wanderte ich weinend durch die Wüste: *Warum folterst du mich so?* und *Warum hasst du mich so?* und *Warum demütigst du mich so?* und *Ich werde mich ernied-*

rigen und *Ich werde dich erfreuen* und *Warum, oh warum, hast du mich verlassen?* Das ist sehr weiblich. Was ich erst spät im Leben lernte, unter meinem Lavaregen, unter meinem Töten-oder-Heilen, unglücklich, langsam, widerstrebend, dürftig und unter wahrlich schrecklichen Schmerzen: dass es einen und nur einen Weg gibt, das zu besitzen, was an uns fehlerhaft ist, daher das, was wir brauchen, daher das, was wir wollen.

Werde es.

Der Mann, nimmt man an, ist eine gelungene Studie der Menschheit. Vor vielen Jahren waren wir alle Höhlenmänner. Dann kam der Javamann, und dann die Zukunft des Mannes und die Werte des westlichen Mannes und der existentialistische Mann und der ökonomische Mann und der freudianische Mann und der Mann im Mond und der Mann des achtzehnten Jahrhunderts und zu viele Männer, um sie zu zählen, sie anzublicken oder an sie zu glauben. Das ist die Menschheit. Ein schaurig beißendes Gelächter kränzt diese Paradoxe. Jahrelang pflegte ich zu sagen *Lass mich herein, Liebe mich, Schenke mir Anerkennung, Bestimme mich, Passe mich an, Bestätige mich, Unterstütze mich.* Jetzt sage ich *Rück mal ein Stück.* Wenn wir alle zur großen Mann-schaft der Menschheit gehören, dann sehe ich es mit meinen aufmerksamen, rechtschaffenen, geradeaus blickenden, strahlenden, wachsamen Augen so, dass auch ich ein Mann und alles andere als eine Frau bin, denn ernsthaft: Wer hat je von der Javafrau und der existentialistischen Frau und den Werten der westlichen Frau und der Frau der Wissenschaften und der entfremdeten Frau des neunzehnten Jahrhunderts und all dem anderen lumpigen und antiquierten Durcheinander gehört? Ich glaube, ich bin ein Mann, ich glaube, du solltest mich besser einen Mann nennen, ich glaube, ab jetzt schreibt und spricht man über mich als einen Mann und beschäftigt mich als einen Mann, ab jetzt betrachtet man Kindererziehung als Tätigkeit des Mannes. Du wirst von mir als Mann denken und mich als Mann behandeln, bis es in deinen konfusen, erschrockenen, grotesken, neun-Zehntel-unechten, lieblosen, Pappmaché-Ochsen-Elch-Kopf hineingeht, dass *ich ein*

Mann bin. (Und du eine Frau bist.) Das ist das ganze Geheimnis. Hör auf, dich an Moses' Gesetzestafeln festzuklammern, Dummkopf, du wirst zusammenklappen. Gib mir deine Linus-Schmusedecke, Kindskopf. Hör auf den weiblichen Mann.*

(Wenn du es nicht tust, dann, bei Gott und allen Heiligen, *werde ich dir das Genick brechen*.)

3

Wir hätten ihr gerne zugehört (sagten sie), *wenn sie nur wie eine Dame geredet hätte*. Aber sie sind Lügner und in ihnen ist keine Wahrheit.

Durchdringend ... schmähend ... kümmert sich nicht um die Zukunft der

Gesellschaft ... Gefasel eines antiquierten Feminismus ... selbstsüchtige

Emanze ... muss mal ordentlich durchgefickt werden ... dieses formlose

Buch ... natürlich fern jeder besonnenen und objektiven Diskussion ... verdreht, neurotisch ... ein bisschen Wahrheit, vergraben in einer höchst hysterischen ... nur begrenzt von Interesse, ich sollte ... noch ein Traktat für den Mülleimer ... hat ihren BH verbrannt und gedacht, dass ... keine Charaktere, keine Handlung ... wirklich wichtige Punkte werden ausgelassen, während ... hermetisch versiegelt ... beschränkte Erfahrungen von Frauen ... noch eine von der keifenden Schwesternschaft ... eine nicht gerade anziehende Aggressivität ... hätte voller

---

*Die Paradoxie dieses Absatzes kommt nur in der englischen Sprache in ihrer vollen Schärfe zum Ausdruck, da dort engl. ›man‹, hier mit ›Mann‹ übersetzt, in der doppelten Bedeutung als ›Mann‹ und ›Mensch‹ zu lesen ist (s.o.). Die Mannwerdung der Erzählinstanz an dieser Stelle ist somit auch immer als ihre Menschwerdung lesbar, von der sie als Frau aufgrund der sprachlichen Doppelbedeutung von ›man‹ ausgeschlossen ist. Das gleiche Paradoxon liegt dem engl. Originaltitel *The Female Man* zugrunde, der wörtlich sowohl mit ›Der weibliche Mann‹ als auch ›Der weibliche Mensch‹ zu übersetzen ist. A.d.Ü.

Witz sein können, wenn die Autorin ... defloriert das anmaßend Männliche ... ein Mann hätte seinen rechten Arm gegeben für ... nicht einmal mädchenhaft ... das Buch einer Frau ... eine weitere aufdringliche Polemik, die den ... ein rein männliches Wesen wie ich kann kaum ... eine brillante, aber von Grund auf konfuse Studie weiblicher Hysterie, die ... weiblicher Mangel an Objektivität ... dieser angebliche Roman ... versucht zu schockieren ... die müden Tricks der Anti-Romanschreiber ... wie oft muss denn ein armer Kritiker noch ... die üblichen langweiligen Pflichtverweise auf lesbische ... Verleugnung der tiefgründigen sexuellen Polarität, die ... eine allzu frauliche Weigerung, den Tatsachen ins Auge zu sehen ... pseudo-maskuline Schroffheit ... das Niveau von Frauenzeitschriften ... diejenigen, die sich mit Nussknackerin Kate ins Bett kuscheln, werden ... ein bedauernswert geschlechtsloses Aussehen ... Gegeifer ... ein parteilicher, pathologischer Protest gegen ... eine brutale, wilde Attacke ... beeindruckendes Selbstmitleid, das jede Möglichkeit ausschließt ... die Unfähigkeit, die weibliche Rolle zu akzeptieren, die ... der vorhersehbare Wutausbruch über die Anatomie völlig deplatziert ... ohne die Gefälligkeit und Leidenschaft, die wir zu Recht erwarten dürfen ... Anatomie ist Schicksal ... Schicksal ist Anatomie ... scharfzüngig und komisch, aber ohne echtes Gewicht oder etwas, das über die üblichen ... einfach nur schlecht ... wir ›lieben Damen‹, die Russ gerne vernichten würde, *empfinden* einfach nicht ... kurzlebiger Unsinn, Geschosse im Krieg der Geschlechter ... ein weiblicher Mangel an Erfahrung, die ...

Q.E.D. Quod erat demonstrandum. Es ist bewiesen worden.

4

Janet hat begonnen, fremden Leuten auf der Straße zu folgen. Was soll nur aus ihr werden? Sie tut das entweder aus Neugier oder einfach, um mich zu ärgern. Wann immer sie jemanden sieht, der sie interessiert, ob Mann oder Frau, schlägt sie einen

Haken und geht in der entgegengesetzten Richtung weiter (und summt dabei eine kleine Melodie, da-dum, da-di). Wenn Whileawayanerin 1 Whileawayanerin 2 begegnet, sagt die erste ein zusammengesetztes whileawayanisches Wort, das etwa mit »Hallo-ja?« übersetzt werden kann, und als Antwort darauf kann der gleiche Ausdruck wiederholt werden (aber ohne die Hebung am Ende), »Hallo-nein«, nur »Hallo«, Schweigen oder auch »Nein!« »Hallo-ja« bedeutet *Ich möchte eine Unterhaltung beginnen,* »Hallo« heißt *Ich habe nichts dagegen, wenn du hier bleibst, aber ich möchte mich nicht unterhalten,* »Hallo-nein«: *Bleib hier, wenn du willst, aber lass mich in Ruhe.* Schweigen heißt *Ich wäre dir sehr verbunden, wenn du gehst. Ich habe schlechte Laune.* Schweigen, begleitet von einem schnellen Kopfschütteln, bedeutet *Ich bin zwar nicht schlecht gelaunt, habe aber andere Gründe für den Wunsch, allein zu sein.* »Nein!« heißt *Mach dich davon, oder ich stelle etwas mit dir an, das dir nicht gefallen wird.* (Im Gegensatz zu unseren Sitten hat diejenige, die später kommt, den moralischen Vorteil, da Whileawayanerin 1 bereits Erholung oder Freude durch eine bequeme Bank oder durch Blumen oder die prachtvollen Berge oder sonst irgendetwas erfahren hat.) Natürlich kann jede dieser Antworten als Begrüßung verwendet werden.

Ich fragte Janet, was geschieht, wenn beide Whileawayanerinnen »Nein!« sagen.

»Oh«, sagte sie (gelangweilt), »sie kämpfen.«

»Gewöhnlich läuft eine von uns davon«, fügte sie hinzu.

Janet sitzt neben Laura Rose auf meiner klumpig-braunen Couch, sie liegt schläfrig und vertraut halb auf ihrer Freundin, ihr Kopf ruht auf Lauras verantwortungsvoller Schulter. Eine junge Tigerin mit ihrem großen, weichen Jungen. Während sie vor sich hindöst, hat Janet zehn Jahre Angst und zwanzig Pfund der Versuche-andere-zu-beeindrucken abgestreift, in ihrem eigenen Volk muss sie so viel jünger und dümmer sein, im Tomatenbeet wühlen oder Kühe suchen, die sich verlaufen haben. Was Sicherheits- und Ordnungsoffizierinnen tun, geht über meine Fassungskraft.

(Eine Kuh fand ihren Weg in den Gemeinschaftsraum der Bergleute und stürzte eine Fremde in arge Verlegenheit, als sie ein Gespräch anfangen wollte – Whileawayanerinnen verbessern leidenschaftlich gern die Fähigkeiten ihrer Haustiere. Sie stieß die Fremde immer wieder an und sagte mit drängendem Muhen dauernd »Freundin? Freundin?«, wie ein Monster im Film, bis eine der Bergarbeiterinnen sie fortscheuchte: *Du willst doch keinen Ärger machen, oder, Kind? Du willst gemolken werden, nicht wahr? Nun geh schon.*)

»Erzähl uns von der Kuh«, sagt Laura Rose. »Erzähl Jeannine davon«, (die ihrerseits vergeblich versucht, in der Wand zu verschwinden, Oh Agonie, diese beiden Frauen sind *rührend*).

»Nein«, murmelt Janet schläfrig.

»Dann erzähl uns von den Zdubakovs«, sagt Laur.

»Du bist ein böses kleines Biest!«, sagt Janet und sitzt plötzlich kerzengerade.

»Na komm schon, Giraffe«, sagt Laura Rose. »Erzähl!« Auf ihre Leinenjacke und die Jeans hat sie gestickte Blumensträuße genäht, eine rote, rote Rose direkt auf den Schritt, aber sie trägt diese Sachen nicht zu Hause, nur bei Besuchen.

»Du bist ein verflixt verdorbenes Gör«, sagte Janet. »Ich erzähle dir etwas, um deine Laune zu besänftigen. Willst du die Geschichte von der dreibeinigen Ziege hören, die zum Nordpol durchbrannte?«

»Nein«, sagt Laur. Jeannine wird flach wie ein Ölfilm, sie verschwindet undeutlich in einem Schrank und steckt sich die Finger in die Ohren.

»Erzähl!«, sagt Laur und verdreht meinen kleinen Finger. Ich vergrabe mein Gesicht in den Händen. Jawohl, nein. Jawohl, nein. Laura muss hören. Sie küsste meinen Hals und dann mein Ohr voller Leidenschaft für all die scheußlichen Dinge, die ich als S&F tue. Ich reckte mich und schaukelte, vor und zurück. Der Ärger mit Leuten wie euch ist, dass ihr vom Tod nicht belastet werdet. Was mich betrifft, ich werde davon durch und durch erschüttert. Eine Frau, der ich nie begegnet war, hinterließ eine

Bemerkung mit dem üblichen Inhalt: *haha auf dich, du existierst nicht, geh weg,* denn wir sind so verdammt kooperativ, dass wir diese solipsistische Kehrseite haben, verstehen Sie? Also ging ich bergauf und fand sie. Dreihundert Meter von der verbrecherischen Elena Twason entfernt drehte ich meine Stereostimme auf und sagte: »Na schön, Elena, du solltest keinen Urlaub machen, ohne deine Freundinnen zu benachrichtigen.«

»Urlaub?« sagt sie, »Freundinnen? Lüg mich nicht an, Mädchen. Du hast meinen Brief gelesen«, und da begann ich zu verstehen, dass sie nicht verrückt werden musste, um das zu tun, und das war schrecklich. Ich sagte: »Welchen Brief? Niemand hat einen Brief gefunden.«

»Die Kuh hat ihn gefressen«, sagt Elena Twason. »Schieß auf mich. Ich glaube nicht, dass du da bist, aber mein Körper glaubt es, und ich glaube, dass mein Gewebe an die Kugel glaubt, an die du selbst nicht glaubst, und das wird mich umbringen.«

»Kuh?«, sage ich und ignoriere den Rest, »welche Kuh? Ihr Zdubakovs habt keine Kühe. Ihr seid Gemüse-und-Ziegen-Leute, glaube ich. Hör auf, mich für dumm zu verkaufen, Elena. Komm zurück. Du bist zum Botanisieren gegangen und hast dich verlaufen, das ist alles.«

»Oh, *kleines Mädchen*«, sagte sie so leichthin, so gut gelaunt, »*kleines Mädchen*, verunstalte die Wirklichkeit nicht. Mach dich nicht lustig über uns beide.« Trotz der Beleidigungen versuchte ich es erneut.

»Wie schade«, sagte ich, »dass dein Gehör mit sechzig schon so schlecht wird, Elena Twa. Oder vielleicht ist es mein eigenes. Ich dachte, ich hätte dich etwas anderes sagen gehört. Aber die Echos in diesem verdammten Tal reichen aus, um alles unverständlich zu machen. Ich hätte schwören können, dass ich dir entgegen der Wahrheit eine illegale Vereinbarung vorgeschlagen hätte und dass du sie, wie eine vernünftige, gesunde Frau, angenommen hättest.« Durch das Fernglas konnte ich ihr weißes Haar sehen, sie hätte meine Mutter sein können. Entschuldigt diese Banalität, aber es stimmt. Häufig versuchen sie, dich umzubringen, also zeigte ich mich so gut ich konnte, aber sie bewegte sich nicht – erschöpft? Krank? Nichts geschah.

»Elena!«, rief ich. »Bei Gottes Eingeweiden, wirst du bitte herunterkommen!«, und ich winkte mit den Armen wie ein Semaphor. Ich dachte: *Ich werde mindestens bis morgen warten. So viel kann ich schon tun.* In meiner Vorstellung tauschten wir, sie und ich, mehrere Male unsere Plätze, jede von uns handelte in ihrer jeweiligen Position so ungesetzlich, wie sie konnte, aber mir wäre es möglich gewesen, eine Geschichte zusammenzuschustern. Während ich sie beobachtete, begann sie den Hügel hinabzuschlendern, der kleine weiße Fleck aus Haar wippte wie ein Rehschwanz durch das herbstliche Blattwerk. Sie kicherte vor sich hin, schwang träge einen Stock, den sie aufgehoben hatte: ein dünnes, kleines Ding, eigentlich mehr ein Zweig, zu trocken, um auf irgendetwas einzuschlagen, ohne dass es selbst zerbrach. Ich schlenderte als Geist neben ihr her. In dieser Jahreszeit ist es in den Bergen so hübsch, alles brennt und brennt ohne Hitze. Ich glaube, sie amüsierte sich, nachdem sie sich schließlich, und so war es ja, in einen Bereich außerhalb jeglicher Konsequenzen begeben hatte. Sie setzte ihren kleinen Bummel fort, bis wir ganz dicht voreinander standen, nah genug, um uns von Angesicht zu Angesicht zu unterhalten, vielleicht so weit weg wie ich von dir. Sie hatte sich eine Krone aus den scharlachroten Blättern des Ahorn gemacht und setzte sie sich auf den Kopf, ein wenig schief, denn sie war zu groß geraten. Sie lächelte mich an.

»Sieh den Tatsachen ins Auge«, sagte sie und zog ihre Mundwinkel mit einem unbeschreiblichen Ausdruck von Fröhlichkeit und Arroganz nach unten:

»Kill, Killer.«

Also erschoss ich sie.

Laur, dieser blutrünstige kleine Teufel, hat die ganze Zeit gespannt zugehört und nimmt jetzt Janets Gesicht in ihre Hände. »Ach, du. Du hast sie mit einem Narkosemittel beschossen, das ist alles. So hast du es mir erzählt. Ein Narkosepfeil.«

»Nein«, sagte Janet. »Ich bin eine Lügnerin. Ich habe sie getötet. Wir benutzen Explosivgeschosse, weil wir fast immer aus größerer Entfernung schießen müssen. Ich habe ein Gewehr von der Art, wie du es selbst schon oft gesehen hast.«

»Aaaah!«, ist Laura Roses langer, ungläubiger, verärgerter Kommentar. Sie kam zu mir hinüber: »Glaubst *du* das?« (Ich werde Jeannine mit beiden Händen aus der Holzvertäfelung ziehen müssen.) Noch immer verärgert, marschiert sie breitbeinig mit auf dem Rücken verschränkten Armen durchs Zimmer.

Janet schläft entweder, oder sie ist irgendwie aktiv. Ich frage mich, was Laur und Janet im Bett machen. Was denken Frauen über Frauen?

»Mir ist es egal, was ihr beide über mich denkt«, sagt Laur. »Ich liebe es! Bei Gott, ich liebe die Vorstellung, dass ich zur Abwechslung etwas für jemanden tue, statt dass es für mich getan wird. Warum arbeitet ihr für Sicherheit und Frieden, wenn es euch keinen Spaß macht?«

»Ich hab's dir gesagt«, sagt Janet sanft.

Laur sagte: »Ich weiß, jemand muss es tun. Warum gerade du?«

»Ich wurde beauftragt.«

»Warum? Weil du böse bist! Du bist knallhart.« (Sie lächelt über ihre eigene Übertreibung. Ein wenig schwankend setzte Janet sich auf und schüttelte den Kopf.)

»Liebste, ich tauge nicht zu vielem, begreif das. Farmarbeit oder Waldarbeit, was sonst noch? Ich habe einiges Talent, diese menschlichen Situationen zu entwirren, aber das hat wenig mit Intelligenz zu tun.«

»Und aus diesem Grund bist du die Gesandte?«, fragt Laur. »Erwarte nicht von mir, dass ich das glaube.« Janet starrt auf meinen Teppich. Sie gähnt mit knackendem Kiefer, legt die Hände locker im Schoß zusammen und erinnert sich vielleicht daran, wie es war, die Leiche einer sechzig Jahre alten Frau einen Hang hinunterzutragen: zuerst war da etwas, über das sie weinte, dann etwas, das sie schrecklich fand, dann nur noch etwas Geschmackloses, und schließlich tat sie es einfach.

»Nach eurem Verständnis bin ich tatsächlich eine Gesandte«, sagte sie langsam und nickte Jeannine und mir höflich zu, »aus dem gleichen Grund war ich auch S&F. Ich bin ersetzbar, meine Liebe. Laura, auf Whileaway ist Intelligenz auf einen engeren Bereich beschränkt als bei euch, wir sind nicht nur durchschnittlich klüger, die Abweichungen auf beiden Seiten des Durchschnitts sind auch geringer. Das erleichtert unser Zusammenleben, und es macht uns ungeduldig gegenüber Routinearbeiten. Aber es gibt trotzdem einige Abweichungen.« Sie legte sich auf der Couch zurück, die Arme unter dem Kopf verschränkt. Sprach zur Decke. Träumte, vielleicht. Von Vittoria?

»Oh, Liebes«, sagte sie, »ich bin hier, weil sie ohne mich auskommen. Ich war S&F, weil sie ohne mich auskommen konnten. Dafür gibt es nur einen Grund, Laur, und der ist sehr simpel: *Ich bin dumm.*«

Janet schläft oder tut zumindest so, Joanna (das bin ich) strickt, Jeannine ist in der Küche. Laura Rose, die noch immer mit dem unerreichten Dschingis Khan im Clinch liegt, nimmt ein Buch von meinem Regal und legt sich bäuchlings auf den Teppich. Ich glaube, sie liest in einem Kunstband, etwas, das sie nicht interessiert. Das Haus scheint zu schlafen. In der Öde zwischen uns dreien beginnt die tote Elena Twason Zdubakov Gestalt anzunehmen. Ich gebe ihr Janets Augen, Janets Figur, aber gebeugt vom Alter, ein wenig von Laurs ungeduldiger Kraft, doch vom feinen Zittern des hohen Alters gemildert: ihre papierne Haut, ihr Lächeln, die knotigen Muskeln ihrer verbrauchten Arme, ihr weißes Haar zu einem unkomplizierten Schopf geschnitten. Helens Bauch ist schlaff vom Alter, ihr Gesicht voller Falten, ein Gesicht, das nie attraktiv war, wie das eines extrem freundlichen und intelligenten Pferdes: lang und drollig. Die Linien um ihren Mund sind die einer Comic-Figur. Sie trägt eine alberne Art von Khaki-Klamotten, Shorts und Hemd, in Wirklichkeit tragen die Whileawayanerinnen so etwas nicht, aber ich versehe sie trotzdem damit. Ihre Ohren sind gepierced. Ihr Zweig ist zu einer geschnitzten Jadepfeife geworden, verziert mit Bildern von Weinstöcken, Szenen mit Menschen, die Brücken überqueren, mit Leuten, die Flachs stampfen, Prozessionen von Köchinnen oder Getreideträgerinnen. Hinter dem Ohr trägt sie einen Zweig mit den roten Beeren der Bergesche. Elena ist im Begriff zu sprechen, eine Schockwelle persönlicher Stärke geht von ihr aus, eine ironische, beeindruckende Ausstrahlung, eine Intelligenz von solcher Macht, dass ich mir selbst zum Trotz die Arme für diesen unmöglichen Körper öffne, diese wandelnde Seele, diese Allerwelts-Großmutter, die mit solch enormem Schwung zu ihrer legalen Attentäterin sagen konnte: »Sieh den Tatsachen ins Auge, Kind.« Kein Mann unserer Welt würde Elena anrühren. In den blattroten Pyjamas von Whileaway, in den silbernen Seidenoveralls, in den langen Bahnen mondscheinfarbenen Brokats, in die sich die Whileawayanerinnen zum Vergnügen einwickeln, wäre dies eine schöne Helen. Elena Twason, in seidenen Brokat gehüllt, aus Spaß an einer Ecke des Stoffs zupfend. Es würde wunderbar sein, mit Elena Twason erotische Spielchen zu treiben, das spüre ich auf meinen Lippen und auf meiner Zunge, in meinen Handflächen und überall unter der Haut. Ich fühle es tief unten, in meinem Geschlecht. Welch eine großartige Frau! Soll ich lachen oder weinen? Sie ist tot – getötet worden –, also werden sich Ellie Twas alte Beine nie um die meinen schlingen oder unter dem Gehäuse einer Computerstation hervorbaumeln, wobei sich ihre Zehen abwechselnd überkreuzen, während sie und der Computer sich, brüllend vor Lachen, Witze erzählen. Ihr Tod war ein schlechter Scherz. Ich würde wahnsinnig gerne Haut an Haut Liebe mit Elena Twason Zdubakov machen, aber sie ist dem-männlichen-Gott-sei-Dank tot, und Jeannine kann nun schaudernd aus der Holzvertäfelung hervorkommen. Laur und Janet haben sich auf der Couch schlafen gelegt, als befänden sie sich in einem Gemeinschaftsschlafraum auf Whileaway. Der ist jedoch nicht, wie Sie jetzt vielleicht glauben, für Orgien bestimmt, sondern für Leute, die einsam sind, für Kinder, für Leute, die Alpträume haben. Uns fehlen diese unschuldigen, zerzausten Schläfchen, in die wir uns im Morgendämmern der Zeit verwickelten, bis irgendein progressiver Nichtsnutz sich auf Befriedigung in Raten und auf das Zersplittern von Feuerstein verlegte.

»Was ist das?«, fragte Jeannine flüsternd und legte mir verstohlen etwas zur Untersuchung hin.

»Ich weiß nicht, vielleicht eine Heftmaschine?«, sagte ich. (Es hatte einen Griff.)

»Wem gehört es?«

»Ich habe es auf Janets Bett gefunden«, sagte Jeannine, immer noch flüsternd. »Es lag da einfach so. Ich glaube, sie hat es aus ihrem Koffer geholt. Ich kann mir nicht vorstellen, was es ist. Man hält es an diesem Griff, und wenn man diesen Schalter umlegt, summt es an einem Ende, aber ich kann nicht erkennen, wieso, und ein anderer Schalter lässt dieses Teil auf und ab gehen. Aber das scheint nur ein Anhängsel zu sein. Es sieht nicht so aus, als wäre es so oft wie die anderen Teile benutzt worden. Der Griff ist wirklich toll, er ist überall geschnitzt und verziert.«

»Leg es zurück«, sagte ich.

»Aber was *ist* es denn?«, sagte Jeannine.

»Ein whileawayanisches Kommunikationsgerät«, sagte ich. »Leg es zurück, Jeannine.«

»Oh?«, sagte sie. Dann sah sie mich und die Schlafenden zweifelnd an. Janet, Jeannine, Joanna. Hier geht etwas sehr J-isches vor.

»Ist es gefährlich?«, fragte Jeannine. Ich nickte – nachdrücklich. »Und wie«, sagte ich. »Es kann dich in die Luft jagen.«

»Mich – ganz?«, wunderte sich Jeannine, die das Ding mit spitzen Fingern auf Armlänge hielt.

»Was es mit deinem Körper anstellt«, erklärte ich und wählte meine Worte mit äußerster Sorgfalt, »ist nichts, verglichen mit dem, was es deinem Verstand antut, Jeannine. Es wird deinen Verstand vernichten. Es wird in deinem Gehirn explodieren und dich zum Wahnsinn treiben. Du wirst nie mehr dieselbe sein, du wirst für Anstand, Würde, Zuverlässigkeit und Schicklichkeit und all die anderen netten, normalen Dinge verloren sein. Es wird dich umbringen, Jeannine. Du wirst tot, tot, tot sein.

Leg es zurück.«

(Auf Whileaway sind diese wunderbaren Dinger Erbstücke. Es sind Geschenke zur ersten Menstruation, sie werden nach allen Arten der Glasbläserei, der Töpferei, des Bildermalens und Ringtanzens gestaltet und der Himmel weiß, welche Dummheiten die Feiernden noch begehen, um das kleine Mädchen zu ehren, dessen Feier es ist. Es gibt unglaubliche Mengen von Küsschen und Händeschütteln. Das ist natürlich nur die formelle Version. Billige, stillose Modelle, die sie nicht verschenken würden, sind für alle schon lange vorher erhältlich. Whileawayanerinnen hegen manchmal fast zärtliche Gefühle für sie, so wie Sie oder ich für eine Stereoanlage oder einen Sportwagen schwärmen, und trotzdem, eine Maschine ist nur eine Maschine. Janet bot mir ihre später leihweise an, weil sie und Laur sie nicht länger brauchten.)

Jeannine stand da mit einem Ausdruck außergewöhnlichen Misstrauens: Eva und der Erbinstinkt, der ihr sagte, sie solle sich vor den Äpfeln in Acht nehmen.

Ich nahm sie bei den Schultern und sagte ihr noch einmal, dass es sich um ein Radargerät handle. Dass es außerordentlich gefährlich sei. Dass es in die Luft gehen würde, wenn sie nicht aufpasse. Dann schob ich sie aus dem Zimmer.

»*Leg es zurück.*«

5

Jeannine, Janet, Joanna. Irgendetwas wird geschehen. Morgens um drei Uhr kam ich im Bademantel die Treppe herunter, ich konnte nicht schlafen. Dieses Haus sollte von Spionen der Regierung umringt sein, die ein Auge auf unsere Diplomatin von den Sternen und ihre schrecklichen, perversen Freundinnen haben, aber es ist niemand zu sehen. In der Küche treffe ich Jeannine in ihrem Pyjama, auf der Suche nach Kakao. Janet, noch immer in Pullover und Hose, saß lesend am Küchentisch, die Augen geschwollen, weil sie zu wenig schlief. Sie machte sich Notizen zu

Gunnar Myrdals *Ein amerikanisches Dilemma und das Eheverhalten von Studenten am Nebraska-College, 1938–1948*.

Jeannine sagte:

»Ich versuche die richtigen Entscheidungen zu treffen, aber es funktioniert nicht. Ich weiß nicht, warum. Ich war als kleines Mädchen eine sehr gute Schülerin, und ich mochte die Schule fürchterlich gern, aber dann, ungefähr als ich zwölf wurde, änderte sich alles. Andere Dinge waren wichtiger, weißt du. Nicht, dass ich nicht attraktiv wäre, ich bin hübsch genug, ich meine, objektiv besehen, aber natürlich bin ich keine Schönheit. Aber das ist in Ordnung. Ich liebe Bücher, ich lese gern und denke gern nach, aber Cal sagt, das seien nur Tagträume, ich weiß es einfach nicht. Was glaubst du? Zum Beispiel mein Kater, Mr. Frosty, du hast ihn gesehen, ich habe ihn schrecklich gern, wie man ein Tier nur gern haben kann, schätze ich, aber kann man ein Leben auf Büchern und Katzen bauen? Ich will heiraten. Es ist da, irgendwo hinter der nächsten Ecke. Manchmal, wenn ich aus dem Ballett oder Theater komme, kann ich es fast spüren, dann weiß ich, wenn ich nur in die richtige Richtung gehen würde, könnte ich meine Hand ausstrecken und es mir nehmen. Es wird schon werden. Ich glaube, ich bin einfach eine Spätzünderin. Glaubst du, dass mir der Sex mehr Spaß machen wird, wenn ich erst verheiratet bin? Glaubst du, es gibt unbewusste Schuldgefühle – ich meine, weil Cal und ich nicht verheiratet sind? Ich empfinde nichts derartiges, aber wenn es unbewusst ist, kann ich es ja nicht empfinden – oder? Manchmal werde ich richtig traurig, wirklich scheußlich, und dann denke ich: Stell dir vor, du wirst auf diese Weise alt. Stell dir vor, ich werde fünfzig oder sechzig, und es ist immer noch so – das ist furchtbar –, aber es ist natürlich unmöglich. Es ist lächerlich. Ich sollte mich mit irgendetwas beschäftigen. Cal sagt, ich sei erschreckend träge. Wir werden heiraten – wundervoll! –, und meine Mutter freut sich sehr, denn ich bin schon neunundzwanzig. Unter der Haube, verstehst du, uups! Manchmal denke ich, ich sollte ein Notizbuch nehmen und meine Träume aufschreiben, weil sie sehr ausführlich und interessant sind, aber ich habe es noch nicht gemacht. Vielleicht lasse ich es auch, es ist eine stupide Angelegenheit. Findest du nicht auch? Meine Schwägerin ist so glücklich und Bud ist glücklich und ich weiß, auch meine Mutter ist es. Und Cal hat große Pläne für die Zukunft. Und wenn ich eine Katze wäre, dann wäre ich meine Katze, Mr. Frosty, und ich wäre wahnsinnig verwöhnt (sagt Cal). Ich habe alles und bin doch nicht glücklich. Manchmal möchte ich sterben.«

Dann sagte Joanna:

»Nachdem wir miteinander geschlafen hatten, drehte er sich zur Wand und sagte:

›Weib, du bist wunderbar. Du bist sinnlich. Du solltest langes Haar tragen und jede Menge Augen-Make-up und enge Kleider.‹ Nun, was hat dies mit irgendetwas anderem zu tun? Ich bin immer noch verwundert. Ich bin teuflisch stolz und teuflisch hoffnungslos. Mit siebzehn pflegte ich zwischen den Hügeln spazieren zu gehen (ein poetischer Euphemismus für die Golfanlage unseres Vororts), und dort, auf meinen Knien, ich schwöre es, auf meinen gebeugten Knien, weinte ich laut, rang meine Hände und rief: Ich bin eine Dichterin! Ich bin Shelley! Ich bin ein Genie! Was hat das alles mit mir zu tun? Diese absolute Irrelevanz. Die Leere dieses ganzen Krams. Lady, man kann Ihren Slip sehen. Gott segne Sie. Mit elf kannte ich flüchtig einen aus der achten Klasse, einen Jungen, der zwischen den Zähnen hervorpresste: ›Schütteln, nicht kaputtmachen‹, Die Laufbahn eines geschlechtslosen Sexobjekts hatte begonnen. Mit siebzehn hatte ich eine grässliche Auseinandersetzung mit meiner Mutter und meinem Vater, während der sie mir erklärten, wie schön es sei, ein Mädchen zu sein – die hübschen Kleider (warum sind die Leute so davon besessen?), und dass ich den Mount Everest nicht besteigen müsse, sondern Radio hören und Bonbons essen könne, während mein Prinz ausziehe um das zu erledigen. Als ich fünf war, erzählte mir mein gutmütiger Daddy, dass er morgens die Sonne aufgehen ließe, und ich brachte meine Skepsis zum Ausdruck. ›Nun, wenn du morgen gut aufpasst, wirst du es sehen‹, sagte er. Ich lernte in seinem Gesicht die Hinweise zu lesen, was ich tun oder sagen sollte oder sogar, was ich sehen sollte. Fünfzehn Jahre lang verliebte ich mich in jedem Frühling in einen anderen Mann, wie eine wild gewordene Kuckucksuhr. Ich mag meinen Körper wirklich sehr, aber ich würde es mit einem Rhinozeros treiben, nur um eine Nicht-Frau zu werden. Da gibt es das Eitelkeitstraining, das Gehorsamkeitstraining, das Zurückhaltungstraining, das Unterwerfungstraining, das Passivitätstraining, das Rivalitätstraining, das Stupiditätstraining, das Versöhnungstraining. Wie soll ich das mit meinem menschlichen Leben vereinbaren, mit meinem intellektuellen Leben, mit meiner Einsamkeit, meiner Transzendenz, meinem Verstand und meinem furchtbaren, furchtbaren Ehrgeiz? Ich versagte jämmerlich und ich dachte, das sei nicht mein Fehler. Man kann Frau und menschliches Wesen genauso wenig vereinen, wie man Materie und Antimaterie vereinen kann. Sie sind so geschaffen, dass sie zusammen nicht stabil sind, und sie verursachen nur eine große Explosion im Kopf des unglücklichen Mädchens, das an beide glaubt.

Macht es dir Spaß, mit den Kindern anderer Leute zu spielen – für zehn Minuten? Gut! Das beweist, dass du Mutterinstinkt besitzt, und du wirst dich auf immer elend fühlen, wenn du nicht auf der Stelle ein eigenes Baby (oder drei oder vier) hast und dich nicht vierundzwanzig Stunden am Tag um dieses unglückliche, abhängige Wesen kümmerst, sieben Tage in der Woche, zweiundfünfzig Wochen im Jahr, achtzehn Jahre lang, du ganz allein. (Erwarte keine große Hilfe.)

Bist du einsam? Gut! Das zeigt, dass du Weibliche Unvollständigkeit besitzt. Heirate und erweise deinem Gatten alle persönlichen Dienste, muntere ihn auf, wenn er am Boden ist, bring ihm etwas über Sex bei (wenn er es wünscht), lobe seine Technik (wenn er es nicht selbst tut), gründet eine Familie, wenn er eine Familie möchte, folge ihm, wenn er in eine andere Stadt zieht, nimm eine Stelle an, wenn es für ihn vonnöten ist, und auch das geht so sieben Tage in der Woche, zweiundfünfzig Wochen im Jahr für immer und ewig, es sei denn, du findest dich mit dreißig als Geschiedene wieder mit (wahrscheinlich zwei) kleinen Kindern. (Sei eine Zicke und ruiniere dich auch, was hältst du davon?)

Gefallen dir die Körper der Männer? Gut! Das ist der Anfang, fast so gut wie verheiratet zu sein. Das bedeutet, dass du wahre Weiblichkeit besitzt, und das ist prima, es sei denn, du willst es tun mit dir oben und ihm unten oder auf jede andere Art, die er nicht mag, oder du kommst nicht in zwei Minuten, oder du möchtest es nicht tun, oder du änderst mittendrin deine Meinung, oder du wirst aggressiv, oder du zeigst Verstand, oder du lehnst es ab, dass er nie mit dir redet, oder du bittest ihn, mit dir auszugehen, oder es misslingt dir, ihn zu loben, oder du sorgst dich darum, ob er Dich Respektiert, oder du hörst, dass man von dir als Hure spricht, oder du entwickelst zärtliche Gefühle für ihn (siehe oben: Weibliche Unvollständigkeit), oder du wehrst dich gegen die Vergewaltigung, die dir bevorsteht, und versteckst dich immerzu …

Ich bin ein Telefonmast, ein Marsianer, ein Rosenbeet, ein Baum, eine Stehlampe, eine Kamera, eine Vogelscheuche. Ich bin keine Frau.

Okay, niemand ist schuld daran, ich weiß (das erwartet man von mir zu denken). Ich kenne und akzeptiere das vollständig und beuge die Knie und bewundere und achte ganz und gar die Doktrin des Niemand Hat Schuld, die Doktrin der Allmählichen Veränderung, die Doktrin, dass Frauen Besser Lieben Können Als Männer und deshalb Heilige sein sollten (Kriegsheilige?), die Doktrin des Es Ist Ein Persönliches Problem.

(Selah, Selah, es gibt nur einen Wahren Propheten, und das bist Du, töte mich nicht, Massa, isch binna so dumm.)

Du siehst vor dir eine Frau in einer Falle. Diese Schuhe mit den spitzen Absätzen, die dir die Hacken zertrümmern (deshalb hast du runde Absätze). Das dringende Bedürfnis, alle anzulächeln. Die sklavische (aber achtenswerte) Verehrung: Liebe mich, oder ich werde sterben. Wie die neunjährige Tochter meiner Freundin gewissenhaft in ihre Linoleumplatte ritzte, als die dritte Klasse kreatives Drucken hatte: Ich bin wie ich bin wäre ich anders würde ich mich umbringen Rachel.

Könnten Sie glauben – könnten Sie sich ohne zu lachen anhören –, könnten Sie anerkennen, ohne sich mit hysterischer Freude auf die Schenkel zu klopfen, dass es jahrelang mein geheimer Teenager-Ehrgeiz war – wichtiger sogar, als mein Haar zu waschen, und ich würde es *niemals irgendjemandem* erzählen –, furchtlos und ehrenhaft wie Jeanne d'Arc oder Galileo aufzustehen –

Und für die Wahrheit zu leiden?«

Also sagte Janet:

»Das Leben muss enden. Wie schade! Manchmal, wenn du allein bist, presst sich dir das Universum in die Hände: eine Überfülle von Freude, eine geordnete Fülle. Die schillernden, pfauengrünen Falten der Berge auf dem Südkontinent, der kobaltblaue Himmel, das weiße Sonnenlicht, das alles zu wirklich macht, um wahr zu sein. Die Existenz von Existenz fasziniert mich immer wieder. Du sagst mir, von den Männern wird erwartet, Herausforderungen zu lieben, dass es das Wagnis ist, das sie erst zu Männern macht, aber wenn ich – eine Fremde – eine Meinung äußern darf: Was wir ohne jeden Zweifel wissen, ist die Tatsache, dass die Welt ein Bad ist. Wir baden in der Luft, und wie St. Teresa sagte, ist der Fisch im Meer und das Meer ist im Fisch. Ich stelle mir vor, eure alten Kirchenfenster wünschten die Gesichter der Betenden mit symbolischer Heiligkeit zu färben. Wollt ihr wirklich Risiken eingehen? Euch selbst mit der Beulenpest impfen? Welch eine Torheit! Wenn diese intellektuelle Sonne aufgeht, wird der reine Rasen unter dem Kristallberg länger. Unter diesem reinen intellektuellen Licht gibt es nichts mehr, weder stoffliches Pigment noch wahren Schatten. Welchen Preis hat euer Ego dann?

Ihr erzählt mir, dass verzauberte Frösche zu Prinzen werden, dass Froschweibchen, mit einem Magischen Spruch belegt, zu Prinzessinnen werden. Was soll das? Romantik ist schlecht für den Verstand. Ich werde dir eine Geschichte über die alte whileawayanische Philosophin erzählen – sie gilt in unserem Volk als

Unikum, auf eine merkwürdige Art sehr komisch oder, wie wir sagen, ›kitzlig‹. Die Alte Whileawayanische Philosophin saß mit gekreuzten Beinen inmitten ihrer Schülerinnen (wie gewöhnlich), als sie ohne die geringste Erklärung ihre Finger in ihre Vagina steckte, wieder herauszog und fragte: ›Was habe ich hier?‹

Die Schülerinnen dachten konzentriert nach.

›Leben‹, sagte eine junge Frau.

›Macht‹, sagte eine andere.

›Hausarbeit‹, eine Dritte.

›Das Vergehen der Zeit‹, sagte die Vierte, ›und die tragische Unwiderruflichkeit der organischen Wahrheit.‹

Die Alte Whileawayanische Philosophin johlte. Diese Leidenschaft für Rätsel amüsierte sie außerordentlich. ›Übt eure projektive Vorstellungskraft‹, sagte sie, ›an Leuten, die sich nicht wehren können.‹ Und sie öffnete ihre Hand und zeigte, dass die Finger ohne jegliche Färbung von Blut waren, teils, weil sie hundertunddrei Jahre alt und längst jenseits der Menopause war, und teils, weil sie gerade an diesem Morgen gestorben war. Dann schlug sie ihren Schülerinnen mit ihren Krücken kräftig auf Kopf und Schultern und verschwand. Im gleichen Augenblick errangen zwei der Schülerinnen Erleuchtung, die Dritte wurde wild vor Zorn über den Schwindel und machte sich auf, um als Eremitin in den Bergen zu leben, während die Vierte – völlig enttäuscht von der Philosophie, die, wie sie entschied, ein Spiel für Verrückte war – für immer vom Philosophieren abließ, um stattdessen verschlammte Hafenbecken auszubaggern. Was aus dem Geist der Alten Philosophin geworden ist, weiß niemand. Die Moral der Geschichte ist, dass alle Vorstellungen, Bilder, Ideale und Fantasievollen Repräsentationen dahin tendieren, früher oder später zu verschwinden, es sei denn, sie haben das große Glück, aus dem Innern ausgeschieden zu werden wie Körperflüssigkeiten oder der Gärschaum auf dem Wein. Und wenn ihr glaubt, Gärschaum wäre romantisch und hübsch, dann solltet ihr wissen, dass er in Wirklichkeit ein Film aus hefigen Parasiten ist, die sich auf den Früchten zusammenrotten und den Beerenzucker verschlingen, ebenso wie die menschliche Haut (vergrößert gesehen, muss ich zugeben) sich selbst schillernd mit wuchernden Pflänzchen und Schwärmen von Tierchen und dem ganzen Dreck, den ihre toten Körper hinterlassen, zeigt. Und entsprechend unserer whileawayanischen Vorstellung von Sauberkeit ist das alles so, wie es sein sollte, und ein Anlass zur immerwährenden Freude.

Also: warum sollte man Frösche verleumden? Prinzen und Prinzessinnen sind Idioten. In euren Geschichten tun sie nichts Interessantes. Sie sind nicht einmal real. Laut den Geschichtsbüchern habt ihr in Europa das Stadium der feudalen Gesellschaftsform schon vor einiger Zeit durchschritten. Frösche dagegen sind mit Schleim bedeckt, den sie als sehr angenehm empfinden. Sie erleiden Agonien leidenschaftlicher Begierde, in denen die Männchen einen Stock oder deinen Finger umklammern, wenn sie nichts Besseres finden, und sie erfahren verzückte, metaphysische Freuden (natürlich auf froschige Art, versteht mich nicht falsch), die sich in ihren schönen Chrysoberyll-Augen deutlich widerspiegeln.

Wie viele Prinzen und Prinzessinnen können das von sich behaupten?«

Joanna, Jeannine und Janet. Was für ein Fest von Jots. Irgendjemand sammelt Jots.

Wir waren irgendwo anders. Ich meine, wir waren nicht mehr in der Küche. Janet trug immer noch Hose und Pullover, ich meinen Bademantel und Jeannine ihren Pyjama. Jeannine hielt eine halb leere Tasse Kakao, in der ein Löffel steckte.

Aber wir waren irgendwo anders.

Achter Teil

1

Wer bin ich?
Ich weiß, wer ich bin, aber wie lautet mein Name?
*Ich, mit einem neuen Gesicht, einer aufgedunsenen Maske. In Plastikstreifen über die alte gelegt, es tut weh, wenn sie abgenommen werden, ein blonder Hallowe'en-Ghul oben auf der SS-Uni*form. Darunter war ich dürr wie eine Bohnenstange, mit Ausnahme der Hände, die auf ähnliche Weise behandelt worden waren, und diesem wahrhaft eindrucksvollen Gesicht. Ich habe das während meiner Geschäfte, auf die ich noch ausführlicher eingehen werde, nur einmal gemacht, und den idealistischen Kindern, die einen Stock tiefer wohnen, einen riesigen Schrecken eingejagt. Ihre zarte Haut wurde rot vor Angst und Abscheu. Ihre hellen jungen Stimmen erhoben sich zu einem Lied (um drei Uhr morgens).
Ich mache das nicht oft (behaupte ich, der Ghul), aber es ist eine tolle Sache, im Aufzug jemandem den Zeigefinger ins Genick zu drücken, während du am vierten Stock vorbeifährst und weißt, dass er nie herausfinden wird, dass du gar keine Pistole hast und dass du gar nicht da bist.
(Es tut mir Leid, aber geben Sie Acht.)

2

Wen sonst als die Frau, Die Keinen Namen Hat, trafen wir im matronenhaften Schwarz?
»Ich nehme an, ihr fragt euch«, sagte sie (und ich freute mich

über ihre Freude über meine Freude über ihre Freude an diesem Klischee), »warum ich euch hierher gebracht habe.«

Das taten wir.

Wir fragten uns, warum wir uns in einem Penthaus-Wohnzimmer mit weißen Wänden hoch über dem East River befanden, mit Möbeln, die so scharfkantig und ultramodern waren, dass man sich daran schneiden konnte, mit einer Bar, die sich entlang der ganzen Wand erstreckte, mit einer zweiten Wand, die wie eine Bühne vollständig mit schwarzem Samt verhängt war, mit einer dritten Wand ganz aus Glas, hinter der die Stadt ganz anders aussah, als ich sie in Erinnerung hatte.

Jetzt ist J (wie ich sie nennen werde) wirklich erschreckend, denn sie ist unsichtbar. Auf dem Hintergrund des schwarzen Samts fließen ihr Kopf und ihre Hände in unheimlicher Unverbundenheit, wie Marionetten, die von verschiedenen Drähten geführt werden. In der Decke sind Minischeinwerfer, die ihr graues Haar mit scharfen Hell-Dunkel-Kontrasten leuchten lassen, ebenso ihr zerfurchtes Gesicht, ihr fast makabres Grinsen – ihre Zähne scheinen ein verschmolzenes Stahlband zu sein. Sie trat vor die weiße Wand, ein Loch in Gestalt einer Frau, wie aus schwarzem Pappkarton geschnitten. Mit einem schiefen, freundlichen Lächeln schlug sie sich die Hand vor den Mund, entweder um etwas herauszunehmen, oder um etwas hineinzustecken – klar? Echte Zähne. Diese entkörperten, fast verkrüppelten Hände verschränkten sich. Sie setzte sich auf ihre schwarze Ledercouch und verschwand erneut. Sie lächelte und wurde fünfzehn Jahre jünger. Sie hat silbernes Haar, nicht grau, und ich weiß nicht, wie alt sie ist. Wie sie uns liebt! Sie beugt sich vor und bedenkt uns mit einem schmelzenden Garbo-Lächeln. Jeannine ist in einer Ansammlung von Glasplatten versunken, die als Stuhl dient, ihre Tasse und ihr Löffel erzeugen ein dünnes, weiches Klappern. Janet steht aufrecht, auf alles gefasst.

»Ich bin froh, so froh, so sehr froh«, sagt J sanft. Ihr macht es nichts aus, dass Jeannine ein Feigling ist. Sie wendet die Wärme ihres Lächelns Jeannine zu, in einer Art, wie keine von uns je zuvor angelächelt wurde. Ein langer, liebender Blick, für den Jeannine, um ihn noch einmal zu sehen, durch Feuer und Wasser gehen würde. Die Art von Mutterliebe, deren Fehlen in unserem tiefsten Innern nagt.

»Ich heiße Alice Erklärerin«, sagt J, »getauft auf Alice-Jael. Ich bin am Institut für Vergleichende Ethnologie angestellt. Mein Codename ist Sweet Alice, könnt ihr das glauben?« (mit einem weichen, kultivierten Lachen). »Schaut euch um und heißt euch selbst willkommen, schaut mich an und heißt mich willkommen, mich selbst willkommen, mir willkommen, ich willkommen«, und sie beugt sich vor, eine Gestalt, von einem Kuchenmesser aus dem Nichts geschnitten, mit gefälliger List und aufrichtigen Gesten. Alice-Jael Erklärerin erzählte uns etwas, das Sie zweifellos schon lange, lange vermutet haben.

3

(Ihr wirkliches Lachen ist der schrecklichste menschliche Laut, den ich je gehört habe, ein blechernes, knirschendes Kreischen, das mit Keuchen und rostigen Schluchzern endet, als stieße ein mechanischer Geier auf einem gigantischen Müllberg auf der Oberfläche des Mondes einen lauten Schrei über den Tod alles organischen Lebens aus. Aber J gefällt es. Es ist ihr *persönliches* Lachen. Alice ist auch verkrüppelt, ihre Fingerspitzen (sagt sie) sind einmal von einer Presse erfasst worden und bilden Krebsgeschwüre – und wirklich, wenn man sie aus der Nähe betrachtet, kann man die Falten loser, toter Haut über den Enden ihrer Fingernägel sehen. Sie hat auch Narben in Form von Haarnadeln unter den Ohren.

4

Mit ihren auffälligen Fingernägeln, silbern bemalt, um das Auge abzulenken, spielt Alice-Jael mit der Fenstersteuerung: der East River bewölkt sich, um einen Wüstenmorgen, eine schwarze La-

vaküste und die Oberfläche des Mondes (in dieser Reihenfolge) erscheinen zu lassen. Sie saß dort, betrachtete den Wechsel der Bilder und trommelte mit ihren silbernen Nägeln auf die Couch; sie war ein vollendetes Bild der Langeweile. Geht man näher heran, sieht man, dass ihre Augen silbern sind, sie sind das Unnatürlichste an ihr. Mir wurde klar, dass wir diese Frau eine halbe Stunde bei ihrem Auftritt beobachtet hatten und nicht einen Gedanken darauf verwendet hatten, was um uns herum, was vor uns oder was hinter uns geschehen könnte. Der East River?
»Der Entwurf einer Künstlerin«, sagt sie.)

5

»Ich bin«, sagte Jael Erklärerin, »Angestellte am Institut für Vergleichende Ethnologie und Spezialistin für Tarnungen. Vor einigen Monaten kam mir die Idee, dass ich meine anderen Ichs dort draußen im großen, grauen Könnte-gewesen-sein finden könnte, also stellte ich mir die Aufgabe – aus Gründen, die teils persönlicher, teils politischer Art waren, aber davon später – euch drei zusammenzuholen. Es war harte Arbeit. Ich betreibe Feldforschungen, keine Theorie, aber ihr müsst wissen, dass man, je mehr man sich der eigenen Heimat nähert, desto mehr Energie benötigt, sowohl um zwischen geringeren Differenzgraden zu unterscheiden, als auch, um Objekte von einem Wahrscheinlichkeitsuniversum in ein anderes zu verlagern.

Wenn wir unter den Wahrscheinlichkeitsuniversen jedes, in dem die Gesetze der physikalischen Realität von denen in unserem eigenen Universum verschieden sind, zulassen, haben wir eine unendliche Anzahl von Universen. Wenn wir uns auf die Gesetze der physikalischen Realität, wie wir sie kennen, beschränken, haben wir eine begrenzte Anzahl. Wir leben in einem Quanten-Universum, deshalb müssen die Unterschiede zwischen den möglichen Universen (obwohl sie sehr klein sind) quantisiert werden, und die Anzahl dieser Universen muss begrenzt sein (wenn auch sehr groß). Ich setze voraus, dass es möglich sein muss, auch zwischen den allerkleinsten Unterschieden zu differenzieren – zum Beispiel der eines einzelnes Lichtquants –, denn sonst könnten wir weder jedes Mal den Weg zum selben Universum finden, noch könnten wir in unser eigenes zurückkehren. Die gängigen Theorien sagen, dass man nicht in die eigene Vergangenheit zurückkehren kann, sondern nur in die anderer Leute. Ebenso kann man nicht in die eigene Zukunft reisen, sondern nur in die anderer Leute. Und es gibt keinen Weg, diese Bewegungen in eine gradlinige Reise zu zwingen – *ganz gleich, von welchem Startpunkt aus*. Die einzig mögliche Bewegung ist die diagonale Bewegung. Ihr seht also, dass die klassischen Zeitreise-Paradoxa nicht zutreffen – wir können unsere eigenen Großmütter nicht umbringen und damit unsere eigene Existenz beenden, genauso wenig können wir in unsere eigene Zukunft reisen, um deren Fortgang zu beeinflussen. Und ebenso wenig kann ich, wenn ich einmal in Kontakt mit eurer Gegenwart getreten bin, in eure Vergangenheit oder Zukunft reisen. Die beste Möglichkeit, meine Zukunft zu suchen, besteht darin, eine Zukunft zu finden, die meiner eigenen sehr nahe ist, aber das verbietet der hohe Energieaufwand. Aus diesem Grund werden die Forschungen meiner Abteilung in Bereichen geführt, die relativ weit von der Heimat entfernt sind. Wenn man zu weit geht, findet man eine Erde, die zu nahe um die Sonne kreist oder zu weit, oder eine Erde, die nicht existiert oder auf der es keinerlei Leben gibt. Kommt man ihr zu nah, kostet es zu viel. Wir operieren in einem ziemlich kleinen Optimalbereich. Und natürlich habe ich in diesem Fall auf eigene Faust gehandelt, das heißt, ich musste das ganze verdammte Projekt ohnehin stehlen.

Du, Janet, warst fast unmöglich zu finden. Das Universum, in dem deine Erde existiert, kann von unseren Instrumenten nicht einmal registriert werden, ebenso wenig wie jene, die sich mit einiger Wahrscheinlichkeit um euch herum ausbreiten. Wir haben jahrelang versucht herauszufinden, warum. Außerdem seid ihr uns zu nahe, um auf ökonomische Weise nutzbar zu sein. Ich hatte Jeannine und Joanna lokalisiert, freundlicherweise hast du den Ort gewechselt und wurdest für uns unübersehbar. Seitdem habe ich dich ständig im Auge behalten. Ihr drei kamt zusammen, und ich habe euch alle hineingezogen. Seht euch an.

Genetische Muster wiederholen sich manchmal von einem möglichen gegenwärtigen Universum zum anderen, auch das ist eines der Elemente, die zwischen den Universen variieren können. Manchmal gibt es auch in ferner Zukunft eine Wiederholung von Genotypen. Zum Beispiel Janet, die aus der fernen Zukunft kommt, aber nicht aus meiner Zukunft oder aus eurer. Oder ihr beide, ihr kommt fast aus dem gleichen Augenblick der Zeit (aber nicht, wie ihr sie seht!). Beide Augenblicke liegen nur wenig hinter dem meinen zurück, und dennoch würde es mich in keiner eurer beiden Welten geben. Wir ähneln einander weniger als eineiige Zwillinge, so viel steht fest, aber wir sind uns viel ähnlicher, als es Fremden erlaubt ist. Seht euch noch einmal an.

Wir alle haben eine weiße Haut, nicht wahr? Ich wette, zwei von euch haben daran nicht gedacht. Wir alle sind Frauen. Und wir sind groß, mit nur wenigen Zentimetern Unterschied. Mit einigen erklärlichen Abweichungen haben wir die gleiche ethnische Abstammung, wir gehören sogar zum gleichen physischen Typ – keine roten Haare und keine olivefarbene Haut, hm? Orientiert euch nicht an mir, ich bin nicht natürlich! Seht euch die Gesichter der anderen an. Was ihr seht, ist im Wesentlichen der gleiche Genotyp, jeweils durch das Alter, durch äußere Umstände, durch Erziehung, durch Ernährung, durch Ausbildung, durch Gott-weiß-was verändert. Nehmt Jeannine, die Jüngste von uns allen, mit ihrem glatten Gesicht: groß, dünn, durch häufiges Sitzen geformt, mit runden Schultern, ein langgliedriger Körper aus Lehm und Wachs. Sie ist immer müde und hat wahrscheinlich Probleme, morgens wach zu werden. Hm? Und dann Joanna, etwas älter, viel aktiver, mit einer anderen Haltung, anderem Auftreten, schnell und hektisch, nicht depressiv. Kerzengerade sitzt sie da. Wer würde glauben, es sei die gleiche Frau? Und schließlich Janet, zäher als ihr beiden anderen zusammen, mit ihrem sonnengebleichten Haar und ihren Muskeln. Sie hat ihr Leben im Freien verbracht, eine schwedische Landarbeiterin, immer unterwegs. Versteht ihr allmählich? Sie ist älter, und das verbirgt eine Menge. Und natürlich hat sie all die whileawayanischen Vorzüge genossen – kein Rheuma, keine Stirnhöhlenvereiterungen, keine Allergien, kein Blinddarm, gesunde Füße, gesunde Zähne, keine Doppelgelenke und so weiter und so weiter, all das, worunter wir drei leiden müssen. Und ich, die ich euch alle quer durchs Zimmer werfen könnte, obwohl ich's nicht beabsichtige. Und doch haben wir genauso angefangen. Es ist möglich, dass Jeannine nach biologischen Begriffen die potentiell Intelligenteste von uns allen ist. Versucht das einem Fremden zu beweisen! Wir sollten die gleiche Lebenserwartung haben, haben sie aber nicht. Wir sollten die gleiche Gesundheit haben, haben sie aber nicht. Wenn wir von den Bäuchen, die uns geboren haben, absehen, von unserer pränatalen Ernährung und unseren Entbindungen (von denen keine wesentlich verschieden verlief), hätten wir mit dem gleichen vegetativen Nervensystem, dem gleichen Adrenalingehalt, den gleichen Haaren und Zähnen und Augen, dem gleichen Kreislauf und der gleichen Unschuld beginnen müssen. Wir sollten ähnlich denken, ähnlich fühlen und ähnlich handeln, aber natürlich tun wir es nicht. So formbar ist die menschliche Spezies! Erinnert ihr euch an die alte Geschichte vom Doppelgänger? Das ist das Double, das man sofort erkennt, mit dem man eine rätselhafte Verwandtschaft spürt. Eine augenblickliche Sympathie, die dich sofort darüber informiert, dass die andere Person wirklich exakt dein eigenes Ich ist. Es ist wahr, dass die Leute sich selbst nicht erkennen, außer im Spiegel – und manchmal nicht einmal dort. Angesichts unserer Kleidung und unserer Einstellung und unserer Gewohnheiten und unseres Glaubens und unserer Werte und unserer Verhaltensweisen und unseres Benehmens und unserer Ausdrucksfähigkeit und unseres Alters und unserer Erfahrungen kann selbst ich kaum glauben, dass ich drei meiner anderen Ichs vor mir habe. Kein Laie würde für einen Moment die Auffassung teilen, dass er vier Versionen der gleichen Frau sieht. Sagte ich für einen Moment? Nicht für ein Zeitalter von Momenten, vor allem wenn dieser Laie tatsächlich *ein Mann* ist.

Janet, darf ich fragen, warum ihr und eure Nachbarn auf unseren Instrumenten nicht auftauchen? Ihr müsst die Theorie der Wahrscheinlichkeitsreise schon vor längerer Zeit (in euren Termini) entdeckt haben, und doch bist du die erste Reisende. Ihr möchtet andere Wahrscheinlichkeitsuniversen besuchen und trotzdem macht ihr es allen anderen unmöglich, euch zu finden, geschweige denn, euch zu besuchen. Warum?«

»Aggressive und kriegerische Menschen«, sagte Janet vorsichtig, »glauben immer, dass nicht-aggressive und pazifistische Menschen sich nicht schützen können. Warum?«

Ƅ

Wir saßen vor unseren Tabletts mit vorgegartem Steak und Hühnchen, die einer Fluggesellschaft Schande gemacht hätten (von eben solch einer kamen sie, wie ich später herausfand). Jael saß neben Jeannine und klebte an Jeannines Ohr, ab und zu warf sie uns anderen einen Blick zu, um zu erkunden, wie wir das aufnahmen. Ihre Augen funkelten in verderbter Freude, der Teufel aus dem Märchen, der das junge Mädchen in Versuchung führt. Flüster, flüster, flüster. Ich konnte nur die Zischlaute hören, wenn ihre Zunge zwischen die Zähne stieß. Jeannine starrte geradeaus und aß wenig, ganz langsam wich die Farbe aus ihrer Haut. Jael aß überhaupt nichts. Wie ein Vampir ernährte sie sich von Jeannines Ohr. Später trank sie eine Art Super-Bouillon, die keine von uns vertragen konnte, und redete viel über den Krieg. Schließlich fragte Janet unverblümt:

»Welcher Krieg?«

»Spielt das eine Rolle?«, fragte Miss Erklärerin ironisch und zog ihre silbernen Brauen hoch. »Dieser Krieg, jener Krieg, gibt es nicht immer irgendeinen?«

»Nein«, sagte Janet.

»Ach, verdammt«, sagte Jael jetzt ernsthafter, »*der* Krieg. Wenn es keinen gibt, dann hat es gerade einen gegeben, und wenn es keinen gegeben hat, dann wird es bald einen geben. Ja? Der Krieg zwischen Uns und Ihnen. Wir treiben dieses Spielchen mittlerweile ziemlich cool, denn es ist anstrengend, über vierzig Jahre den Enthusiasmus für eine bestimmte Sache aufrecht zu erhalten.«

Ich fragte: »Zwischen uns und Ihnen?«

»Ich erzähle es euch«, sagte Sweet Alice und verzog das Gesicht. »Nach der Seuche – keine Angst, alles, was ihr esst, ist mit Anti-Toxinen voll gestopft, und wir werden euch dekontaminieren, bevor ihr geht – übrigens ist das alles schon seit über siebzig Jahren vorbei –, also nachdem die bakteriologischen Waffen aus der Biosphäre entfernt worden waren (sofern es möglich war) und die Hälfte der Bevölkerung begraben war (die tote Hälfte, hoffe ich), wurden die Leute ziemlich konservativ. Sie haben einen Hang dazu, wisst ihr. Dann kam nach einiger Zeit die Reaktion auf den Konservativismus, ich meine den Radikalismus. Und danach wiederum die Reaktion auf den Radikalismus. Schon vor dem Krieg hatten die Leute begonnen, sich in Gemeinschaften Gleichgesinnter zusammenzutun: Traditionalisten, Neo-Feudalisten, Patriarchalisten, Matriarchalisten, Separatisten (das sind wir jetzt alle), Fruchtbarkeitsfanatiker, Sterilisationsfanatiker, was immer ihr wollt. Auf diese Art schienen sie glücklicher zu sein. Der Krieg Zwischen den Nationen war eigentlich ganz nett gewesen, wie Kriege eben so sind. Er fegte alle Habenichts-Nationen von der Erdoberfläche und eröffnete uns ihre Rohstoffquellen, ohne dass uns ihre Bevölkerung zur Last fiel. Unsere gesamte Industrie war stehen geblieben, wir wurden immer wohlhabender. Wenn man also nicht zu den fünfzig Prozent gehörte, die starben, zog man einige Vorteile daraus. Es gab wachsenden Separatismus, wachsende Unverträglichkeit, wachsenden Radikalismus. Dann kam die Polarisierung und dann kam die Trennung. Die Mitte fällt dabei weg und man steht mit den beiden Enden da, nicht? Als die Leute also für einen neuen Krieg einkauften –

was sie ohnehin ständig zu tun scheinen, oder? –, war nur noch ein Krieg übrig geblieben. Der einzige Krieg, der Sinn macht, wenn man die Beziehung zwischen Kindern und Erwachsenen ausnimmt, was man tun muss, weil die Kinder heranwachsen. Aber in dem anderen Krieg hören die Besitzenden nie auf, Besitzende zu sein, und die Nichtbesitzenden hören nie auf, Nichtbesitzende zu sein. Es hat sich jetzt leider abgekühlt, aber das ist kein Wunder. Es geht nun schon seit vierzig Jahren so – eine Pattsituation, wenn ihr das Wortspiel erlaubt. Aber meiner Meinung nach sollten Fragen, die auf etwas Realem basieren, auch durch etwas Reales geklärt werden, ohne das verdammte träge und elende Herumtrödeln. Ich bin eine Fanatikerin. Ich will, dass diese Sache zum Ende gebracht wird. Ich will, dass sie erledigt und vorbei ist. Aus und vorbei. Tot.«

»Oh, keine Sorge«, fügte sie hinzu, »es wird nichts Aufregendes passieren. Alles, was ich drei Tage lang oder so tun werde, ist, euch einige Fragen über den Touristenhandel in euren hübschen Heimatländern zu stellen. Was sollte daran falsch sein? Es ist ganz einfach, oder?

Aber es wird die Dinge in Bewegung bringen. Der lange Krieg wird wieder beginnen. Wir werden mittendrin sein, und ich – die ich immer mittendrin war – werde endlich eine anständige Unterstützung von meinen Leuten bekommen.«

»Von wem?«, fragte Jeannine gereizt. »Von wem, um Himmels willen? Wer ist Wir, wer sind Die? Erwartest du, dass wir Gedanken lesen?«

»Entschuldigt bitte«, sagte Alice Erklärerin sanft. »Ich dachte, ihr wüsstet es. Ich hatte nicht die Absicht, euch zu verwirren. Ihr seid meine Gäste. Wenn ich von Denen und von Uns rede, dann meine ich natürlich die Besitzenden und die Nichtbesitzenden, die beiden Seiten, es gibt immer zwei Seiten, nicht wahr?

Ich meine die Männer und die Frauen.«

Später, als wir alle gingen, erwischte ich Jeannine an der Tür. »Über was hat sie mit dir geredet?«, fragte ich. Irgendetwas war in Jeannines klaren, leidenden Blick getreten, irgendetwas hatte

ihre Ängstlichkeit getrübt. Was kann Miss Dadier so selbstbewusst machen? Was kann sie so spröde machen? Jeannine sagte:
»Sie hat mich gefragt, ob ich schon mal jemanden getötet habe.«

7

Sie nahm uns im Aufzug mit nach ganz oben: Die Junge, Die Schwache, Die Starke, wie sie uns im Geiste nannte. Ich bin die Autorin, und ich weiß es. *Miss Schweden* (so nannte sie Janet auch) ließ ihre Finger über die Tafel gleiten und untersuchte die Knöpfe, während die beiden anderen gafften. Stellt euch mich in meiner üblichen tragbaren Gestalt vor. Ihre Untergrundstädte bestehen aus einem Wirrwarr von Gängen, wie versunkene Hotels. Wir kamen vorbei an Türen, Hindernissen, Fenstern und Nebengängen, die zu Arkaden führten. Was ist das, diese Leidenschaft für ein Leben unter der Erde? An einer Schranke steckten sie uns in Purdahs, eine Art Schutzanzüge wie aus Asbest, wie Feuerwehrleute sie tragen, die dich vor den Krankheitskeimen anderer Leute schützen und diese vor den deinen. Aber diese waren nicht echt, sie dienten einzig dazu, uns zu tarnen. »Ich mag es nicht, wenn sie euch anschauen«, sagte Jael. Sie nahm den Grenzwächter beiseite, und es kam zu einem leisen, aggressiven Zwischenfall, ein Knurren und Zähnezeigen, das von einem Dritten durch irgendeinen groben Scherz aufgelöst wurde. Ich verstand kein Wort. Sie erzählte uns ernsthaft, dass man von uns nicht erwarten könne, irgendetwas zu glauben, was wir nicht mit eigenen Augen gesehen hätten. Es würde keine Filme, keine Vorführungen, keine Statistiken geben, es sei denn, wir verlangten danach. Wir rollten aus dem Aufzug in ein gepanzertes Fahrzeug, das in einem Schuppen wartete, und dann quer über eine ungepflasterte muschelübersäte Ebene, eine Art Niemandsland inmitten der Nacht. *Wächst dort Gras? Ist das ein Virusbefall? Werden die mutierten Stämme übermächtig?* Nichts als Schotter, Felsen, Raum und Sterne. Janet zeigte ihren Passierschein einer zweiten

Gruppe von Wächtern und sprach mit ihnen über uns drei, während sie mit dem Daumen rückwärts auf uns zeigte: unsauber, unsauber, unsauber. Keine Schranken, kein Stacheldraht, keine Suchscheinwerfer, so etwas haben nur die Frauen. Allein die Männer machen sich einen Sport daraus, Leute quer durch die Wüste zu jagen. Unförmiger als drei Schwangere folgten wir unserer Creatrix in einen anderen Wagen, durch den Schutt und die Ruinen am Rand einer alten Stadt, die während der Seuche einfach so stehen gelassen wurde. Sonntags kommen Lehrer mit ihren Schulklassen hier heraus. Es sieht aus, als sei sie für Zielübungen benutzt worden, überall sind Löcher und frische Narben, wie Mörsereinschüsse, auf dem Schutt.

»Es war«, sagte Jael Erklärerin. Jede von uns trägt ein leuchtendes neonpinkfarbenes Kreuz auf Brust und Rücken, um zu zeigen, wie tödlich wir sind. Damit die Mannländer (die alle Gewehre haben) nicht spaßeshalber auf uns schießen. In der Ferne sind Lichter zu sehen – glauben Sie nicht, ich wüsste hier irgendetwas nur vom Hörensagen; ich bin der Geist der Autorin, und ich weiß alles. Ich weiß, wann wir beginnen, an den erleuchteten Baracken am Stadtrand vorbeizufahren, wann wir in der Ferne die Häuser der ganz Reichen sehen, die von den sieben Hügeln leuchten, auf denen die Stadt erbaut wurde. Ich weiß, wann wir durch einen Tunnel aus Schutt gehen, der in einer Weise angelegt ist, die einem Schützengraben aus dem Ersten Weltkrieg gleicht, und weder in einem öffentlichen Kindergarten herauskommen (die sind entweder weiter im Zentrum der eigentlichen Stadt oder draußen auf dem Land) noch in einem Bordell, sondern in einem Erholungszentrum, das *Der Schützengraben* oder *Der Schwanz* oder *Die Möse* oder *Das Messer* heißt. Ich habe mich noch nicht für einen Namen entschieden. Die Mannländer behalten ihre Kinder nur bei sich, wenn sie sehr reich sind – aber was erzähle ich da? Die Mannländer haben keine Kinder. Die Mannländer kaufen Kleinkinder von den Frauländern und ziehen sie in großen Trupps auf, mit Ausnahme der wenigen Reichen, die Kinder bestellen können, die aus ihrem eigenen Samen gemacht sind: Sie halten sie in

Kindergärten in der Innenstadt bis zu ihrem fünften Lebensjahr, dann auf dem Übungsgelände auf dem Land, mit den japsenden kleinen Versagern, die auf den Babyfriedhöfen am Wegesrand begraben sind. Dort, in asketischen und gesunden Siedlungen auf dem Lande, werden kleine Jungen zu Männern gemacht – obwohl einige es nicht ganz schaffen. Mit sechzehn beginnt die geschlechtsumwandelnde Chirurgie. Einer von sieben versagt schon früh und erlebt die vollständige Umwandlung, einer von sieben versagt später und (falls er die Operation ablehnt) macht nur die halbe Umwandlung durch: Künstler, Illusionisten, Weiblichkeits-Impressionisten, die ihre Genitalien behalten, aber schlank werden, träge, emotional und feminin, all das einzig und allein eine Wirkung des Geistes. Fünf von sieben Mannländern schaffen es, sie sind ›Real-Männer‹. Die anderen sind ›die Umgewandelten‹ oder ›die Halb-Umgewandelten‹. Alle Real-Männer mögen die Umgewandelten, einige Real-Männer mögen die Halb-Umgewandelten, aber keiner der Real-Männer mag Real-Männer, denn das wäre anormal. Niemand fragt die Umgewandelten oder Halb-Umgewandelten, was *sie* mögen. Jael zückte ihren Passierschein für den uniformierten Real-Mann am Eingang zur *Möse*, und wir rollten hinterher. Unsere Hände und Füße sehen sehr klein aus, unsere Körper seltsam plump.

Wir traten ein. »Jael!«, rief ich aus, »da sind –«

»Sieh noch mal hin«, sagte sie.

Sieh auf die Hälse, sieh auf die Handgelenke und Knöchel, durchdringe die Schleier aus falschem Haar und falschen Wimpern, um die relative Größe der Augen und des Knochengerüsts abzuschätzen. Die Halb-Umgewandelten hungern, um schlank zu bleiben, aber sieh dir ihre Waden und den geraden Wuchs ihrer Arme und Knie an. Wenn die meisten der gänzlich Umgewandelten in Harems und Bordellen leben und wenn der Slang sie bereits als ›Fotzen‹ bezeichnet, was bleibt dann für uns? Wie können wir genannt werden?

»*Der Feind*«, sagte Jael. »Setzt euch hierhin.« Wir saßen um einen großen Tisch in der Ecke, wo das Licht trüb war, und schmiegten uns an die Vertäfelung aus falschem Eichenholz. Einer der Wächter, der uns nach drinnen gefolgt war, trat auf Jael zu und legte einen riesigen Arm um sie, wie mit einer gewaltigen Bärentatze presste er sie an seine Seite. Seine scharlachroten Epauletten, seine goldenen Stiefel, sein kahl geschorener Kopf, sein himmelblauer Hosenbeutel, sein diamant-kariert-kostümierter Versuch, die ganze Welt zu verdreschen, seinen Schwanz in den Arsch der Welt zu rammen. Sie sah so unscheinbar und klein neben ihm aus. Sie wurde völlig verschluckt.

»Hey, hey«, sagte er. »Du bist also wieder da!«

»Na klar, warum nicht?« (sagte sie). »Ich muss jemanden treffen. Ich habe ein Geschäft zu erledigen.«

»Geschäft!«, sagte er lockend. »Willst du nichts von der einzig aufrechten Sache haben? Na komm schon, ein Fickgeschäft!«

Sie lächelte freundlich, schwieg aber zurückhaltend. Das schien ihm zu gefallen. Er wickelte sie noch weiter ein, bis zu dem Punkt, wo sie fast verschwand, und sagte leise mit einer Art Kichern:

»Träumst du nicht davon? Träumen nicht alle Mädchen von uns?«

»Das weißt du doch, Lenny«, sagte sie.

»Klar weiß ich das«, sagte er begeistert. »Sicher. Ich kann es in deinem Gesicht sehen, jedes Mal, wenn du hierher kommst. Du wirst erregt, wenn du nur hinsiehst. Wie die Ärzte sagen: Wir können es mit jedem machen, aber ihr könnt es nicht, weil ihr nichts habt, womit ihr es machen könnt, stimmt's? Also kriegt ihr niemanden.«

»Lenny ...«, setzte sie an (während sie unter seinem Arm wegschlüpfte) »das hast du sehr gut erkannt. Äußerst scharfsinnig. Ich habe Geschäfte zu erledigen.«

»Komm schon!«, sagte er (bittend, glaube ich).

»Oh, du bist ein toller Kerl!«, rief Jael, während sie weiter hinter den Tisch rutschte, »klar bist du das. Gott, du bist so stark, eines Tages wirst du uns zu Tode quetschen.« Er lachte im tiefsten Bass. »Wir sind Freunde«, sagte er und winkte schwerfällig.

»Klar«, sagte Jael trocken.

»Eines Tages wirst du hier reinkommen ...«, und dieses ermüdende Geschöpf begann wieder von vorn, aber – ich weiß nicht, ob er uns andere bemerkte oder jemanden sah oder jemanden roch – jedenfalls polterte er plötzlich in großer Eile davon und riss dabei seinen Gummiknüppel aus der azurfarbenen Schärpe neben dem Pistolenhalfter. Im *Schwanz* benutzen die Rausschmeißer ihre Pistolen nicht. Die Gefahr ist zu groß, die falschen Leute zu treffen. Jael sprach jetzt mit jemand anders, einem düsteren, schmallippigen Typen in einem grünen Ingenieursanzug.

»Natürlich sind wir Freunde«, sagte Jael Erklärerin geduldig. »Natürlich sind wir das. Deshalb will ich heute Abend nicht mit dir reden. Verdammt, ich will nicht, dass du Ärger bekommst. Siehst du die Kreuze? Ein Stich, ein kleiner Riss oder ein Loch, und diese Mädchen lösen eine Epidemie aus, die ihr einen Monat lang nicht in den Griff bekommt. Willst du da reingezogen werden? Du weißt doch, dass wir Frauen uns mit der Seuchenforschung befassen. Nun, dies sind drei unserer Versuchspersonen. Ich fahre sie quer durch Mannland zu einem anderen Teil unseres Gebiets, es ist eine Abkürzung. Ich würde sie nicht hierhin mitnehmen, wenn ich nicht Geschäfte zu erledigen hätte. Wir entwickeln einen schnelleren Immunisierungsprozess. Wenn ich du wäre, würde ich auch all meinen Freunden raten, von diesem Tisch wegzubleiben – nicht etwa, dass wir nicht selbst auf uns aufpassen könnten, und *ich* mache mir keine Sorgen, ich bin gegen diesen speziellen Keim immun –, aber ich will nicht, dass du den Kopf dafür hinhalten musst. Du hast schon eine Menge für mich getan, und dafür bin ich dir dankbar. Du würdest eine draufkriegen, verstehst du? Und du könntest dir auch diese Seuche einhandeln, vergiss das nicht. Okay?«

Erstaunlich, wie ich jedem meine Loyalität versichern muss!, sagt Jael Erklärerin. *Noch erstaunlicher, dass sie mir glauben. Sie sind nicht besonders helle, was? Aber das sind die kleinen Fische. Übrigens sind sie schon so lange von echten Frauen getrennt, dass sie nicht wissen, was sie von uns halten sollen. Ich bezweifle so-*

gar, dass die Geschlechtschirurgen wissen, wie eine echte Frau aussieht. Die Entwürfe, die wir ihnen jedes Jahr schicken, werden wilder und wilder, und es gibt nicht mal den Hauch eines Protests. Ich glaube, sie mögen das. Wie die Motten vom Licht, so werden Männer von den Verhaltensmustern der Armee angezogen. Diese frauenlose Welt, verfolgt von den Geistern Millionen toter Frauen, diese körperlose Weiblichkeit, die über jedem schwebt und den härtesten Real-Mann zu einer von Ihnen machen kann, diese dunkle Kraft, die sie immer im Hintergrund ihres eigenen Verstandes fühlen!

Glaubt ihr, ich würde zwei Siebtel meiner Spezies in Sklaverei und Deformierung zwingen? Natürlich nicht! Ich glaube, diese Männer sind nicht menschlich. Nein, nein, das ist falsch – ich habe schon vor langer Zeit entschieden, dass sie nicht menschlich sind. Arbeit ist Macht, aber sie vergeben alles an uns, ohne den leisesten Protest – zum Teufel, sie werden immer fauler. Sie lassen uns für sich nachdenken. Sie lassen uns sogar für sich fühlen. Dualität und die Angst vor der Dualität geben ihnen Rätsel auf. Und die Angst vor sich selbst. Ich glaube, es liegt ihnen im Blut. Welches menschliche Wesen würde – schweißnass vor Angst und Wut – zwei gleichermaßen abstoßende Pfade markieren und darauf bestehen, dass die Mit-Geschöpfe den einen oder den anderen nehmen?

Ah, die Rivalität kosmischer He-men und die Welten, die sie erobern müssen, und die Schrecken, denen sie sich stellen müssen, und die Rivalen, die sie herausfordern und besiegen müssen!

»Du bist ziemlich einfach zu durchschauen«, bemerkt Janet pedantisch aus dem Innern ihres Anzugs, »und ich bezweifle, dass die Macht des Blutes –«

Pst! Da kommt mein Kontaktmann.

Unser Kontaktmann war ein Halb-Umgewandelter, denn die Mannländer glauben, dass Kinderpflege Frauensache ist. Also delegieren sie an die Umgewandelten und Halb-Umgewandelten die Aufgabe, um Babys zu feilschen und sich während der ersten, alles entscheidenden fünf Jahre um die Kinder zu kümmern – sie wollen die sexuellen Präferenzen ihrer Babys früh festlegen. Das bedeutet, um es auf den Punkt zu bringen, dass die Kinder in Bordellen aufgezogen werden. Nun behagt einigen Mannland-Real-Männern die Vorstellung nicht, dass die ganze Angelegenheit in den Händen der Feminierten und Effeminierten liegt, aber sie können nicht viel daran ändern (siehe These Eins, über Kinderpflege, oben) – obwohl sich die meisten Maskulinen auf die Zeit freuen, wenn kein Mannländer mehr aus den Reihen der He-men herausfällt, und sich mit einer Hartnäckigkeit, die ich pervers finde, weigern zu entscheiden, wer die sexuellen Objekte sein werden, wenn es die Umgewandelten und Halb-Umgewandelten nicht mehr gibt. Vielleicht glauben sie, über dem Sex zu stehen. Oder darunter? (Rund um den Schrein einer jeden leicht bekleideten, mit Pailletten geschmückten Hostess im *Messer* scharen sich mindestens drei Real-Männer. Wie viele kann eine Hostess in einer Nacht nehmen?) Ich vermute, wir echten Frauen tauchen, wie grotesk auch immer, in den tiefsten Träumen Mannlands auf. Vielleicht werden sie an jenem fernen Morgen Totaler Maskulinität alle in Frauland einfallen, jede Frau, die sie sehen, vergewaltigen (wenn sie noch wissen, wie das geht), dann töten und danach auf einer Pyramide aus den Höschen ihrer Opfer Selbstmord begehen. Die offizielle Ideologie besagt, dass Frauen ein armseliger Ersatz für die Umgewandelten sind. Ich hoffe das wirklich. (Kleine Mädchen, endlich aus ihrer Krippe gekrochen, berühren diese heroischen Toten mit neugierigen, winzigen Fingern. Stupsen sie mit ihren praktischen ledernen Mary Janes an. Nehmen ihre Baby-Brüder mit zu einer Party im Grünen, nur Flöten und Hafer und ländliches Vergnügen, bis die Nahrungsmittel ausgehen und diese winzigen Heldinnen entscheiden müssen: Wen sollen wir essen? Die wallenden Glieder unserer Seestern-Geschwister, unsere toten Mütter oder diese seltsamen, riesigen, haarigen Körper, die allmählich in der Sonne aufgedunsen sind?) Ich zückte diesen verdammten Passierschein – schon wieder! –, diesmal vor einem Halb-Umgewandelten in einem pinkfarbenen Chiffongewand mit Handschuhen bis zu den Schultern, ein Denkmal der Irrelevanz auf hohen Absätzen, ein hübsches Mädchen mit einem Zuviel an richtigen Kurven und einer hüpfenden, tanzenden, pinkfarbenen Federboa. Wo – ja wo? – ist der Laden, der diese langen Rheinkiesel-Ohrringe herstellt, Objekte des Fetischismus und der Nostalgie, nur von Halb-Umgewandelten getragen (und gewöhnlich nicht einmal von denen, es sei denn, sie sind reich), Handarbeit nach Museumskopien, ohne Nutzen oder Bedeutung für ganze sechs Siebtel der erwachsenen menschlichen Spezies? An manchen Orten werden Steine von Antiquitätenhändlern zusammengesetzt, an manchen Orten wird Petroleum zu Stoffen umgewandelt, die nicht verbrennen können, ohne die Luft zu verschmutzen, und die nicht verrotten und nicht erodieren, so dass die Plastikfäden in den Körpern von Kieselalgen auf dem Grunde des Marianengrabens auftauchen – ein solcher Anblick war er, so viel trug er am Körper, solche Falten und Rüschen und Bänder und Knöpfe und Federn, aufgeputzt wie ein Weihnachtsbaum. Wie Garbo, die die Anna Karenina spielt, über und über geschmückt. Seine grünen Augen verengten sich zu einem klugen Blick. Dieser hier besitzt Intelligenz. Oder ist es nur das Gewicht seiner falschen Wimpern? Die Bürde, immer genommen werden zu müssen, in Ohnmacht fallen zu müssen, zu fallen, zu ertragen, zu hoffen, zu leiden, zu warten, nur zu sein? Es muss einen geheimen weiblichen Untergrund geben, der sie lehrt, wie sie sich verhalten sollen. Angesichts des Spotts und der heißen Verachtung ihrer Genossen, angesichts der Aussicht auf Gruppenvergewaltigung, wenn sie nach der Sperrstunde allein auf der Straße sind, angesichts der gesetzlichen Notwendigkeit, einem Real-Mann zu gehören – jeder von ihnen –, lernen sie irgendwie immer noch das klassische Zittern, das langsame Blinzeln, das Knöchel-an-den-Lippen-Pathos. Auch das, glaube ich, muss im Blut liegen. Aber in wessen? Meine drei Freundinnen und ich verblassen neben solcher Herrlichkeit! Vier lumpige Päckchen, für absolut niemanden von irgendwelchem Interesse.

Anna sagt mit dem mechanischen Zittern der Begierde, dass wir mit ihm gehen müssen.

»Mit ihr?«, fragt Jeannine verwirrt.

»Mit ihm!«, sagt Anna mit gezwungener Altstimme. Die Halb-

Umgewandelten sind sehr perfektionistisch – manchmal wegen der Überlegenheit der Umgewandelten, manchmal wegen ihrer eigenen Genitalien. In jedem Fall läuft es auf *Ihn* hinaus. Es ist ihm außergewöhnlich bewusst (für einen Mann), dass Jeannine zurückschreckt, und er nimmt es ihr übel – wer würde das nicht? Ich selbst habe einigen Respekt vor ruinierten Leben und erzwungenen Wahlen. Einst kämpfte Anna auf der Straße nicht hart genug gegen die vierzehnjährigen Schlägertypen, die seinen zwölf Jahre jungen Arsch wollten. Er ging nicht bis zum Äußersten, wurde nicht zum blindwütigen Berserker, der das Leben einzig und allein als Verteidigung der eigenen Männlichkeit ansieht, er kam – indem er sich ergab – den möglichen Schicksalen zuvor: das Ausreißen eines Auges, die Kastration, die Kehle mit einer zerbrochenen Flasche durchschnitten, mit einem Stein oder einer Fahrradkette aus den Beschäftigungen eines Zwölfjährigen gerissen werden. Ich kenne eine Menge Geschichten über die Mannländer. Anna fand einen *modus vivendi,* er beschloss, das Leben sei in jedem Fall erhaltenswert. Alles andere folgt daraus.

»Oh, du bist hübsch«, sagt Jeannine aufrichtig. Schwestern im Unglück. Das gefällt Anna nun wirklich. Er zeigt uns einen Brief von seinem Chef – ein Real-Mann natürlich –, der ihm freien Durchgang gewährt, steckt ihn in seine rosa Brokat-Abendhandtasche zurück und schlingt das Ding aus falschen Federn um sich, das beim geringsten Lufthauch fließt und wabert. Es ist ein warmer Abend. Um seinen Angestellten zu schützen, hat der Big Boss (sie sind Männer, selbst in der Kinderaufzucht) Anna K eine kleine Zweiweg-Kamera gegeben, die er im Ohr tragen kann. Sonst würde jemand seine hohen Absätze zerbrechen und ihn tot oder halbtot in einer Gasse liegen lassen. Jeder weiß, dass die Halb-Umgewandelten schwach sind und sich nicht schützen können. Was glauben Sie denn, was Weiblichkeit ausmacht? Selbst Anna hat wahrscheinlich einen Bodyguard, der am Eingang zum *Messer* wartet. Ich bin zynisch genug, um mich manchmal zu fragen, ob der Mannländer-Mythos nicht nur eine Entschuldigung dafür ist, jeden mit einem hübschen Gesicht zu feminieren – aber sehen

Sie noch mal hin, sie werden es glauben. Sehen Sie unter die Aufpolsterung, auf die Farbe, das falsche Haar, die Korsettgerüste, die Kosmetika und die herrlichen Kleider – und Sie sehen nichts Außergewöhnliches, nur Gesichter und Körper wie die jedes anderen Mannes. Anna klimpert uns mit den Augen an und befeuchtet seine Lippen, er hält die Frauen in den Anzügen für Real-Männer, hält mich für einen Real-Mann (was soll ich sonst sein, wenn ich nicht umgewandelt bin), hält selbst die große weite Welt für – was sonst? – einen Real-Mann, der sich darauf konzentriert, Annas Hintern anzubeten. Die Welt ist dazu da, Anna anzuschauen. Er – oder sie – ist nur ein umgekrempelter Real-Mann.

Eine gespenstische Schwesterlichkeit, ein Lächeln für Jeannine. Dieser ganze Narzissmus! Dennoch, darunter liegt Verstand.

Erinnern wir uns daran, wo ihre Loyalität liegt.

(Sind sie eifersüchtig auf uns? Ich denke nicht, dass sie glauben, wir seien Frauen.)

Erneut befeuchtet er seine Lippen, die unbeschreibliche Dummheit dieses irrsinnigen Mechanismus, der einfach überall praktiziert wird, gegenüber den richtigen Leuten, gegenüber den falschen Leuten. Aber was gibt es sonst? Es scheint, dass Annas Boss mich treffen will. (Ich mag das nicht.) Aber wir werden gehen, wir halten unseren äußerlichen Gehorsam bis zum Ende aufrecht, bis zu dem wunderschönen, grausamen Moment, wenn wir diese Würger, diese Mörder, diese Bastarde einer unnatürlichen und atavistischen Natur von der Erdoberfläche fegen.

»Liebste Schwester«, sagt Anna süß und weich, »komm mit mir.«

8

Annas Boss wollte wohl nur einen Blick auf die fremde Möse werfen. Ich weiß immer noch nicht, was er will, aber ich werde es herausfinden. Seine Frau klapperte mit einem Tablett voller Drinks herein – scharlachrotes, hautenges Kostüm, keine Unterwäsche, durchsichtige, hochhackige Sandalen wie die von Cinderella. Sie schenkte uns ein anheimelndes, süßes Lächeln (sie trägt kein Make-up und ist übersät mit Sommersprossen) und stolzierte hinaus. Männergespräche. Selten verdienen sie Ehefrauen, bevor sie fünfzig sind. Die Kunst, so heißt es, habe unter den reichen Mannländern eine Renaissance erlebt, aber dieser hier sieht nicht aus wie ein Mäzen: Doppelkinn, fetter Wanst, die helle Röte eines zur Untätigkeit gezwungenen Athleten. Sein Herz? Hoher Blutdruck? Sie alle bauen ihre Muskeln auf und lassen Gesundheit und Verstand verrotten. Das Privatleben eines Mannländer Millionärs ist von einer recht eigentümlichen Zuträglichkeit geprägt. Boss, zum Beispiel, würde nicht im Traum daran denken, seine Frau alleine irgendwohin gehen zu lassen – das hieße, die Anarchie der Straße herauszufordern –, auch nicht mit Bodyguard. Er weiß, was ihr zusteht. Ihre ›Frauen‹, so sagen sie, zivilisieren sie. Willst du eine gefühlsbetonte Beziehung, wende dich an eine ›Frau‹.

Was bin ich?

Ich weiß, was ich bin, aber wie lautet mein Name?

Er starrt mich unverschämt an, unfähig, seine Gedanken zu verbergen: *Was sind sie? Was tun sie? Vögeln sie miteinander? Wie fühlt sich das an?* (Versucht es ihm zu erzählen!) An die rosaroten Kreuze aus Purdah verschwendet er keine Sekunde, das sind ohnehin nur ›Frauen‹ (denkt er). *Ich bin* der Soldat, *ich bin* der Feind, *ich bin* das andere Ich, der Spiegel, der Herrensklave, der Rebell, der Ketzer, das Rätsel, das unter allen Umständen gelöst werden muss. (Vielleicht glaubt er, die drei Jots hätten Lepra.) Mir gefällt das alles überhaupt nicht. J-1 (dem Gang nach Janet) betrachtet die Bilder an der Wand, J-2 und J-3 stehen Hand in Hand, krasse Anfängerinnen. Boss leert seinen Drink und kaut auf etwas herum, das sich auf dem Boden des Glases befand. Wie ein großer Teddybär, mit komischer Bedächtigkeit: schmatz, schmatz. Mit großzügiger Geste weist er auf die anderen Drinks, die seine Frau mit dem Tablett auf etwas abgestellt hat, das alle Welt als weiß lackiertes Puff-Piano aus New Orleans identifizieren würde (Bordell-Barock ist in Mannland derzeit groß in Mode).

Ich schüttele den Kopf.

»Haben Sie Kinder?«, fragte er. Schwangerschaft fasziniert sie. Die gewöhnlichen Sterblichen haben die Menstruation vergessen. Würden sie sich daran erinnern, *das* würde sie wirklich faszinieren. Wieder schüttelte ich den Kopf.

Sein Blick verfinsterte sich.

»Ich dachte, wir würden über das Geschäft reden«, sagte ich sanft. »Nur deshalb bin ich hergekommen. Ich meine nicht – das heißt, ich will nicht ungesellig sein, aber die Zeit läuft, und mein Privatleben möchte ich lieber nicht diskutieren.«

»Sie sind auf meinem Grund und Boden«, sagte er, »und Sie werden verdammt noch mal über das reden, worüber ich verdammt noch mal rede.«

Lass ihn nur. Halt dich zurück. Überlass ihnen den Sieg in der Amateurliga, und sie vergessen gewöhnlich, worauf auch immer sie es angelegt hatten. Er brütete mit wütendem Blick. Mampfte Chips, Cracker, Salzstangen und was-weiß-ich-noch. Er weiß nicht so recht, was er will. Ich wartete.

»Privatleben!«, murmelte er.

»So interessant ist es nun auch wieder nicht«, sagte ich leichthin.

»Vögeln eure Kinder miteinander?«

Ich sagte nichts.

Er beugte sich vor. »Verstehen Sie mich nicht falsch. Meiner Meinung nach haben sie ein Recht darauf. Ich habe es denen nie abgekauft, dass Frauen untereinander keinen Sex haben. Das wäre gegen die menschliche Natur. Also, tut ihr es?«

»Nein«, sagte ich.

Er gluckste. »Das ist gut, immer in Deckung bleiben. Ich verdamme euch nicht, bedenken Sie das. Es ist doch nur natürlich. Hey! Wenn wir, Männer und Frauen, zusammengeblieben wären, wäre das alles nicht passiert. Richtig?«

Ich stellte mein zweifelndes, leicht beschämtes, schlaues, nun-Sie-wissen-schon Allerweltsgesicht zur Schau. Ich habe nie verstanden, was es bedeutet, doch sie anscheinend schon. Er lachte laut auf. Noch einen Drink.

»Sehen Sie«, sagte er, »ich nehme an, Sie sind intelligenter als die meisten dieser Zicken, sonst hätten Sie nicht diesen Job. Richtig? Nun ist es ja für jeden offensichtlich, dass wir einander brauchen. Auch wenn wir uns in separaten Lagern befinden, müssen wir miteinander handeln, und ihr müsst noch immer die Kinder bekommen. So viel hat sich nicht verändert. Nun, was ich im Kopf habe, ist ein experimentelles Projekt, ein Pilotprojekt, könnte man sagen, der Versuch, die beiden Seiten wieder zusammenzuführen. Nicht im Hauruckverfahren –«

»Ich –«, sagte ich. (Sie hören dich nicht.)

»Nicht auf einen Schlag« (fuhr er fort, taub wie Holz), »sondern ganz langsam, Schritt für Schritt. Wir müssen mit Bedacht vorgehen. Richtig?«

Ich sagte kein Wort. Er lehnte sich zurück. »Ich wusste, Sie würden es einsehen«, sagte er. Dann machte er eine persönliche Bemerkung: »Haben Sie meine Frau gesehen?« Ich nickte.

»Natalie ist großartig«, sagte er und nahm sich noch ein paar Chips. »Sie ist ein Klasse-Mädchen. Hat diese Dinger hier selbst gemacht. Frittiert, glaube ich.« (Eine schwache Frau hantiert mit einem Topf kochenden Öls herum.) »Bedienen Sie sich.«

Um ihn zu beruhigen, nahm ich einige und behielt sie in der Hand. Fettiges Zeug.

»Also, Sie finden die Idee gut, oder?«, fragte er.

»Was?«

»Die Therapie zur Überwindung der Abneigung, um Himmels willen, die Pilotgruppe. Soziale Beziehungen, wieder zusammenfinden. Ich bin nicht wie diese rückständigen Typen hier, wissen Sie, ich habe noch nie was von diesem Überlegen-unterlegen-Quatsch gehalten, ich glaube an die Gleichheit. Wenn wir wieder zusammenfinden, muss es auf dieser Basis geschehen. Der Gleichheit.«

»Aber –«, sagte ich, ohne ihn beleidigen zu wollen.

Es muss auf der Basis der Gleichheit geschehen! Daran glaube ich. Und ich kann mir nicht vorstellen, dass man dem Mann auf der Straße das nicht beibiegen kann –Propaganda, die das Gegenteil bewirkt. Wir sind mit diesem Unsinn vom Ort der Frau und dem Wesen der Frau aufgewachsen und haben nicht einmal Frauen um uns, um ihre Eigenschaften zu studieren. Was wissen wir schon! Ich bin nicht weniger maskulin, nur weil ich Frauenarbeit verrichtet habe. Braucht man weniger Intelligenz zur Leitung von Kinderhorten und Trainingslagern als zur logistischen Planung von Kriegsspielen? Nein, verdammt! Nicht wenn man rational und effizient vorgeht. Geschäft ist Geschäft.«

Reden lassen. Vielleicht wird er von selbst müde, das kommt manchmal vor. Ich saß aufmerksam still, während er die rührendste Rechtfertigung meiner eigenen Effizienz, meiner Rationalität und meines Status als menschliches Wesen vortrug. Als er fertig war, fragte er besorgt: »Glauben Sie, dass es funktioniert?«

»Nun ...«, begann ich.

»Natürlich, natürlich« (unterbrach mich dieser verdammte Narr schon wieder), »Sie sind kein Diplomat, aber wir müssen die Leute nehmen, die wir haben, nicht wahr? Der Individuelle Mensch kann Dinge zu Ende führen, wenn die Masse Mensch versagt. Nicht?«

Ich nickte und stellte mir vor, ein Individueller Mensch zu sein. Die ›Frauenarbeit‹ erklärt natürlich alles, sie macht ihn gefährlich reizbar. Jetzt war er zum ergreifenden Teil gekommen, der rätselhaften und rührenden Summe unserer Leiden. Hier kommen die Tränen ins Spiel. Es hilft, wenn man sie anhand dessen, was sie tun werden, klassifizieren kann, aber mein Gott, es ist so deprimierend, immer das gleiche. Immer das gleiche. Ich sitze weiterhin da, vollkommen unsichtbar, die Kreideskizze einer Frau. Ein Gedanke. Ein wandelndes Ohr.

»Was wir wollen« (sagte er und kam allmählich auf Touren), »ist eine Welt, in der jeder *er selbst* sein kann. Er. Selbst. Nicht dieses verrückte Erzwingen von Temperamenten. Freiheit. Freiheit für alle. Ich bewundere Sie. Ja, lassen Sie mich gestehen, dass ich Sie in der Tat aufrichtig bewundere. Sie haben das alles durchbrochen. Natürlich werden die meisten Frauen nicht in der Lage sein, so etwas zu bewerkstelligen – im Gegenteil, die meisten

Frauen werden – wenn sie die Wahl haben – sich kaum entscheiden, die Häuslichkeit samt und sonders« (hier lächelte er) »für ein Leben in der Fabrik oder im Geschäft aufzugeben. Die meisten Frauen werden auch in Zukunft die konservative Kindererziehung, die Arbeit an zwischenmenschlichen Beziehungen und die Pflege und den Dienst für andere wählen. Diener. Der. Spezies. Warum sollten wir darüber höhnisch grinsen? Und wenn wir herausfinden, dass mit dem Geschlecht gewisse Wesenszüge verbunden sind, wie zum Beispiel den Haushalt zu führen, wie die Urteilskraft, wie gewisse Faktoren des Temperaments? Nun, natürlich gibt es diese Verbindungen, aber warum sollte deshalb dem einen oder dem anderen Geschlecht ein Nachteil daraus erwachsen? Die Menschen« (er setzte zur Conclusio an) »die Menschen sind so, wie sie sind. Wenn –«

Ich erhob mich. »Entschuldigen Sie«, sagte ich, »aber das Geschäft –«

»Zum Teufel mit Ihrem Geschäft!«, schrie er hitzig, dieser konfuse und gereizte Mann. »Gemessen an dem, was ich zu sagen habe, ist Ihr Geschäft keine zwei Cent wert!«

»Natürlich nicht, natürlich nicht«, sagte ich besänftigend.

»Das will ich auch schwer hoffen!«

Gefühllos, abgestorben. Vor Langeweile. Unsichtbar. Angekettet.

»Das ist doch der Ärger mit euch Frauen, nichts könnt ihr abstrakt betrachten!«

Er will, dass ich vor ihm krieche. Das ist es. Nicht der Inhalt dessen, was ich sage, sondern die endlose, unaufhörliche Fütterung seiner Eitelkeit, das wackelige Gebäude seines Selbst. Sogar die Intelligenten.

»Wissen Sie nicht zu schätzen, was ich für Sie tun möchte?«

Küss-mich-ich-bin-ein-guter-Junge.

»Haben Sie denn keine Vorstellung, wie wichtig das alles ist?«

Den schlüpfrigen Abgrund in die Unsichtbarkeit hinabgleiten.

»Das könnte Geschichte machen!«

Selbst ich, mit all meiner Erfahrung.

»Natürlich haben wir eine Tradition aufrechtzuerhalten.«
Es wird langsam gehen.
»... wir werden langsam vorgehen müssen. Eins nach dem anderen.«
Wenn es machbar ist.
»Wir werden herausfinden müssen, was machbar ist. Das kann ... öh ... etwas Visionäres sein. Es kann seiner Zeit voraus sein.«
Ein Rechtsempfinden kann nicht als Gesetz erlassen werden.
»Wir können die Leute nicht entgegen ihrer Neigungen zwingen und müssen generationenlange Konditionierungen überwinden. Vielleicht in einem Jahrzehnt ...«
Vielleicht nie.
»... vielleicht nie. Aber Männer guten Willens ...«
Gibt es die?
»... und Frauen natürlich auch. Verstehen Sie, das Wort ›man‹ schließt das Wort ›Frauen‹ mit ein, es ist nur die Umgangssprache ...«
Jeder muss seine eigene Abtreibung haben dürfen.
»... und nicht wirklich wichtig. Man könnte sogar sagen« (er kichert), »›jeder und sein Ehemann‹ oder ›jeder hat das Recht auf seine eigene Abtreibung‹« (er brüllt vor Lachen), »aber ich möchte, dass Sie zu Ihren Leuten zurückgehen und ihnen sagen ...«
Es ist inoffiziell.
»... dass wir auf Verhandlungen vorbereitet sind. Die können aber nicht öffentlich ablaufen. Sie müssen in Betracht ziehen, dass mir eine starke Opposition gegenübersteht. Und die meisten Frauen – Sie natürlich nicht, Sie sind anders – nun, die meisten Frauen sind es nicht gewohnt, eine Sache wie diese in Gedanken *gänzlich* durchzuspielen. Sie können nicht systematisch vorgehen. Sagen Sie, Sie verübeln es mir doch nicht, wenn ich sage, ›die meisten Frauen‹, oder?«
Meiner Persönlichkeit beraubt, lächle ich.
»Das ist gut«, sagte er, »nehmen Sie es nicht persönlich. Kommen Sie mir nicht feminin«, und er zwinkerte, um mir seinen guten Willen zu zeigen. Jetzt wird es Zeit, dass ich mich davonstehle

und das Blut und die Versprechungen, Versprechungen, Versprechungen meines halben Lebens hinter mir lasse. Aber wissen Sie was? Ich kann es einfach nicht. Es ist zu oft passiert. Ich habe keine Energiereserven mehr. Mit einem strahlenden Lächeln und in schierer Erwartung setzte ich mich wieder, und der gute Mann rückte seinen Sessel näher. Er sieht angespannt und gierig aus.
»Wir sind doch Freunde?«, sagt er.
»Klar«, antworte ich, kaum in der Lage zu sprechen.
»Gut!«, sagte er. »Und? Gefällt Ihnen mein Haus?«
»Oh, ja«, sage ich.
»Haben Sie so etwas schon einmal gesehen?«
»Oh nein!« (Ich wohne in einem Hühnerstall und esse Scheiße.)
Erheitert lachte er auf. »Die Gemälde sind ziemlich gut. In letzter Zeit haben wir eine Art Renaissance. Wie steht's um die Kunst bei den Damen, hm?«
»So lala«, sagte ich und verzog das Gesicht. Langsam beginnt der Raum zu vibrieren von dem Adrenalin, das ich mir in den Blutkreislauf pumpen kann, wenn ich will. Es ist die freiwillige hysterische Stärke, und sie ist sehr, sehr nützlich, oh ja. Zuerst das freundliche Geplauder, dann das unkontrollierbare, neugierige Gegrapsche, und dann kommt der Hass zum Vorschein. Sei darauf gefasst.
»Ich nehme an, Sie waren von Anfang an anders, schon als kleines Mädchen? Bei Ihrem Job! Aber Sie müssen zugeben, eines haben wir euch voraus – wir wollen nicht alle in dieselbe Rolle zwängen. Oh nein. Wir halten keinen Mann von der Küchenarbeit fern, wenn es das ist, was er wirklich will.«
»Aber sicher«, sage ich. (Diese chemisch-chirurgischen Kastrationen.)
»Aber Sie tun es. Ihr seid reaktionärer als wir. Ihr *lasst* Frauen kein häusliches Leben führen. Ihr wollt alle gleich machen. So etwas stelle ich mir nicht vor.«
Dann verfällt er in eine lange fröhliche Ausführung über die Mutterschaft und die Freuden des Uterus. Die emotionale Natur der Frau. Das Zimmer beginnt zu schwanken. Unter dem Ein-

fluss hysterischer Stärke wird man sehr nachlässig. Während der ersten paar Wochen, in denen ich trainierte, brach ich mir selbst mehrere Knochen. Aber jetzt weiß ich, wie ich es anstellen muss. Wirklich. Meine Muskeln sind nicht dazu da, jemand anderen zu verletzen, sie sind dazu da, um mich vor mir selbst zu schützen. Diese schreckliche Konzentration. Diese fieberhafte Klarsicht. Idioten-Boss hat noch niemandem von seiner tollen Idee erzählt, sie ist noch im Stadium grober Skizzen, und jede Gruppendiskussion, wie schwachsinnig sie auch verliefe, würde sie vom gröbsten Unkraut befreien. Seine teure Natalie. Seine begnadete Frau. Nimm mich, jetzt. Er liebt mich. Ja, das tut er. Natürlich nicht körperlich. Oh nein. Das Leben sucht sich seinen Partner. Sein Pendant. Romantischer Quatsch. Sein anderes Selbst. Seine Freude. Heute Abend will er nicht über das Geschäft reden. Wird er mich bitten zu bleiben?

»Oh, ich könnte das nicht«, sagt die andere Jael. Er hört es nicht. Im Ohr des Bosses befindet sich eine kleine Vorrichtung, die weibliche Stimmen ausblendet. Mit seinem Sessel ist er noch näher herangerückt – irgendein blödes Gefasel, sich nicht quer durch das ganze Zimmer unterhalten zu können. Geistige Intimität. Dümmlich grinsend sagt er:

»Sie mögen mich also ein bisschen, ja?«

Wie schrecklich, Verrat durch Lust. Nein, Ignoranz. Nein – Stolz.

»Zum Teufel, verschwinden Sie«, sage ich.

»Natürlich tun Sie das!« Er erwartet wohl, dass ich mich wie seine Natalie aufführe. Er hat sie gekauft, er besitzt sie. Was machen Frauen tagsüber? Was machen sie, wenn sie allein sind? Adrenalin ist eine anspruchsvolle Droge, es bringt alle differenzierteren Kontrollen durcheinander.

»Verschwinden Sie«, flüstere ich. Er hört es nicht. Diese Männer spielen Spielchen, spielen mit der Eitelkeit, zischen, drohen, recken ihre Nackenwirbel. Manchmal dauert es zehn Minuten, um einen Kampf zu eröffnen. Ich, die ich kein Reptil, sondern nur eine Attentäterin, nur eine Mörderin bin, stoße nie eine Warnung aus. Sie sorgen sich um *ein faires Spiel,* darum, dass man *die Regeln einhält,* darum, *sich selbst gut in Szene zu setzen.* Ich spiele nicht. Ich habe keinen Stolz. Ich zögere nicht. Zu Hause bin ich harmlos, aber hier nicht.

»Küss mich, du süßes kleines Luder«, sagt er mit erregter Stimme, während in seinen Augen Macht und Abscheu miteinander kämpfen. Boss hat noch nie eine echte Fotze gesehen, ich meine, wie die Natur sie geschaffen hat. Er wird Wörter gebrauchen, die er nicht mehr in den Mund genommen hat, seit er achtzehn war und seinen ersten Halb-Umgewandelten auf der Straße nahm, wobei sich Macht und Abscheu mischten. Dieses sklavische Anfängertum in den Erholungszentren. Wie kann man nur jemanden lieben, der ein kastriertes Du darstellt? Echte Homosexualität würde Mannland in Fetzen reißen.

»Nehmen Sie Ihre schmierigen Finger von mir«, sagte ich laut und deutlich und freute mich über seine Freude über meine Freude über seine Freude an dem Klischee. Hat er die drei Aussätzigen vergessen?

»Schicken Sie sie weg«, murmelt er schmerzerfüllt, »schicken Sie sie weg. Natalie kann sich um sie kümmern.« Denkt er vielleicht wirklich, sie seien meine Geliebten? Frauen tun das, was Männer zu abstoßend, zu schwierig, zu erniedrigend finden.

»Hören Sie«, sagte ich und grinste hemmungslos, »ich möchte mich klar ausgedrückt haben. Ich halte nichts von Ihren widerlichen Annäherungsversuchen. Ich bin hier, um ein Geschäft abzuschließen und um meinen Vorgesetzten eine vernünftige Nachricht zukommen zu lassen. Ich bin nicht hier, um Spielchen zu spielen. *Lassen Sie das.*«

Aber wann hören sie jemals zu!

»Du bist eine Frau«, heult er und schließt die Augen, »du bist eine schöne Frau, du hast ein Loch da unten. Du bist eine wunderschöne Frau. Du hast echte, runde Titten und einen wunderschönen Arsch. Du willst mich. Es spielt keine Rolle, was du sagst. Du bist eine Frau, oder nicht? Das ist die Krönung deines Lebens. Dafür hat Gott dich geschaffen. Ich werde dich ficken.

Ich werde dir einen verpassen, dass du nicht mehr stehen kannst. Du willst es doch. Du willst beherrscht werden. Natalie will beherrscht werden. Ihr alle, ihr seid alle Frauen, ihr seid Sirenen, ihr seid schön, ihr wartet auf mich, ihr wartet auf einen Mann, wartet darauf, dass ich ihn euch reinstecke, ihr wartet auf mich, mich, mich.«

Laber, laber, laber. Dieser Ton ist mir ein kleines bisschen zu vertraulich. Ich sagte ihm, er solle die Augen öffnen, weil ich ihn in Gottes Namen nicht umbringen wollte, so lange er sie geschlossen hielt.

Er hörte mich nicht.

»MACH DIE AUGEN AUF!«, brüllte ich, »BEVOR ICH DICH UMBRINGE!«, und Boss-Mann tat, wie ihm geheißen.

Er sagte: *Du hast mich verleitet.*

Er sagte: *Du bist eine prüde Zicke.* (Er war schockiert.)

Er sagte: *Du hast mich hereingelegt.*

Er sagte: *Du bist ein Miststück.*

Das können wir kurieren! – wie man es so schön von einer Lungenentzündung behauptet. Ich glaube, die Jots werden so vernünftig sein, sich aus der Sache herauszuhalten. Boss stammelte etwas Wütendes über seine Erektion und, da ich wütend für zwei war, brachte ich meine eigene zu Stande – damit meine ich, dass die verpflanzten Muskeln an meinen Fingern und Händen die lose Haut zurückzogen, mit diesem charakteristischen, juckenden Kitzeln. Und natürlich sind Sie schlau, Sie haben längst erraten, dass ich keinen Krebs an den Fingern habe, sondern Klauen, Krallen wie die einer Katze, nur größer, ein wenig stumpfer als hölzerne Dornen, aber gut zum Reißen. Und meine Zähne sind eine Attrappe, die Metall verbirgt. Warum haben Männer nur solche Angst vor der schrecklichen Intimität des Hasses? Bedenken Sie, ich drohe nicht. Ich spiele nicht herum. Ich trage immer Feuerwaffen. Die wirklich Gewalttätigen gehen nie ohne sie. Ich hätte ihm ein Loch zwischen die Augen verpassen können, aber wenn ich das tue, lasse ich sozusagen meine Unterschrift auf ihm zurück. Es ist verrückter und lustiger, es so aussehen zu lassen, als hätte es ein Wolf getan. Es ist besser, wenn sie glauben, sein Hund sei durchgedreht und über ihn hergefallen. Freudig kratzte ich ihn an Nacken und Kinn und versenkte meine Klauen in seinem Rücken, als er mich wütend umarmte. Man muss die Finger operativ verstärken, damit sie die Spannung aushalten. Eine gewisse Zimperlichkeit bewahrt mich davor, meine Zähne vor Zeugen zu gebrauchen – der beste Weg, einen Feind zum Schweigen zu bringen, ist, seinen Kehlkopf herauszubeißen. Vergeben Sie mir! Ich krallte mir das verhärtete Oberhäutchen in seinem Nacken, aber er machte sich mit einem Satz von mir los. Dann versuchte er zu treten, aber ich war nicht mehr da (wie ich Ihnen schon sagte, vertrauen sie viel zu sehr auf ihre Stärke). Er bekam mich am Arm zu fassen, aber ich brach aus seinem Griff aus, wirbelte ihn herum und verpasste ihm mit meinen schnittigen, schweren Schuhen Blutergüsse auf seinen Specknieren. Ha ha! Er fiel auf mich (in meinem Zustand spürt man keine Verletzungen), und ich holte aus und traf ihn unterhalb des Ohrs, was ihn heftig auf den Teppich spritzen ließ. Mühsam wird er auf die Beine kommen und wieder fallen; er wird wie eine Fontäne zu Boden gehen. Vor ihren Füßen verbeugte er sich, er fiel, er lag da; vor ihren Füßen verbeugte er sich, er fiel, dann lag er tot da.

Jael. Von Kopf bis Fuß sauber und zufrieden. Boss pumpt sein Leben in den Teppich. Alles geht seltsamerweise sehr geräuschlos vor sich. Die drei Jots sind in einem schrecklichen Zustand, dicht zusammengedrängt stehen sie da und beobachten das Ganze. Ich kann nicht in ihren verborgenen Gesichtern lesen. Wird Natalie hereinkommen? Wird sie ohnmächtig werden? Wird sie sagen: »Ich bin froh, dass ich den alten Schweinehund endlich los bin«? Wer wird sie jetzt besitzen? »Los, kommt schon«, flüsterte ich den drei Jots zu und scheuchte sie brummend und summend zur Tür. Das Zeug sang noch immer in meinem Blut. So ein Schwachsinn. Dieser Wahnsinn. Ich liebe es, ich liebe es. »Weiter!«, sagte ich und stieß sie durch die Tür auf den Korridor, hinaus und in den Aufzug hinein, vorbei an den Fischen in den Aquariumwänden, böse, geschmeidige Mantarochen und sechs Fuß lange

Barsche. Arme Fische! Nichts zu tun heute, gottverdammt, aber wenn sie einmal so weit sind, kann man nichts mehr mit ihnen anfangen. Man muss sie sowieso töten, könnte genauso gut Spaß daran haben. Diese Nicht-Menschen sind unerträglich, absolut unerträglich. Jeannie ist ruhig. Joanna schämt sich meiner. Janet weint. Aber was glauben Sie, wie ich das Monat für Monat aushalten soll? Wie soll ich das Jahr für Jahr ertragen? Woche um Woche? Zwanzig Jahre lang? Leise männliche Stimme: Sie Hatte Ihre Regel. Perfekte Erklärung! Hormonelle Schwankungen machen sie rasend. Seine geisterhafte Stimme: »Du hast es getan, weil du deine Periode hattest. Böses Mädchen.« Oh, hüte dich vor unsauberen Gefäßen, die diese schmiiiiierige Monatsregel haben Und Die Nicht Spielen Wollen! Ich schob die Jots in Boss-Manns Wagen – Anna war schon längst verschwunden. Ich öffnete das Schloss mit einem Dietrich aus der unsichtbaren Tasche meines unsichtbaren Anzugs, startete den Wagen und fuhr los. Sobald wir auf dem Highway sind, schalte ich auf Automatik um. Die Papiere des Boss-Manns werden uns bis zur Grenze bringen. Von dort an ist es ein Kinderspiel.

»Seid ihr in Ordnung?«, fragte ich die Jots und lachte, lachte, lachte. Ich bin immer noch betrunken. In verschiedenen musikalischen Tonarten sagten sie Ja. Die Stimme der Starken ist etwas höher als die der Schwachen (die sich für einen Alt hält), und die der Kleinen ist von allen die höchste. Ja, ja, sagen sie angstvoll. Ja, ja, ja.

»Jetzt habe ich meinen Vertrag nicht unterschrieben bekommen«, sagte ich und schob die Attrappenzähne über diejenigen aus Stahl. »Verdammt, verdammt, verdammt!« (Fahren Sie nicht unter Adrenalineinfluss, sonst bauen Sie wahrscheinlich einen Unfall.)

»Wann lässt die Wirkung nach?« Das war Die Starke: kluges Mädchen. »In einer Stunde, einer halben Stunde«, antworte ich. »Wenn wir nach Hause kommen.«

»Nach Hause?« (kam es von hinten).

»Ja. Zu mir nach Hause.« Jedes Mal wenn ich das tue, verbrenne ich ein bisschen Leben. Ich verkürze meine Zeit. Jetzt bin ich im Stadium der Überschwänglichkeit, deshalb beiße ich mir auf die Lippen, um ruhig zu bleiben.

Nach langem Schweigen fragt die Schwache: »War das nötig?«

Noch immer verletzt, noch immer in der Lage, von ihnen verletzt zu werden! Verblüffend. Man sollte meinen, mein Fell würde dicker, aber dem ist nicht so. Im Rücken sind wir alle noch sehr empfindlich. Während wir langsam, ganz langsam Macht, Geld und Rohstoffe in unsere Hände bekommen, spüren wir den Stiefel noch immer im Genick. Während sie Kriegsspiele spielen. Ich schaltete den Wagen auf Automatik und lehnte mich zurück. Die Reaktion ließ mich frösteln. Mein Puls wird ruhiger. Der Atem langsamer.

War das nötig? (Niemand sagt das.) Du hättest ihn abturnen können – vielleicht. Du hättest die ganze Nacht dort sitzen können. Du hättest nicken und ihn bis zum Morgengrauen anhimmeln können. Du hättest ihn seine schlechte Laune austoben lassen können, du hättest unter ihm liegen können – welchen Unterschied hätte das schon für dich gemacht? Bis zum nächsten Morgen hättest du es vergessen.

Du hättest diesen armen Mann sogar glücklich machen können.

Auf meiner eigenen Seite gibt es die Ausrede, wir seien viel zu kultiviert, um uns darüber Gedanken zu machen, zu mitleidsvoll für die Rache – das ist Bullshit, sage ich den Idealistinnen. »Die Zeit bei den Männern hat dich verändert«, sagen sie.

Jahrein, jahraus muss man das fressen.

»Sag mal, war das nötig?«, fragt eine der Jots und konfrontiert mich so mit dem ernsthaften Bedürfnis des weiblichen Geschlechts, ewig nach Liebe zu suchen, den äonenlangen Anstrengungen, die Wunden der kranken Seele zu heilen, dem unbegrenzten, sorgenden Mitleid der weiblichen Heiligen.

Eine allzu vertraulicher Ton! Über der Wüstenlandschaft zieht der Morgen herauf und erweckt die Felsen und Kiesel zum Leben, die vor langer Zeit von Bomben zermalmt wurden. Der

Morgen vergoldet mit seinen bleichen Möglichkeiten sogar die Verrückte Gebärmutter, das Nüsse knackende Luder, die mit Reißzähnen bewehrte Killerlady.

»Es ist mir scheißegal, ob es nötig war oder nicht«, sagte ich.

»Es hat mir Spaß gemacht.«

ף

Man braucht vier Stunden, um den Atlantik zu überqueren, drei, um einen anderen Breitengrad zu erreichen. An einem Herbstmorgen in Vermont wachen wir in der Glaskanzel auf, während sich überall um uns herum Ahorn und Zuckerahorn aus dem Nebel schälen. Nur dieser Teil der Welt kann solche Farben hervorbringen. Eiligen Schrittes rascheln wir durch nasse Feuer. Auch elektrische Fahrzeuge sind leise, wir hörten das Wasser von den Blättern tröpfeln. Als das Haus, mein altes, rundes Dauerlutscher-Haus, uns sah, leuchtete es von unten bis oben auf, und während wir näher kamen, ließ es das *Zweite Brandenburgische Konzert* durch die schwarzen, nassen Baumstämme und feurigen Blätter ertönen. Eine feinfühlige Aufmerksamkeit, die ich mir und meinen Gästen von Zeit zu Zeit gönne. Glasklar scholl es durch den nassen Wald – ich bevorzuge die unirdische Reinheit elektronischer Anlagen. Man nähert sich dem Haus von der Seite und sieht es fast abgeflacht auf seinem Zentralpfeiler ruhen. In Wirklichkeit ist es nur leicht konvex – es setzt sich nicht auf Hühnerbeinen nieder wie Baba Jagas Hütte, sondern lässt ein breites, spiralförmiges Metallnetz wie eine Zunge von oben herabschlängeln (so ähnlich sieht es jedenfalls aus, wenn es in Wirklichkeit auch nur eine Wendeltreppe ist). Drinnen ist man immer nur einen Korridor von Hauptraum entfernt. Es hat keinen Sinn, Wärme zu vergeuden.

Davy war dort. Der schönste Mann auf der ganzen Welt. Unser Näherkommen hatte ihm Zeit gegeben, uns Drinks zu machen, welche die Jots nun von seinem Tablett nahmen. Sie starrten ihn an, aber er wurde nicht verlegen. Dann setzte er sich sehr unkellnerhaft zu meinen Füßen nieder, schlag die Arme um die Knie und lachte an den richtigen Stellen der Konversation (seinen Einsatz liest er immer an meinem Gesicht ab).

Der Hauptraum ist mit gelbem Holz vertäfelt, mit einem Teppich ausgelegt, auf dem man schlafen kann (braun), und hat eine breite verglaste Veranda, von der aus wir fünf Monate im Jahr die Blizzards vorbeiheulen sehen. Ich liebe sichtbares Wetter. Es ist so warm, dass Davy die meiste Zeit nackt herumgehen kann. Mein Jüngling aus Eis in einer Wolke gold'nen Haars und nackter Haut ist ein idealer Bestandteil meiner Einrichtung, wenn er auf dem Teppich sitzt, mit dem Rücken an einen rotbraunen oder zinnoberroten Sessel gelehnt (wir ahmen hier den Herbst nach), seine unergründlich tiefen blauen Augen auf den Wintersonnenuntergang draußen gerichtet, sein Haar zu Asche geworden, die Rücken- und Beinmuskeln leicht zitternd. Im Haus hängen seltsame Dinge von der Decke: gefundene Objekte, Mobiles, Dosenöffner, rote Bälle, Büschel wilden Grases, und Davy spielt mit ihnen.

Ich führte die Jots umher: die Bücher, das Mikrofilm-Lesegerät in der Bibliothek, die mit unserer meilenweit entfernten Regionalbibliothek vernetzt ist, die geräumigen Wandschränke, die verschiedenen Treppen, die aus Glasfiber gegossenen und aus zwei Teilen zusammengesetzten Badezimmer, die in den Wänden der Gästezimmer untergebrachten Matratzen und das Treibhaus (nahe dem Zentralkern, um die Hitze auszunutzen), wo Davy dazukommt und Verwunderung vorgibt, als er das Licht auf meine Orchideen scheinen sieht, auf meine Zwergpalmen, meine Bougainvillea, auf die ganze kleine Unordnung tropischer Pflanzen. Ich habe sogar ein Extratreibhaus für Kakteen. Draußen gibt es noch mehr Pflanzen, je nach Jahreszeit kann man dort Lorbeerbäume, ein verworrenes Rhododendronlabyrinth oder verstreute Iris finden, die wie eine teure und antike Kreuzung zwischen Insekten und Reizwäsche aussehen – doch diese liegen jetzt unter dem Schnee. Ich besitze sogar einen Elektrozaun, den ich von meinem Vorgänger geerbt habe. Er schließt das ganze Grundstück ein, um das Wild abzuhalten, und gelegentlich tötet er die Bäume, die das milde Klima um das Haus für ein freundliches Versprechen halten.

Ich lasse die Jots einen Blick in die Küche werfen, die eigentlich ein Sessel mit Kontrollinstrumenten wie in einer 707 ist und nicht der Ort, an dem ich meine Geräte aufbewahre und von dem aus ich Zugang zum Zentralkern habe, wenn das Haus eine Magenverstimmung hat. Das ist eine schmutzige Angelegenheit, und man muss wissen, wie man die Sache angeht. Ich zeigte ihnen den Bildschirm, über den ich mit meinen Nachbarn vernetzt bin, von denen der nächste zehn Meilen entfernt wohnt, das Telefon, meine Langstreckenverbindungslinie und die Anlage, in der meine Musik steckt.

Jeannine sagte, sie möge ihren Drink nicht, er sei nicht süß genug. Also ließ ich Davy einen anderen für sie mixen.

Möchtest du zu Abend essen? (Sie wurde rot.)

Meinen Palast und meine Gärten (erzählte ich) erwarb ich erst spät in meinem Leben, als ich reich und einflussreich geworden war. Davor lebte ich in einer der unterirdischen Städte unter dem verfluchtesten Haufen von Nachbarn, den man sich vorstellen kann. Sentimentale Arkadenkommunen – Untergrund, allerdings! –, deren Stimmen immer zur falschen Tages- und Nachtzeit durch die Abwasserrohre zogen, schrille Liebes- und Freudenbekundigungen immer dann, wenn ich schlafen wollte, protziges Erschaudern, wann immer ich im Korridor erschien, weinerliches Zurückweichen, um sich wie kleine Kätzchen zusammenzudrängen, sich ihrer eigenen Unschuld bewusst, die klaren jungen Stimmen in Glückseligkeit zum Gemeinschaftslied erhoben. Sie kennen das ja: »Aber wir hatten *Spaß!*«, mit leiser, verwunderter, hochgradig vorwurfsvoller Stimme, während sie sanft, aber bestimmt die Tür auf deinen Daumen presst, als sie sie schließt. Sie dachten, ich sei das Ultimative Böse. Sie ließen es mich wissen. Sie sind von der Sorte, die die Männer durch Liebe überwinden wollen. Es gibt ein Spiel namens Pussycat, das den Spielenden großes Vergnügen bereitet. Es geht so:

Miaauu, ich bin tot (du liegst auf dem Rücken, alle vier Pfoten in die Luft gestreckt, und stellst dich hilflos). Ein anderes heißt Heiliger Georg und der Drache, Sie wissen schon, Wer Dabei Wen Spielt. Wenn man weder das eine noch das andere mehr ertragen kann, machen Sie es so wie ich: Kommen Sie mit einem Koboldkopf als Verkleidung heulend nach Hause und jagen Sie Ihre Nachbarn durch die Flure, während sie zu Tode erschrocken kreischen (oder so ähnlich).

Dann zog ich um.

Mein erster Job bestand darin, einen Polizisten der Mannländer zu verkörpern (zehn Minuten lang). Mit ›Job‹ meine ich nicht das, was ich gestern beauftragt war zu tun, das war offen und legitim, ein ›Job‹ spielt sich mehr unter dem Tisch ab. Ich brauchte Jahre, um meine letzten Pussyhemmungen loszuwerden, um meine rudimentäre Pussy-Katzifizierung abzulegen (wie brutal auch immer), aber letztendlich gelang es mir, und nun bin ich die rosige, gesunde, eigensinnige Attentäterin, die Sie heute vor sich sehen.

Ich komme und gehe, wie es mir passt. Ich tue nur das, was ich will. Ich habe mich zu einer geistigen Unabhängigkeit durchgerungen, die damit endete, dass ich euch heute alle hierher gebracht habe. Kurzum, ich bin eine erwachsene Frau.

Ich war ein altmodisches Mädchen, das vor zweiundvierzig Jahren, in den letzten Jahren vor dem Krieg, in einer der letzten gemischten Städte geboren wurde. Manchmal fasziniert es mich, darüber nachzudenken, wie mein Leben wohl ausgesehen hätte ohne den Krieg, aber ich landete mit meiner Mutter in einem Flüchtlingslager. Es gab keine verrückt gewordenen Lesben, die Zigarettenstummel auf ihren Brüsten ausdrückten, das ist nur Gräuelpropaganda. Stattdessen wurde sie viel selbstsicherer und knallte mir eine, als ich (aus purer Neugier) ein Papierdeckchen in Stücke riss, das unser Gemeinschaftsradio zierte – diese Abkehr von früheren Praktiken freute mich insgeheim, und ich gelangte zu der Einsicht, dass es sich hier aushalten ließ. Wir wurden umquartiert, und als der Krieg sich irgendwann abkühlte, schickten sie mich zur Schule. Um '52 waren unsere Gebiete ungefähr auf die Größe zusammengeschrumpft, die sie heute noch haben, und wir waren zu weise geworden, als dass wir unser Heil in bloßem Landgewinn suchten. Ich stand jahrelang im Training – wir bedauern, was wir trotz allem einsetzen müssen! – und begann mich langsam von der Gemeinschaft zu entfernen, hin zur Spezialisierung, die (wie es heißt) dich den Affen wieder näher bringt, obwohl ich nicht einsehen kann, wie eine so überaus kunstvolle Praktik etwas anderes als durch und durch menschlich sein soll.

Mit zwölf erzählte ich einer meiner Lehrerinnen unverblümt, dass ich sehr froh sei, zur Mann-Frau gemacht zu werden, und dass ich auf jene Mädchen herabblicken würde, die nur als Frau-Frau aufwüchsen. Ich werde niemals ihr Gesicht vergessen. Sie schlug mich nicht, das ließ sie ein älteres Mädchen-Mädchen besorgen – wie ich schon sagte, ich war altmodisch. Nach und nach trägt sich das alles ab. Nicht alles, was Krallen und Zähne besitzt, ist eine Miezekatze. Im Gegenteil!

Mein erster Job (ich habe es Ihnen bereits erzählt) war die Verkörperung eines Mannländer-Polizisten. Mein letzter bestand darin, achtzehn Monate lang die Stelle eines Mannländer-Diplomaten in einem primitiven Patriarchat auf einer alternativen Erde einzunehmen. Oh ja, die Männer beherrschen die Wahrscheinlichkeitsreise auch, oder besser gesagt, sie haben sie von uns. Wir erledigen die Routineoperationen für sie. So weit ist es schon gekommen mit der Korruption! Mit meinem silbernen Haar, meinen silbernen Augen und meiner künstlich gedunkelten Haut, um den Wilden noch fremdartiger zu erscheinen, wurde ich als Prinz aus einem Feenland präsentiert, und in dieser Rolle lebte ich anderthalb Jahre in einer nasskalten Steinburg mit grässlichen sanitären Anlagen und noch schlimmeren Betten. Dieser Ort hätte Ihnen die Haare zu Berge stehen lassen. Jeannine muss aufhören, so skeptisch dreinzuschauen – bitte bedenken Sie, dass manche Gesellschaften ihre Erwachsenenrollen derart stilisieren, dass eine Giraffe als Mann durchgehen könnte, besonders mit siebenundsiebzig Kleiderschichten am Leib, und eine barbarische Prüderie hält sie davon ab, sich jemals auszuziehen. Es waren unmögliche Menschen. Gewöhnlich dachte ich mir Geschichten über die Frauen aus dem Feenland aus, die ich dann zum Besten gab. Einmal tötete ich einen Mann, weil er etwas Obszönes über die Feen sagte. Denken Sie nur! Mich müssen Sie sich als besonnenen, ernsten Christen unter den Heiden vorstellen, als höflichen Zauberer unter stumpfem Kriegsvolk, als überzivilisierten Fremden (wahrscheinlich ein Dämon, weil man ihm nachsagte, er habe keinen Bart), der mit sanfter Stimme sprach und niemals Herausforderungen annahm, der aber vor nichts unter dem Himmel zurückschreckte und einen stählernen Griff besaß. Und so weiter. Oh, diese kalten Bäder! Und die endlosen Witze, die unterstreichen sollten, dass *sie* nicht andersrum seien, bei Gott! Und die Kriegslüsternheit, das immerwährende Hänseln, das sich wie Dornen in deine Haut krallt und dich so sehr verzweifeln lässt, dass du irgendwann bereit bist, einen Mord zu begehen. Und die ewigen Anspielungen auf Sex und die Frauen mit ihrer tragischen, bedauernswerten Verblüffung und ihrer noch schlimmeren Prahlerei, und zu guter Letzt die ewige Niederlage gegen die Furcht, das konstante Abladen beängstigender Schwächen auf andere (und folgerichtig deren blinde Wut), als ob Furcht und Schwäche nicht die besten Führer wären, die wir Menschen jemals hatten! Oh, es war prächtig! Als sie herausfanden, dass kein Ritter im Männerhaus Hand an mich legen konnte, baten sie mich auf Knien um Unterricht. So ließ ich die Hälfte der Krieger aus der Methalle die Grundschritte des Balletts üben, während sie glaubten, Jiu-Jitsu zu lernen. Möglicherweise tun sie das immer noch. Sie kamen ganz schön ins Schwitzen, und jetzt tragen sie meinen Stempel, klar und deutlich zu erkennen für das ganze verdammte Universum und jeden Mannländer, der dort jemals wieder auftaucht.

Eine Barbarenfrau verliebte sich in mich. Es ist schrecklich, die Unterwürfigkeit in den Augen eines anderen Menschen zu sehen, diesen Heiligenschein zu spüren, den sie um dich legt, und aus eigener Erfahrung das Wesen jener begierigen Ehrerbietung zu kennen, die Männer so oft als Bewunderung auslegen. *Bestätige mich!*, schrie sie. *Rechtfertige mich! Erhebe mich! Rette mich vor den anderen!* (»Ich bin seine Frau«, sagt sie und dreht den mystischen Ring an ihrem Finger immerfort herum, »ich bin *seine* Frau.«) Also habe ich irgendwo eine Art Witwe. Ich redete in vernünftigem Ton mit ihr, so wie es kein Mann zuvor getan hatte, denke ich. Ich versuchte sie mit zurückzubringen, bekam aber keine Erlaubnis. Irgendwo dort draußen ist eine rosige und eigensinnige Mörderin, so wie ich. Wenn wir nur zu ihr gelangen könnten.

Möge sie uns alle erretten!

Einmal rettete ich dem König das Leben, indem ich eine hübsche kleine Baumnymphe, die jemand aus den südlichen Ländern mitgebracht hatte, um Seine Majestät zu töten, auf der königlichen Tafel festnagelte. Das half mir ein gutes Stück weiter. Diese primitiven Krieger sind tapfere Männer – das heißt, sie sind Sklaven der Angst vor der Angst –, aber es gibt einige Dinge, von denen sie glauben, dass jeder mit erbärmlichem Schrecken davonlaufen müsste, als da wären Schlangen, Geister, Erdbeben, Krankheiten, Gespenster, Magie, Geburt, Menstruation, Hexen, böse Geister, Alpträume, Dämoninnen, Sonnenfinsternis, Lesen, Schreiben, gute Manieren, syllogistische Beweisführungen und was wir allgemein die weniger vertrauten Phänomene des Lebens nennen. Die Tatsache, dass ich keine Angst davor hatte, mit einer Gabel (ein Stück feenländisches Kunsthandwerk, das ich zum Essen von Fleisch mitgebracht hatte) eine Giftschlange auf einem hölzernen Tisch festzunageln, hob mein Prestige ungeheuer. Oh ja, falls sie mich gebissen hätte, wäre ich tot gewesen. Aber so schnell sind sie nun auch wieder nicht. Stellen Sie sich mich in Steppdecken und Reifröcken vor – nicht wie eine viktorianische Lady, wie ein Spieler in Kabuki –, wie ich inmitten allgemeinen Jubels das arme kleine Ding mit seinem gebrochenen Rückgrat hochhalte. Stellen Sie sich vor, ich sitze auf einem rabenschwarzen Streitross, und mein schwarz-silberner Umhang flattert im

Wind unter einem Wappenbanner, das gekreuzte Gabeln auf einem Gelege von Reptilieneiern zeigt. Stellen Sie sich vor, was immer Ihnen gefällt. Wenn Sie wollen, stellen Sie sich vor, wie schwer es ist, trotz ständiger Beleidigungen ruhig zu bleiben, oder stellen Sie sich vor, wie besonders reizvoll es ist, mit einem großen, schönen, gefährlichen Blondschopf Stierkampf zu spielen, der jede Chance beim Schopf ergreift und den man einrollen und wieder auswickeln kann, als würde man alle seine Kontrollknöpfe kennen, was auch tatsächlich der Fall ist. Stellen Sie sich vor, wie ich dem König Woche für Woche schlechte Ratschläge erteile: bescheiden, strategisch und erfolgreich. Stellen Sie sich vor, wie Sie Ihren damenhaften Fuß auf den breiten, toten Nacken eines menschlichen Dinosauriers setzen, der Sie monatelang belästigt und schließlich zu töten versucht hat. Da liegt sie, diese fette fleischliche Blume, endlich vom Chaos und der Alten Nacht gepflückt, ausgerissen und im Staub zerquetscht, ein dicker, welker Haufen, ein Nichts, ein Ding, ein Tier, eine Kreatur, die endlich von ihrem hohen Ross gerissen wurde in die Wahrheit ihres organischen Seins – *und Sie haben es getan.*

Ich habe mir eine kostbare Erinnerung an diese Zeit bewahrt: den Gesichtsausdruck meines loyalsten Dieners, als ich ihm mein Geschlecht offenbarte. Diesen Mann hatte ich ohne sein Wissen beinahe verführt – leichte Berührungen an Arm, Schulter und Knie, eine ruhige Ausstrahlung, ein gewisser Ausdruck in den Augen – nichts so großartig Bewegendes, dass er denken könnte, es ginge von mir aus. Er nahm an, es läge alles an ihm. Diese Rolle liebe ich. Sein erster Impuls war natürlich, mich zu hassen, mich zu bekämpfen, mich zu verjagen – aber ich tat ja überhaupt nichts, oder? Ich hatte ihm gegenüber keine Annäherung gemacht, oder? Was war nur mit seinem Verstand los? Eine bemitleidenswerte Verwirrung! Also wurde ich noch netter. Er wurde wütender und fühlte sich natürlich schuldiger und verabscheute schon meinen bloßen Anblick, weil ich ihn dazu gebracht hatte, an seinem eigenen Verstand zu zweifeln. Schließlich forderte er mich heraus, und ich machte einen treu ergebenen Hund aus ihm, indem ich ihn auf der Stelle zusammenschlug. Ich trat diesen Mann so verdammt hart, dass ich es selbst nicht ertragen konnte und ihm erklären musste, dass die unnatürliche Lust, die er zu verspüren glaubte, in Wirklichkeit nichts anderes als eine Art religiöser Verehrung sei. Da wollte er nur noch friedlich am Boden liegen und meine Stiefel küssen.

Am Tag meines Aufbruchs stieg ich mit einigen Freunden die Hügel hinauf, denn in einer Feenland-›Zeremonie‹ sollte ich nun fortgetragen werden. Als die Leute von der Dienststelle durchgaben, sie seien nun so weit, schickte ich die anderen fort und erzählte ihm die Wahrheit. Ich legte meine ritterliche Tracht ab (kein fieser Trick, wenn man bedenkt, was diese Idioten alles am Leib tragen) und zeigte ihm die Zeichen Evas. Für einen Moment konnte ich die Welt dieses stinkenden Bastards zusammenbrechen sehen. Einen Augenblick lang *wusste er alles.* Dann, bei Gott, wurden seine Augen noch feuchter und unterwürfiger. Er sank auf die Knie, hob fromm seinen Blick empor und rief in begeisterter Verzückung aus – die Menschheit flickt ihre Zäune –

Wenn die Frauen aus dem Feenland dergestalt sind, wie müssen dann erst die MÄNNER sein!

Einer Ihrer kleinen Scherze. O Gott, einer Ihrer schlechtesten Scherze.

Wenn du eine Attentäterin sein willst, sei dir bewusst, dass du allen Herausforderungen aus dem Weg gehen musst. Angeberei ist nicht dein Job.

Wirst du beleidigt, lächle sanftmütig. Verlasse nicht die Deckung.

Habe Angst. Das sind Informationen über die Welt.

Du bist wertvoll. Motiviere dich selbst.

Wähle den leichtesten Ausweg, wann immer es möglich ist. Widerstehe der Neugier, dem Stolz und der Versuchung, Grenzen zu missachten. Du bist nicht deine eigene Frau und du bist dazu geschaffen, lange durchzuhalten.

Schwelge im Hass. Dein Handeln muss aus dem Herzen kommen.

Bete oft. Wie kannst du sonst mit Gott streiten?

Erscheint Ihnen dies wie scherzvolle Askese? Wenn nicht, sind Sie wie ich: Sie können Ihr Innerstes nach außen kehren, Sie können tagelang auf dem Kopf leben. Ich bin die gehorsamste, schamloseste Dienerin der Herrin, seit die Hunnen Rom eingesackt haben – nur so zum Spaß. Alles bis zu seinem logischen Ende geführt, ist Offenbarung, wie Blake sagt, Der Pfad der Ausschweifung führt zum Palast der Weisheit, zu dem Ort, wo sich alle Dinge hoch oben treffen, untragbar hoch oben, jener geistige Erfolg, der dich in dich selbst hineinführt, im Hinblick auf die Ewigkeit, wo du beweglich und schön bist, wo du ewig im Hinblick auf Alles handelst und wo du – indem du das Einzig Wahre tust – nichts irrtümlicherweise oder halbherzig tun kannst.

Um es einfach auszudrücken: Das sind die Zeiten, in denen ich am meisten ich selbst bin.

Manchmal habe ich Gewissensbisse. Es tut mir Leid, dass die Ausübung meiner Kunst für andere Leute so unangenehme Konsequenzen mit sich bringt, ja wirklich! Hass ist eine Materie wie andere auch. Wenn Sie wollen, dass ich etwas anderes Nützliches tue, dann zeigen Sie mir lieber, was dieses andere Etwas sein soll. Manchmal gehe ich in eine unserer Städte und mache kleine Einkaufsbummel in den dortigen Museen. Ich sehe mir Bilder an, ich miete Hotelzimmer und nehme lange, heiße Bäder, ich trinke viel Limonade. Aber die Geschichte meines Lebens ist die Geschichte meiner Arbeit, langsame, ausdauernde, verantwortungsvolle Arbeit. Meine erste Trainingspartnerin fesselte ich mit wütenden Knoten, so wie Brynhild ihren Gatten mit ihrem Hüftgürtel band und an die Wand hängte, aber abgesehen davon habe ich nie einer anderen Frauländerin weh getan. Wenn ich tödliche Kampftechniken trainieren wollte, nahm ich mir den Schulungsroboter vor. Auch habe ich keine Liebesaffären mit anderen Frauen. In manchen Dingen bin ich eben, wie ich schon sagte, ein altmodisches Mädchen.

Die Kunst, verstehen Sie, steckt in Wahrheit im Kopf, wie sehr ich auch meinen Körper trainiere.

Was bedeutet das alles? Dass ich Ihre Gastgeberin, Ihre Freundin, Ihre Verbündete bin. Dass wir alle im selben Boot sitzen. Dass ich die Enkelin von Madam Ursache bin. Meine Großtanten sind Mistress Handlewiemandichbehandelnwürde und ihre langsamere Schwester, Mistress Lassdichbehandelnwiedugehandelthast. Was meine Mutter angeht, so war sie eine gewöhnliche – das heißt, sehr hilflose – Frau, und da mein Vater bloßer Anschein war (und demzufolge überhaupt nichts), brauchen wir uns um ihn keine Sorgen zu machen.

Alles, was ich tue, tue ich aus *einem Grund*, das heißt, aus einem *Anlass*, also aus einer Notwendigkeit heraus, wohl oder übel, unvermeidbar, wegen des *Getriebes*, das mir von meiner Großmutter Kausalität auferlegt wurde.

Und weil mich die hysterische Stärke genauso anstrengt, wie es Sie anstrengt, die ganze Nacht aufzubleiben, gehe ich jetzt schlafen.

10

Im Schlaf hatte ich einen Traum, und dieser Traum war ein Traum voller Schuld. Es war keine menschliche Schuld, sondern eine Art hilfloser, hoffnungsloser Verzweiflung, wie sie von einer kleinen hölzernen Dose oder einem Würfel empfunden würde, wenn solche Dinge ein Bewusstsein hätten. Es war die Schuld bloßer Existenz.

Es war die geheime Schuld der Krankheit, des Versagens, der Hässlichkeit (viel schlimmere Dinge als Mord). Es war das Merkmal meines Daseins, wie die Grünheit des Grases. Es war *in* mir. Es war *auf* mir. Wenn es das Resultat irgendeiner meiner Handlungen gewesen wäre, ich hätte mich weniger schuldig gefühlt.

In meinem Traum war ich elf Jahre alt.

Nun, in diesen elf Jahren meines gewöhnlichen Lebens hatte ich schon viele Dinge gelernt, unter anderem auch, was es heißt, wegen Vergewaltigung verurteilt zu werden – ich meine nicht den Mann, der sie begangen hat, ich meine die Frau, der es angetan wurde. Vergewaltigung ist eines der christlichen Rätsel. Sie ruft in den Köpfen der Leute ein schönes leuchtendes Bild hervor, und als ich heimlich dem lauschte, was öffentlich zu hören mir verboten war, wurde mir langsam bewusst, dass ich eine jener obskuren weiblichen Katastrophen wie Schwangerschaft, Krankheit und Schwäche vor mir hatte. Sie war nicht nur Opfer der Tat, sondern auf seltsame Weise auch die Übeltäterin. Irgendwie hatte sie den Blitz angezogen, der sie aus heiterem Himmel traf. Ein teuflischer Zufall – *der gar kein Zufall war* – hatte uns allen ihre wahre Natur enthüllt. Ihre geheime Unzulänglichkeit, ihre erbärmliche Schuldhaftigkeit, die sie siebzehn Jahre lang vor uns versteckt hatte, die sich nun vor aller Augen manifestierte. Ihre geheime Schuld war:

Sie war Fotze.

Sie hatte etwas ›verloren‹.

Nun, die andere Partei bei diesem Vorfall hatte ebenfalls ihre wahre Natur offenbart: Er war Schwanz – aber Schwanz zu sein ist keine schlechte Sache. Im Gegenteil, er hatte sich mit etwas ›davongemacht‹ (wahrscheinlich mit dem, was sie ›verloren‹ hatte).

Und hier war ich und lauschte mit meinen elf Jahren:

Sie war spät nachts noch unterwegs.

Sie war in der falschen Gegend der Stadt.

Ihr Rock war zu kurz, das hat ihn provoziert.

Es hat ihr gefallen, als er ihr ein blaues Auge verpasste und ihren Kopf gegen die Bordsteinkante schmetterte.

Ich verstand das vollkommen. (So reflektierte ich in meinem Traum, im Dasein als Augenpaar in einer kleinen Holzdose, die für immer auf einer grauen, geometrischen Ebene festgemacht war – so dachte ich jedenfalls.) Auch ich hatte mich schuldig für das gefühlt, was mir angetan worden war, wenn ich vom Spielplatz heulend nach Hause rannte, weil mich größere, brutale Kinder verhauen hatten.

Ich war schmutzig.

Ich weinte.

Ich verlangte Trost.

Ich war unbequem.

Ich löste mich nicht in Luft auf.

Und wenn das keine Schuldgefühle sind, was sind es dann? In meinem Alptraum sah ich völlig klar. Ich wusste, es war nicht falsch, ein Mädchen zu sein, denn meine Mami sagte es mir. Fotzen waren in Ordnung, wenn sie eine nach der anderen neutralisiert wurden, indem man sie an einem Mann festhakte, aber diese orthodoxe Übereinkunft erlöst sie nur zum Teil, und jede biologische Besitzerin einer solchen kennt nur zu genau die radikale Minderwertigkeit, die nur ein anderer Name für die Erbsünde ist.

Schwangerschaft zum Beispiel (sagt die Dose), nimm einmal Schwangerschaft. Das ist eine Katastrophe, aber wir freuen uns viel zu sehr, um der Frau die Schuld für ihr absolut natürliches Verhalten zu geben, nicht wahr? Nur alles schön geheim halten und seinen Gang gehen lassen – und dreimal dürfen Sie raten, welchem Partner die Schwangerschaft zukommt.

Wenn du als altmodisches Mädchen aufwächst, erinnerst du dich immer wieder an diese heimelige Gemütlichkeit: Daddy wird fuchsteufelswild, aber Mami seufzt nur. Wenn Daddy sagt: »Um Himmels willen, könnt ihr Frauen nicht einmal an etwas denken, ohne daran erinnert zu werden?«, stellt er ebenso wenig eine wirkliche Frage, wie er der Lampe oder dem Papierkorb eine Frage stellen würde. In meiner Dose zwinkerte ich mit meinen Silberaugen. Wenn man über eine Lampe stolpert und diese Lampe verflucht und dann plötzlich merkt, dass sich in der Lampe (oder in der Dose oder dem Mädchen oder dem Nippesfigürchen) ein Augenpaar befindet, das dich beobachtet, und *wenn dieses Augenpaar das gar nicht lustig findet* – was dann?

Mami schrie niemals: »Ich hasse dich wie die Pest!« Sie nahm sich zusammen und vermied eine Szene. Das war ihr Job.

Seither habe ich es für sie getan.

An dieser Stelle möchten einfältige Lesende vielleicht einhaken (ein bisschen spät) und behaupten, meine Schuld sei eine Blutschuld, weil ich so viele Männer getötet habe. Ich schätze, dagegen ist wohl nichts zu machen. Aber alle, die glauben, ich fühlte mich wegen der begangenen Morde schuldig, sind Verdammte Närrinnen und Narren, und zwar im vollen biblischen Sinn dieser beiden Wörter. Diejenigen können sich genauso gut gleich selbst umbringen und mir die Arbeit ersparen, ganz besonders wenn es sich um Männer handelt. Ich bin nicht schuldig, weil ich gemordet habe.

Ich habe gemordet, weil ich schuldig war.
Mord ist mein einziger Ausweg.

Jeder vergossene Blutstropfen wurde vergolten, mit jeder ehrlichen Spiegelung in den Augen eines sterbenden Mannes gewinne ich ein Stückchen meiner Seele zurück, jeder letzte Augenblick schrecklichen Erkennens bringt mich ein bisschen weiter ins Licht. Verstehen Sie? *Ich bin es!*

Ich bin die Kraft, die Ihnen die Eingeweide herausreißt, ich, ich, ich, der Hass, der Ihnen den Arm umdreht, ich, ich, ich, die Wut, die Ihnen eine Kugel in den Bauch jagt. Ich bin es, die diesen Schmerz verursacht, nicht Sie. Ich bin es, die Ihnen das antut, nicht Sie. Ich bin es, die morgen noch am Leben sein wird, nicht Sie. Wissen Sie das? Können Sie das glauben? Begreifen Sie das? Ich bin es, deren Existenz Sie nicht anerkennen.

Schauen Sie her! *Sehen* Sie mich?

Ich, ich, ich. Wiederhole es wie einen Zauberspruch. Das bin ich nicht. Ich bin nicht das. Luther ruft im Chor wie ein Besessener aus: NON SUM, NON SUM, NON SUM! Dies ist die Kehrseite meiner Welt.

Natürlich wollen Sie nicht, dass ich dumm bin, Sie wollen sich nur ihrer eigenen Intelligenz versichern. Sie wollen nicht, dass ich Selbstmord begehe, Sie wollen nur, dass ich mir meiner Abhängigkeit dankbar bewusst bin. Sie wollen nicht, dass ich mich selbst verachte, Sie wollen sich nur des schmeichelnden Respekts versichern, den Sie als spontanen Tribut an ihre natürlichen Qualitäten auffassen. Sie wollen nicht, dass ich meine Seele verliere, Sie wollen nur, was jeder will, dass die Dinge Ihren Weg gehen.

Sie wollen eine treu ergebene Gefährtin, eine sich selbst aufopfernde Mutter, eine geile Fickmaus, eine bezaubernde Tochter, Frauen zum Anschauen, Frauen zum Auslachen, Frauen zum Trostsuchen, Frauen, die Ihre Fußböden wischen und für Sie einkaufen und Ihnen Ihr Essen kochen und Ihnen Ihre Kinder vom Hals halten, die arbeiten, wenn Sie das Geld brauchen und zu Hause bleiben, wenn Sie es nicht nötig haben, Frauen, die Gegnerinnen sind, wenn Sie einen guten Kampf wollen, Frauen, die sexy sind, wenn Sie einen guten Fick brauchen, Frauen, die sich nicht beklagen, Frauen, die nicht nörgeln oder drängeln, Frauen, die Sie nicht wirklich hassen, Frauen, die ihren Job kennen und vor allem – Frauen, die verlieren. Um all dem die Krone aufzusetzen, verlangen Sie ernsthaft von mir, dass ich glücklich bin. Und Sie sind auf naive Weise erstaunt, dass ich so unglücklich bin und in dieser besten aller möglichen Welten so voller Gift stecke. Was kann denn nur los sein mit mir? Doch dieser Ton ist mehr als nur ein bisschen abgegriffen.

Wie einst meine Mutter sagte: Die Jungen werfen im Übermut Steine nach den Fröschen.

Aber die Frösche sterben im Ernst.

11

Ich mag keine didaktischen Alpträume. Sie bringen mich zum Schwitzen. Ich brauche fünfzehn Minuten, um aufzuhören eine Holzdose mit Seele zu sein und zu meiner menschlichen Leibeigenschaft zurückzukehren.

Davy schläft nebenan. Von den blauäugigen Blondschöpfen haben Sie schon gehört, nicht wahr? Barfuß schlüpfte ich in sein Zimmer und betrachtete ihn, wie er zusammengerollt im Schlaf dalag, ohne Bewusstsein, und die goldenen Schleier seiner Wimpern Schatten auf seine Wangen warfen. Einen Arm hatte er in den Lichtstreifen gestreckt, der vom Flur her auf ihn fiel. Es braucht schon einiges, um ihn aufzuwecken (man kann fast auf

Davy draufklettern, wenn er schläft), doch ich fühlte mich zu zittrig, um sofort loszulegen. Ich hockte mich neben die Matratze, auf der er schläft, und fuhr mit den Fingerspitzen die Umrisse entlang, die das Haar auf seiner Brust bildet: Oben, oberhalb der Muskeln, ganz breit, dann zum weichen Bauch hin (der sich im Rhythmus seiner Atemzüge hob und senkte) immer schmaler werdend, die schmale Linie unterhalb des Nabels, und dann diese plötzliche drahtige Urwüchsigkeit seines Schamhaars, in dem seine Genitalien wie eine Rosenknospe sanft eingebettet lagen.

Wie ich schon sagte, ich bin ein altmodisches Mädchen.

Ich liebkoste sein trockenes, samtiges Organ, bis es sich in meiner Hand regte. Dann strich ich mit den Fingernägeln leicht an seinen Seiten entlang, um ihn aufzuwecken. Ich wiederholte das Ganze, ebenfalls sehr sanft, an den Innenseiten seiner Arme.

Er öffnete die Augen und lächelte mich verträumt an.

Es ist sehr angenehm, an Davys Haaransatz im Nacken mit der Zunge entlangzufahren oder sich in die Höhlungen seines muskulösen, durchtrainierten Schwimmer-Körpers zu kuscheln: die Armbeugen, die Unterarme, die Stelle, wo der Rücken sich unterhalb der Rippen verjüngt, die Kniekehlen. Ein nackter Mann ist ein Kreuz, ein kunstvolles Zusammenspiel verletzlichen, empfindlichen Fleisches, wie die Blüte einer Bananenstaude. Dies ist der Ort, der mir so viel Freude bereitet hat.

Ich gab ihm einen sanften Schubs, und er zitterte leicht, als er die Beine nebeneinander legte und die Arme flach ausbreitete. Mit dem Zeigefinger malte ich eine flüchtige weiße Linie auf seinen Hals. Klein-Davy war mittlerweile halb gefüllt, an diesem Punkt möchte Davy, dass ich mich über ihn knie. Ich gehorchte, setzte mich auf seine Schenkel, beugte mich über seinen Körper, ohne ihn zu berühren, und küsste ihn immer wieder auf Mund, Hals, Gesicht und Schultern. Er ist sehr, sehr aufregend. Er ist sehr schön, mein klassisches mesomorphes Monsterschätzchen. Während ich einen Arm unter seine Schultern legte, um ihn emporzuheben, rieb ich ihm meine Brustwarzen über den Mund, erst eine, dann die andere, was uns beiden sehr viel Spaß bereitet, und als er sich an meinen Oberarmen festhielt und den Kopf nach hinten fallen ließ, zog ich ihn an mich, knetete seine Rückenmuskeln, knetete seinen Hintern und sank langsam mit ihm auf die Matratze zurück. Klein-Davy ist jetzt prall gefüllt.

So wunderschön: Davy hat den Kopf zur Seite geworfen, die Augen geschlossen. Seine kräftigen Finger ballten sich zu Fäusten und lösten sich wieder. Er dehnte seinen Rücken zu einem Bogen, da seine Schläfrigkeit ihn ein wenig zu schnell für mich macht. Deshalb presste ich Klein-Davy zwischen Daumen und Zeigefinger zusammen, gerade stark genug, um ihm ein wenig Tempo zu nehmen, und dann, als ich so weit war, begann ich ihn spielerisch zu besteigen, rieb seine Spitze ein wenig und knabberte sanft an seinem Hals. Er atmete schwer in mein Ohr, seine Finger schlossen sich konvulsivisch um meine.

Ich spielte noch ein wenig mit ihm, quälte ihn, dann schluckte ich ihn wie den Kern einer Wassermelone – er fühlt sich so gut an in mir! Davy stöhnend mit der Zunge in meinem Mund, sein blauer Blick zerbrochen, sein ganzer Körper unkontrolliert emporgewölbt, alle Sinne auf die eine Stelle konzentriert, wo ich ihn hielt.

Ich mache das nicht oft, aber diesmal brachte ich ihn zum Höhepunkt, indem ich einen Finger in seinen Anus gleiten ließ: Konvulsionen, Feuer, wortlose Schreie, als das Gefühl aus ihm hervorströmte. Wenn ich ihm mehr Zeit gelassen hätte, wäre ich mit ihm zusammen gekommen, aber nach seinem Orgasmus ist er noch eine ganze Weile steif, und ich ziehe das vor. Ich mag das Beben und die Härte danach, ganz zu schweigen von der größeren Gleitfähigkeit und Geschmeidigkeit. Zu diesem Zeitpunkt besitzt Davy eine nahezu gespenstische Anpassungsfähigkeit. Ich umfing ihn innerlich, presste mich auf ihn und genoss in diesem einen Akt seinen muskulösen Hals, das Haar unter seinen Achseln, die Knie, die Kraft seines Rückens und seines Hinterns, sein schönes Gesicht und die zarte Haut auf den Innenseiten seiner Schenkel. Ich knetete und kratzte ihn, Schluckauf in meinem ganzen Körper: kleiner, vergrabener Ständer, angeschwollene Lippen und zupackender Schließmuskel, der sich dehnende Halbmond unter dem Schambein. Und alles andere in der näheren Umgebung, kein Zweifel. Ich hatte ihn. Davy war mein. Glückselig lag ich auf ihm – ich spürte die Erleichterung bis in die Fingerspitzen, zuckte aber immer noch leicht. Es war wirklich gut gewesen. Sein Körper so warm und feucht unter mir und in mir.

12

Und blickte auf und sah ...

13

... die drei Jots ...

14

»Mein Gott! Ist *das* alles?«, sagte Janet zu Joanna.

15

Irgendetwas stört die süßeste Einsamkeit.

Ich stand auf, kitzelte ihn mit einer Kralle und gesellte mich an der Tür zu ihnen. Ich machte sie zu. »Bleib hier, Davy.« Dies ist eines der Schlüsselwörter, die das Haus ›versteht‹. Der Zentralcomputer wird nun an die Chips in Davys Gehirn eine Signalfolge übermitteln, und er wird sich gehorsam auf seiner Matratze ausstrecken. Wenn ich zum Zentralcomputer »Schlaf« sage, wird Davy schlafen. Was sonst noch passiert, habt ihr ja schon gesehen. Er ist ein hübscher Ableger des Hauses. Das ursprüngliche Protoplasma stammte von einem Schimpansen, glaube ich, aber sein Verhalten wird nicht mehr organisch kontrolliert. Es stimmt, es gibt ein paar kleinere Handlungen, die er ohne mich ausführt – er isst, scheidet aus, schläft und klettert in seine Trainingsbox hinein und wieder hinaus –, aber selbst diese Handlungen werden von einem ständig laufenden Computerprogramm gesteuert. Und ich habe natürlich Vorrang. Theoretisch ist es möglich, dass Davy (irgendwo in einem Winkel seines Großhirns versteckt) ein Bewusstsein einer Art entwickelt hat, die mit seinem aktiven Leben nichts zu tun hat – ist Davy auf seine besondere Weise vielleicht ein Dichter? –, aber ich tendiere nicht zu dieser Annahme. Sein Bewusstsein – sofern wir für dieses Gedankenspiel eines bei ihm voraussetzen wollen – ist lediglich die permanente Möglichkeit der Sinneswahrnehmung, rein intellektuelle Abstraktion, ein Nichts, eine bildhafte Zusammenstellung von Wörtern. Es ist leer an Erfahrungen, und vor allem ist es nichts, was euch oder mich zu stören braucht. Davys Seele liegt irgendwo anders. Es ist eine äußere Seele. Davys Seele liegt in Davys Schönheit, und Schönheit ist immer leer, immer äußerlich. Oder nicht?

»Leukotomie«, sagte ich (zu den Jots). »Lobotomie. Während der Kindheit entführt. Glaubt ihr mir?«

Sie taten es.

»Tut es nicht«, sagte ich. Jeannine versteht nicht, worüber wir reden. Joanna versteht es und ist bestürzt; Janet denkt nach. Ich scheuchte sie in den Hauptraum und erzählte ihnen, wer er war.

Doch leider! Diejenigen, die schockiert waren von der Art, wie ich einen Mann liebte, waren jetzt schockiert von der Tatsache, dass ich eine Maschine liebte. Ich hatte keine Chance.

»Nun?«, sagte das schwedische Fräulein.

»Nun«, sagte ich, »das ist es, was wir wollen. Wir wollen Stützpunkte auf euren Welten. Wir wollen Rohstoffe, falls ihr welche habt. Wir wollen Instandsetzungsbasen und Orte, wo wir unsere Armee verstecken können. Wir wollen Orte, wo wir unsere Maschinen lagern können. Vor allem aber wollen wir Orte, von denen aus wir operieren können – Stützpunkte, von denen die andere Seite keine Kenntnis hat. Janet agiert offensichtlich als inoffizielle Botschafterin, also kann ich mit ihr reden, das ist gut. Ihr beide mögt einwenden, dass ihr Personen ohne Einfluss seid, aber was glaubt ihr, an wen ich mich wenden soll – an eure Regierungen? Außerdem brauchen wir Leute, die uns die lokalen Gegebenheiten erklären. Ihr werdet mir genügen. Was mich angeht, so seid ihr die Fachfrauen.

Also?

Heißt die Antwort ja oder nein?

Kommen wir ins Geschäft?«

Neunter Teil

1

Dies ist das Buch Joanna.

2

Ich fuhr mit einem Bekannten und seinem neunjährigen Sohn auf einem vierspurigen Highway in Nordamerika.

»Schlag ihn! Schlag ihn!«, rief der kleine Junge aufgeregt, als ich beim Fahrspurwechsel einen anderen Wagen überholte. Ich blieb eine Zeit lang auf der rechten Fahrspur und bewunderte die Butterblumen am Straßenrand. Dann ordnete ich mich, um wieder einzuscheren, hinter einem anderen Fahrzeug ein.

»Überhol ihn! Überhol ihn!«, schrie das verzweifelte Kind und klagte dann unter bangen Tränen: »Warum hast du ihn nicht *geschlagen?*«

»Lass mal, mein Junge«, beruhigte ihn sein gütiger Daddy, »Joanna fährt wie eine Dame. Wenn du groß bist, wirst du ein eigenes Auto haben, und dann kannst du jeden auf der Straße überholen.« An mich gewandt beschwerte er sich:

»Joanna, du fährst einfach nicht aggressiv genug.«

Im Training.

3

Da ist die Bürde des Wissens. Da ist die Bürde des Mitleids. Du kannst es allzu deutlich in ihren Augen sehen, wenn sie deine Hände nehmen und fröhlich schreien: »Es macht Ihnen doch nichts aus, wenn ich das sage, oder? Ich wusste es doch!« Die wackligen Egos der Männer üben eine schreckliche Anziehungskraft auf die *mater dolorosa* aus. Von Zeit zu Zeit werde ich von einem hoffnungslosen, hilflosen Verlangen nach Liebe und Versöhnung, von einer schrecklichen Sehnsucht, verstanden zu werden, einer tränenreichen Leidenschaft, uns unsere Schwächen gegenseitig zu eröffnen, erfasst. Dass ich derart entfremdet durchs Leben gehen und alles meinem schuldigen Ich aufbürden soll, scheint unerträglich. Also versuche ich alles auf die sanfteste, am wenigsten anklagende Weise zu erklären, aber seltsamerweise verhalten sich die Männer nicht so wie in den alten Spätvorstellungen, ich meine jene großartigen männlichen Stars, als sie noch in den Kinderschuhen ihrer Karriere steckten, damals, in den Jean-Arthur- oder Mae-West-Filmen: aufrichtig, mit klarem Blick und frisch, mit einem arglosen Entzücken über die weiblichen Stärken und einer naiven Freude an den eigenen. Schöne Männer mit hübschen Gesichtern und der Fröhlichkeit der Unschuldigen, John Smith oder John Doe. Dies sind die einzigen Männer, die ich nach Whileaway lassen würde. Aber wir haben uns von der Sanftmut und gedanklichen Klarheit unserer Vorfahren entfernt und sind in korrupte und degenerierte Praktiken abgesunken. Wenn ich heute so rede, wird mir oft hochnäsig oder freundlich gesagt, dass ich davon überhaupt nichts verstehe, dass Frauen auf diese Weise wirklich glücklich seien und dass Frauen ihre Lage verbessern könnten, wenn sie nur wollten, aber aus irgendeinem Grund würden sie das gar nicht wollen, dass ich scherzen würde, dass ich nicht ernst meinen könne, was ich sage, dass ich viel zu intelligent sei, um mit ›Frauen‹ auf eine Stufe gestellt zu werden, dass ich anders sei, dass es eine tief greifende geistige Differenz zwischen Männern und Frauen gebe, deren Schönheit ich nicht zu würdigen wisse, dass ich das Gehirn eines Mannes hätte, dass ich den Verstand eines Mannes hätte, dass ich genauso gut mit der Wand reden könne. Frauen fassen das anders auf. Wenn man das Thema an sie heranträgt, beginnen sie vor Schreck, Verlegenheit und Beunruhigung zu zittern. Sie lächeln ein Lächeln widerlicher, blasierter Verlegenheit, ein magisches Lächeln, das sie von der Erdoberfläche verschwinden lassen soll, das sie unterwürfig und unsichtbar machen soll – oh, nein, nein, nein, nein, nein, denken Sie ja nicht, dass ich das glaube, denken Sie nicht, dass ich irgendetwas davon brauche! Bedenken Sie:

Sie *sollten sich für* Politik *interessieren*.

Politik ist Baseball. Politik ist Football. Politik ist, wenn X ›gewinnt‹ und Y ›verliert‹. Männer streiten sich in Wohnzimmern über Politik, wie Opernfan Nr. 1 Opernfan Nr. 2 wegen Victoria de los Angeles anschreit.

Kein Zank zwischen der Republikanischen Liga und der Demokratischen Liga wird jemals *Ihr* Leben verändern. Die Angst am Telefon verheimlichen, wenn Er anruft, das ist Ihre Politik.

Trotzdem *sollten Sie sich für* Politik *interessieren*. Warum tun Sie das nicht?

Wegen des weiblichen Unvermögens.

Kann man weitermachen.

4

Gestern beging ich meine erste revolutionäre Tat. Beim Schließen einer Tür quetschte ich den Daumen eines Mannes ein. Ich tat es ohne jeden Grund und warnte den Betroffenen auch nicht, ich knallte nur in einem Anfall von Hass die Tür zu und stellte mir vor, wie der Knochen brach und die Kanten sich in die Haut gruben. Er rannte die Treppe hinunter, und danach klingelte das Telefon eine Stunde lang wie verrückt, während ich nur davor saß und gebannt darauf starrte, mein Herz wie wild klopfte und mir die wildesten Gedanken durch den Kopf jagten. Schrecklich. Schrecklich und wild. Ich musste Jael finden.

Frauen sind so kleinlich (Übersetzung: Wir operieren in zu kleinem Maßstab).

Jetzt bin ich noch schlimmer – ich kümmere mich nicht einmal einen Dreck um die Menschheit oder um die Gesellschaft. Es ist sehr verstörend, sich vorzustellen, dass Frauen nur ein Zehntel der Gesellschaft ausmachen, aber es stimmt wirklich. Ein paar Beispiele:

Mein Arzt ist männlich.

Mein Rechtsanwalt ist männlich.

Mein Steuerberater ist männlich.

Der Gemischtwarenhändler (an der Ecke) ist männlich.

Der Hausmeister in unserem Mietshaus ist männlich.

Der Direktor meiner Bank ist männlich.

Der Geschäftsführer des Supermarkts in unserem Viertel ist männlich.

Mein Vermieter ist männlich.

Die meisten Taxifahrer sind männlich.

Alle Polizisten sind männlich.

Alle Feuerwehrmänner sind männlich.

Die Designer meines Wagens sind männlich.

Die Fabrikarbeiter, die den Wagen gebaut haben, sind männlich.

Der Verkäufer, von dem ich ihn gekauft habe, ist männlich.

Fast alle meine Kollegen sind männlich. Mein Arbeitgeber ist männlich.

Die Armee ist männlich.

Die Marine ist männlich.

Die Regierung ist (größtenteils) männlich.

Ich glaube, die meisten Menschen auf der Welt sind männlich.

Na schön, es stimmt, dass Serviererinnen, Grundschullehrerinnen, Sekretärinnen, Krankenschwestern und Nonnen weiblich sind, aber wie viele Nonnen bekommt man im Laufe eines gewöhnlichen Arbeitstages schon zu sehen? Na? Und Sekretärinnen sind nur so lange weiblich, bis sie heiraten. Dann verändern sie sich, oder sonst etwas geschieht mit ihnen, denn man bekommt sie danach nie wieder zu sehen. Ich glaube, es ist ein Ammenmärchen, dass die Hälfte der Weltbevölkerung weiblich ist. Wo zur Hölle hält man sie denn alle versteckt? Nein, wenn man die Frauen in den Kategorien dort oben zusammenzählt, kommt man unweigerlich und ohne jeden Zweifel zu dem Ergebnis, dass auf ungefähr elf Männer vielleicht ein bis zwei Frauen kommen, und das rechtfertigt wohl kaum das ganze Getue. Ich bin eben nur egoistisch. Meine Freundin Kate meint, dass die meisten Frauen in Frauen-Bänke gesteckt würden, wenn sie heranwachsen, und das sei der Grund, warum man sie nicht sieht, aber ich kann das nicht glauben.

(Und abgesehen davon, was ist mit den Kindern? Mütter müssen sich ihren Kindern opfern, sowohl den männlichen als auch den weiblichen, damit die Kinder glücklich sind, während sie aufwachsen. Obwohl die Mütter selbst einmal Kinder waren und ihre Mütter sich ihnen opferten, damit sie aufwachsen und sich wiederum ihren Kindern opfern konnten. Und wenn die Töchter erwachsen sind, werden *sie* Mütter sein, und *sie* werden sich *ihren* Kindern opfern müssen, so dass man sich zu fragen beginnt, ob das Ganze nicht eine Verschwörung ist, die die Welt für die (männlichen) Kinder sicher machen soll. Aber Mutterschaft ist heilig und darf nicht ins Gerede kommen.)

Oje,

oje.

So war es in den schlimmen Tagen, den dunklen, sumpfigen Zeiten.

Mit dreizehn verstaute ich meine langen Beine unter mir und sah verzweifelt fern, las verzweifelt Bücher. Als unreife Heranwachsende, die ich war, versuchte ich (verzweifelt!) in Büchern, Filmen, im Leben, in der Geschichte einen Menschen zu finden, der mir sagte, es sei in Ordnung, ehrgeizig zu sein, es sei in Ordnung, laut zu sein, es sei in Ordnung, Humphrey Bogart (smart und hart) zu sein, in Ordnung, James Bond (Arroganz) zu sein, in Ordnung, Superman (Macht) zu sein, in Ordnung, Douglas Fairbanks (verwegen) zu sein; ich suchte jemanden, der mir sagte, Selbst-Liebe sei in Ordnung, der mir sagte, ich könne Gott, die Kunst und mich selbst mehr lieben als alles andere auf der Welt und trotzdem Orgasmen haben.

Mir wurde gesagt, es sei in Ordnung »für dich, mein Liebes«, aber nicht für *Frauen*.

Mir wurde gesagt, ich sei eine Frau.

Mit sechzehn gab ich auf.

Im College fand ich heraus, dass gebildete Frauen frigide waren. Aktive Frauen (wusste ich) waren neurotisch, Frauen sind (wie wir alle wissen) ängstlich, unfähig, abhängig, mit der Aufzucht beschäftigt, passiv, intuitiv, emotional, nicht intelligent, gehorsam und schön. Du kannst dich immer schön herausputzen und auf eine Party gehen. Die Frau ist der Durchgang zu einer anderen Welt, die Frau ist Mutter Erde, die Frau ist ewige Verlockung, die Frau ist Reinheit, die Frau ist Sinnlichkeit, die Frau hat Intuition, die Frau ist Lebenskraft, die Frau ist selbstlose Liebe.

»Ich bin der Durchgang zu einer anderen Welt« (sagte ich und blickte in den Spiegel). »Ich bin Mutter Erde, ich bin ewige Verlockung, ich bin Reinheit« (Jesus, schon wieder neue Pickel), »ich bin Sinnlichkeit, ich habe Intuition, ich bin Lebenskraft, ich bin selbstlose Liebe.« (Irgendwie hört es sich in der ersten Person anders an, nicht?)

Schätzchen (sagte der Spiegel schockiert), wo hast du deinen verdammten Verstand?

ICH BIN HONIG

ICH BIN HIMBEERMARMELADE

ICH BIN EIN SEHR GUTER FICK

ICH BIN EINE GUTE VERABREDUNG

ICH BIN EINE GUTE EHEFRAU

ICH WERDE LANGSAM VERRÜCKT

Alles Gelaber.

(Als ich beschloss, dass das Schlüsselwort in dieser Kotze *selbst-los* hieß, und wenn ich wirklich das war, was mich Bücher, Freunde, Eltern, Lehrer, Verabredungen, Filme, Verwandte, Ärzte, Zeitungen und Illustrierte nannten, und wenn ich mich dann benahm, wie es mir gefiel, und ohne an all diese Dinge zu denken, dann war ich all das, trotz meiner verzweifelten Versuche, es nicht zu sein. Also –

»*Himmel, wirst du wohl aufhören, dich wie ein Mann zu benehmen!*«)

Ach, es war uns niemals bestimmt zu hören. Es war uns niemals bestimmt zu wissen. Wir hätten niemals lesen lernen sollen. Wir kämpfen uns durch die immerwährende männliche Hartnäckigkeit unserer Umgebung, unsere Seelen werden mit einem solchen Ruck aus uns herausgerissen, dass nicht einmal Blut fließt. Denken Sie daran: Ich wollte und will nicht eine ›feminine‹ Version oder eine verwässerte Version oder eine spezielle Version oder eine untergeordnete Version oder eine ergänzende Version oder eine angepasste Version der Helden sein, die ich bewundere. Ich will die Helden selbst sein.

Was für eine Zukunft liegt vor einem weiblichen Kind, das wie Humphrey Bogart sein will?

Baby Laura Rose spielt mit ihren Zehen, ist sie nicht ein süßes kleines Mädchen?

> Zucker und Zimt
> Und alles, was *stimmt* –
> *Daraus* sind unsere Mädchen!

Aber ihr Bruder ist ein zäher kleiner Schläger (zwei identische feuchte, warme Klumpen). Mit dreieinhalb mixte ich saure Sahne mit Eiswürfeln und stellte das Ganze auf die Fensterbank, um zu sehen, ob es sich in *Eiskrem* verwandeln würde. Dann schrieb ich die Wörter ›heiß‹ und ›kalt‹ von den Wasserhähnen ab. Mit vier setzte ich mich auf eine Schallplatte, um zu sehen, ob sie zerbrechen würde, wenn man sie überall gleichmäßig belastete – sie tat es. Im Kindergarten brachte ich allen Spiele bei und kommandierte sie herum, mit sechs verprügelte ich einen kleinen Jungen, der Bonbons aus meinem Mantel gestohlen hatte. Ich hatte eine hohe Meinung von mir.

5

Wir lernen
das eigene
Ich
zu verachten

6

Brynhild hängte ihren Gatten an einem Nagel an der Wand auf. Gefangen in ihrem Hüftgürtel hing er dort wie in einer Einkaufstasche, aber auch sie verlor ihre Kraft, als der magische Shlong in sie eindrang. Man wird das Gefühl nicht los, dass die Geschichte im Laufe des Wiedererzählens etwas verdreht wurde. Als ich fünf war, dachte ich, die Welt sei ein Matriarchat.

Ich war ein glückliches kleines Mädchen.

Ich kannte den Unterschied zwischen ›Gold‹ und ›Silber‹ oder ›Nachthemd‹ und ›Abendkleid‹ nicht, also stellte ich mir vor, dass alle Damen der Nachbarschaft in ihren wundervollen ›Nachthemden‹ zusammenkamen – die natürlich Rangabzeichen waren – und alle Entscheidungen für unser Leben trafen. Sie waren die Regierung. Meine Mutter war die Präsidentin, weil sie Lehrerin war und die hiesigen Leute ihr folgten. Dann kamen die Männer von der ›Arbeit‹ nach Hause (wo immer das war; ich dachte, es sei so etwas wie Jagen) und legten den ›Braten‹ zu Füßen der Damen nieder, die dann damit machen konnten, was sie wollten. Die Männer waren bei den Frauen angestellt, um diese Arbeit zu verrichten. Laura Rose, die im Sommerlager trotz Schwimmbrille einen ganzen Monat lang kein einziges Mal unter Wasser tauchte oder im obersten Bett schlief und sich ausmalte, sie sei eine Königin in einsamer Pracht oder ein Kabinensteward an Bord eines Schiffes, hat keine so glücklichen Erinnerungen. Sie ist das Mädchen, das Dschingis Khan sein wollte. Als Laura herauszufinden versuchte, wer sie war, sagten sie ihr, sie sei einfach ›anders‹, eine wunderbar treffende Beschreibung, auf der sie ihr Leben wirklich aufbauen konnte. Es läuft entweder auf ›Nicht-mit-mir‹ oder ›Ich-bin-einverstanden‹ hinaus, und was soll man damit schon anfangen? Was soll ich tun? (fragt sie). Was soll ich empfinden? Bedeutet ›anders‹ zu sein, ›minderwertig‹ zu sein? Wie kann ich essen oder schlafen? Wie kann ich zum Mond fliegen?

Ich traf Laur vor einigen Jahren, als ich schon erwachsen war. Zimt und Äpfel, Ingwer und Vanille, das ist Laur. Es nützt nichts, Brynhildische Fantasien auf sie zu projizieren – ich habe alle Arten außergewöhnlicher Fantasien, die ich nicht ernst nehme –, aber wenn ich meine Fantasien in die reale Welt setze, bekomme ich große Angst. Nicht dass sie an sich schlecht wären, sie wären einfach nur Irreal und somit tadelnswert. Real zu machen, was Irreal war, hieße die Natur der Dinge auf den Kopf zu stellen. Es war eine Sünde, nicht wider das Bewusstsein (das während der ganzen Angelegenheit bemerkenswert gleichgültig blieb), sondern wider die Realität, und von diesen beiden ist Letztere weitaus blasphemischer. Es ist das Verbrechen, sich eine eigene Realität zu schaffen, ›sich selbst vorzuziehen‹, wie es eine gute Freundin von mir ausdrückt. Ich wusste, dass es ein unmögliches Vorhaben war.

Sie las ein Buch, das Haar fiel ihr ins Gesicht. Sie strahlte Gesundheit und Leben aus, eine Studie in schmutzigen Jeans. Ich kniete mich neben ihren Sessel und küsste sie mit dem verzweifelten Gefühl, *es jetzt getan zu haben,* auf ihren glatten, honigweichen, heißen Nacken – aber danach fragen heißt nicht gleich bekommen. Wollen ist nicht haben. Sie wird es verweigern, und die Welt wird wieder dieselbe sein. Ich wartete im Vertrauen auf die Absage, den ewigen Befehl, die eigene Autorität wiederherzustellen (der natürlich kommen musste) – denn er würde mir in der Tat eine große Portion Verantwortung aus der Hand nehmen.

Aber sie ließ mich gewähren. Sie errötete und tat so, als bemerke sie mich nicht. Ich kann Ihnen nicht beschreiben, wie weit sich die Realität in diesem Augenblick auftat. Sie las weiter, und ich wanderte im Schneckentempo über ihr Ohr und ihre Wange zum

Mundwinkel hinunter, während Laur immer wärmer und röter wurde, als ob sie Dampf in sich hätte. Es ist, als fiele man eine Klippe hinunter und stände erstaunt mitten in der Luft, während sich der Horizont rasend schnell entfernt. Wenn das möglich ist, ist alles möglich. Später bekifften wir uns und liebten uns gehemmt und ungeschickt. Aber nichts, was danach geschah, war so wichtig für mich (auf unmenschliche Art und Weise) wie jener erste schreckliche Ruck, der durch meinen Verstand ging.

Einmal spürte ich den Druck ihres Hüftknochens an meinem Bauch, und da ich sehr benebelt und high war, dachte ich: *Sie hat eine Erektion*. Grauenhaft. Grauenhafte Verlegenheit. Eine von uns beiden musste männlich sein, und ich war es mit Sicherheit nicht. Jetzt erzählen sie mir, es käme daher, dass ich Lesbe sei, warum ich mit allem unzufrieden bin, meine ich. Das stimmt nicht. Es ist nicht, weil ich Lesbe bin, sondern weil ich eine *hoch gewachsene, blonde, blauäugige Lesbe* bin.

Zählt es, wenn es deine beste Freundin ist? Zählt es, wenn du ihren Geist durch ihren Körper liebst? Zählt es, wenn du den Körper des Mannes liebst, aber seinen Geist hasst? Zählt es, wenn du dich immer noch selbst liebst?

Später wurden wir besser.

7

Jeannine macht einen Schaufensterbummel. Sie hat meine Augen, meine Hände, meine dumme Haltung. Sie trägt meinen blauen Plastikregenmantel und meinen Schirm. Jeannine geht an einem Samstagnachmittag in der Stadt spazieren und sagt Lebewohl, Lebewohl, zu allem Lebewohl.

Lebewohl zu den Schaufensterpuppen, die so sympathisch tun, aber in Wirklichkeit eine üble Verschwörung sind, Lebewohl zur hassenden Mutter, Lebewohl zum Göttlichen Psychiater, Lebewohl zu Den Mädchen, Lebewohl zur Normalität, Lebewohl zur Hochzeit, Lebewohl zu Dem Übernatürlich Gesegneten Ereignis, Lebewohl Irgendjemand zu sein, Lebewohl zum Warten auf Ihn (armer Kerl!), Lebewohl zum Sitzen am Telefon, Lebewohl zur Schwäche, Lebewohl zur Verehrung, Lebewohl Politik, Guten Tag Politik. Sie hat schreckliche Angst, aber das ist in Ordnung. Die Straßen sind voller Frauen, und das flößt ihr Ehrfurcht ein. Wo sind sie alle hergekommen? Wo gehen sie alle hin? (Falls Ihnen die Symbolik nichts ausmacht.) Der Regen hat aufgehört, aber vom Gehweg steigt Nebel auf. Sie kommt an einem Brautgeschäft vorbei, wo die größte Schaufensterpuppe, eine Vision in weißer Spitze und Tüll, ihr die Zunge herausstreckt. »Du hast es nicht geschafft!«, ruft die Puppe, nimmt ihre hochmütige Haltung wieder ein und balanciert einen Brautschleier auf dem Kopf. Jeannine schließt den Schirm, knöpft ihn zu und schwenkt ihn energisch herum.

Lebewohl. Lebewohl. Lebewohl, all ihr Dinge.

Wir trafen uns bei Schrafft's und setzten uns, wir vier, an einen Tisch, um ein Thanksgiving-Essen zu bestellen, würg, das man vor lauter Tradition kaum herunterbekommt. Bah.

»Was ist Götterspeise?«, fragt Janet verblüfft.

»Nein, nimm das lieber nicht«, sagt Joanna.

Langsam und schweigend mampfen wir, wie Whileawayanerinnen es tun: Mampf, mampf, schluck. Mampf. Schluck, schluck, schluck, mampf. Und dabei meditieren. Es macht großen Spaß. Janet verdreht die Augen, gähnt und streckt sich athletisch, lehnt sich über die Stuhllehne zurück und streckt ihre gebeugten Arme zuerst auf die eine, dann auf die andere Seite. Am Ende ihrer Übung klopft sie auf den Tisch und sagt »Mmm!«

»Meine Güte, seht euch das an«, sagt Jeannine sehr selbstbeherrscht und elegant, die Gabel mitten in der Luft. »Ich dachte schon, du würdest jemandem den Hut vom Kopf schlagen.«

Schrafft's ist voller Frauen. Männer mögen Lokale wie dieses nicht, wo auf geheime Weise an der Aufrechterhaltung der Weiblichkeit gearbeitet wird. So wie sie auch grün im Gesicht werden und Reißaus nehmen, wenn du ihnen erzählst, welche medizinischen Eingriffe in deinem Urogenitalsystem vorgenommen werden. Jael ist etwas zwischen die Stahlzähne und ihre Attrappen geraten. Sie sieht sich diskret nach allen Seiten um, nimmt die Zahnnachbildungen heraus und prokelt nach dem Brombeerkern oder was auch immer, während sie der Welt ihr stählernes Krokodilgrinsen zeigt. Und wieder hinein damit. Passt. Erledigt.

»So«, sagt Jael. »Kommen wir zum Geschäft?« Es folgt ein langes, unbehagliches Schweigen. Ich sehe mich im Schrafft's um und frage mich, warum die vornehmsten Frauen so geizig sind. Warum gibt es kein Vier Jahreszeiten, kein Maxim's, kein Chambord für Frauen? Frauen haben ein seltsames Verhältnis zum Geld, fast feudal: echtes Geld und Wundergeld. Echtes Geld gibst du für das Haus und für dich selbst (ausgenommen für dein Äußeres) aus: Wundergeld geben die Männer für dich aus. Es bedarf schon einer grundlegenden Umschichtung mentaler Prioritäten, damit eine Frau gut isst, das heißt Geld für ihr inneres Wohl ausgibt statt für ihr äußeres. Die Bedienung von Schrafft's steht in ihrem guten schwarzen Kostüm und den bequemen Schuhen am Kassenpult. Sich selbst überlassene Frauen sind hässlich, das heißt menschlich, aber hier hat die Etikette mitgemischt.

»Schreckliches Essen hier«, sagt Janet, die die whileawayanische Kochkunst gewohnt ist.

»Das Essen hier ist großartig«, meint Jael, die nur den Standard aus Frauland und Mannland kennt.

Beide prusten vor Lachen.

»Also?«, sagt Jael wieder. Und wieder Schweigen. Janet und ich fühlen uns nicht wohl in unserer Haut. Jeannine, deren eine Backe sich wie bei einem Eichhörnchen wölbt, schaut auf, als wäre sie verwundert, dass wir zögern könnten, mit Frauland ein Geschäft abzuschließen. Sie nickt kurz und widmet sich wieder ihrer Beschäftigung, mit der Gabel Berge aus Kartoffelbrei anzuhäufen. Jeannine steht jetzt spät auf, vernachlässigt den Haushalt so lange, bis es sie stört, und spielt mit ihrem Essen.

»Jeannine?«, fragt Jael.

»Oh, sicher«, sagt Jeannine. »*Mir* macht es nichts aus. Du kannst so viele Soldaten hereinschleusen, wie du willst. Ihr könnt alles einnehmen. Ich wünschte sogar, ihr tätet es.« Jael lässt ein bewunderndes Ts, ts vernehmen und macht ein reuevolles Gesicht, das aussagen soll: Du gehst aber ran, meine Liebe. »Alle nennen mich Jeannie«, sagt Jeannine mit ihrer hohen, süßen Stimme. »Verstehst du?«

(Laur wartet draußen auf Janet und zeigt wahrscheinlich vorübergehenden Männern die Zähne.)

An Janet gewandt, sagt Jael unvermittelt: »Du willst mich nicht?«

»Nein«, sagt Janet. »Nein, es tut mir Leid.«

Jael grinst. Sie sagt:

»Missbillige nur, was dir nicht gefällt. Pedantin! Ich werde dir etwas erzählen, woran du zu kauen hast, meine Liebe: Diese ›Seuche‹, von der du sprichst, ist eine Lüge. *Ich weiß es.* Die Entwicklungslinien eurer Welt sind nicht so verschieden von euren oder meinen oder ihren, und in keiner dieser Welten gab es eine Seuche, in keiner einzigen. Die whileawayanische Seuche ist eine große Lüge. Eure Vorfahrinnen haben gelogen. Ich bin es, die euch eure ›Seuche‹ gegeben hat, meine Liebe, worüber ihr nun nach Herzenslust klagen und moralisieren könnt. Ich, ich, ich, ich bin die Seuche, Janet Evason. Ich und der Krieg, den ich kämpfte, haben eure Welt aufgebaut. Ich und meinesgleichen, wir gaben euch tausend Jahre des Friedens und der Liebe, und die Blumen auf Whileaway nähren sich von den Knochen der Männer, die wir erschlugen.«

»Nein«, sagte Janet trocken. »Das glaube ich nicht.« Nun müssen Sie wissen, dass Jeannine Jedefrau ist. Ich, obwohl ich ein wenig schrullig bin, ich bin ebenfalls Jedefrau. Jede Frau ist nicht Jael, wie Onkel George sagen würde – aber Jael ist Jedefrau. Alle starrten wir anklagend auf Janet, aber Miss Evason war nicht zu beeindrucken. Laur kam durch Schrafft's Drehtür und winkte stürmisch. Janet erhob sich und wollte gehen.

»Denk drüber nach«, sagte Alice Erklärerin. »Geh nach Hause und finde es selbst heraus.«

Janet begann zu weinen – jene seltsamen, schamlosen, whileawayanischen Tränen, die so leicht aus den Augen quellen, ohne die beherrschte Traurigkeit des Gesichts zu zerstören. Sie bringt ihren Kummer über (für) Alice Erklärerin zum Ausdruck. Ich denke – wenn ich aufhöre darüber nachzudenken, was nicht oft vorkommt –, dass ich Jael von uns allen am liebsten mag, dass ich gerne wie Jael sein möchte, hin- und hergerissen von ihrer eigenen harten Logik, triumphierend in ihrer Extremität, die hasserfüllte Heldin mit dem gebrochenen Herzen, was dem Clown mit dem gebrochenen Herzen sehr nahe kommt. Jael wendet ihr Gesicht ab, das zu einer Totenkopfgrimasse verzerrt und nur ein nervöser Tick von Alice Erklärerin ist. Ein Ausdruck, der vielleicht vor zwanzig Jahren als Blick-beim-Biss-in-eine-Zitrone begann und sich über die Jahre so intensiviert hat, dass der reine Hass der Racheengel aus ihm zu leuchten scheint. Ihre Halsschlagadern treten dick hervor. Sie könnte ihre eingezogenen Klauen ausfahren und Schrafft's Tischtuch in zehn gleichmäßige Streifen reißen. Das ist nur der hundertste Teil dessen, was sie zu tun im Stande ist. Jeannine spielt ein faszinierendes Spiel mit ihren Erbsen (sie hat keinen Nachtisch). Jeannine ist glücklich.

Wir standen auf und zahlten unsere Fünffach-Rechnung, dann traten wir auf die Straße hinaus. Ich sagte Lebewohl und machte mich mit Laur davon, ich, Janet. Auch ich sah sie weggehen, ich, Joanna. Und ich ging los, um Jael die Stadt zu zeigen, ich, Jeannine, ich, Jael, ich, ich selbst.

Lebewohl, Lebewohl, Lebewohl.

Lebewohl, Alice Erklärerin, die behauptet, die Tragödie mache sie krank, die sagt, gib niemals auf, sondern kämpfe bis zum Letzten, die sagt, nimm sie mit dir, die sagt, stirb, wenn du musst, aber schlinge deine Eingeweide um den Hals des Feindes und erdrossle ihn damit. Lebewohl, all ihr Dinge. Lebewohl, Janet, an die wir nicht glauben und die wir verspotten, die jedoch insgeheim unsere Retterin aus tiefster Verzweiflung ist, die himmelhoch in unseren Träumen erscheint, mit einem Berg unter jedem Arm und einem Ozean in der Tasche, Janet, die von dort kommt, wo sich die Labien von Himmel und Horizont küssen, von jenem

Ort, den die Whileawayanerinnen *Die Pforte* nennen und wissen, dass alle legendären Dinge von dort stammen. Strahlend wie der Tag, das Vielleicht unserer Träume, lebt sie in einer Glückseligkeit, die keine von uns je kennen wird. Und trotzdem ist sie Jedefrau. Lebewohl, Jeannine, Lebewohl, arme Seele, armes Mädchen, arme Wie-ich-einst-war. Lebewohl, Lebewohl. Und denkt daran: Wir werden alle verändert sein. In einem Moment, in einem Augenzwinkern werden wir alle frei sein. Das schwöre ich bei meinem eigenen Kopf. Ich schwöre es bei meinen zehn Fingern. Wir werden wir selbst sein, wir werden uns selbst gehören. Bis dahin werde ich schweigen, ich kann nicht mehr. Ich bin Gottes Schreibmaschine, und das Farbband ist leer.

Geh, kleines Buch, wandere durch Texas und Vermont und Alaska und Maryland und Washington und Florida und Kanada und England und Frankreich. Mach einen Knicks vor den Gräbern von Friedan, Millet, Greer, Firestone und all den anderen. Benimm dich anständig in den Wohnzimmern der Menschen, mach dich nicht protzig auf den Kaffeetischen breit und überzeuge trotz deines schwerfälligen Stils. Klopfe an den Mistelzweig über der Tür meines Mannes in New York City und sage ihm, dass ich ihn wirklich geliebt habe und immer noch liebe (trotz allem, was sich mancher so denken mag). Und nimm mutig deinen Platz in den Bücherständern vor Busbahnhöfen und Drugstores ein. Schrei nicht auf, wenn du ignoriert wirst, denn das erschreckt die Leute, und werde nicht wütend, wenn du gestohlen wirst von Menschen, die dich nicht bezahlen können, sondern erfreue dich deiner großen Beliebtheit. Lebe glücklich, kleines Tochter-Buch, selbst wenn ich und wir das nicht können. Lies allen aus dir vor, die zuhören wollen. Bleib hoffnungsvoll und weise. Wasche dein Gesicht und nimm ohne zu murren deinen Platz in der Kongressbibliothek ein, denn alle Bücher, ob groß, ob klein, landen irgendwann dort. Beschwere dich nicht, wenn du am Ende komisch und altmodisch wirst, wenn du aus der Mode kommst wie die Reifröcke der Generation vor uns und mit *Spannende Western*, *Elsie Dinsmore* und *Der Sohn des Scheichs* in einen Topf geworfen wirst. Grummle nicht wütend vor dich hin, wenn dich junge Menschen mit huuuh?, tssss... und hahaha! lesen und sich fragen, wovon, zum Teufel, du eigentlich handelst. Sei nicht traurig, kleines Buch, wenn man dich nicht mehr versteht. Verfluche nicht dein Schicksal. Stehe nicht vom Schoß der Lesenden auf und schlage sie auf die Nase.

Freu dich, kleines Buch!

Denn an diesem Tag werden wir frei sein.

SF – Social Fantasies

Myra Çakan
When The Music's Over
SF - Social Fantasies 2045. 272 Seiten
ISBN 3-88619-945-2

Sarah Dreher
Gefangene der Zeit
Stoner McTavish 4. SF - Social Fantasies 2055
352 Seiten. ISBN 3-88619-955-X

Sarah Dreher
Der Rat der Schamanin
Stoner McTavish 7. SF - Social Fantasies 2047
272 Seiten. ISBN 3-88619-947-9

Katherine V. Forrest
Töchter der Morgenröte
SF - Social Fantasies 2057. 256 Seiten
ISBN 3-88619-957-6

Marcus Hammerschmitt
Der Opal
SF - Social Fantasies 2060. 256 Seiten
ISBN 3-88619-960-6

Hartwig Hilgenstein
Digitale Tänzer
SF - Social Fantasies 2034. 272 Seiten
ISBN 3-88619-934-7

Ursula K. LeGuin
Planet der Habenichtse
SF - Social Fantasies 2043. 352 Seiten
ISBN 3-88619-943-6

Ursula K. LeGuin
Das Wort für Welt ist Wald
Social Fantasies 2027. 144 Seiten
ISBN 3-88619-927-4

Maureen F. McHugh
ABC Zhang
SF - Social Fantasies 2053. 352 Seiten
ISBN 3-88619-953-3

Maurilia Meehan
Furie hinter den Spiegeln
SF - Social Fantasies 2039. 256 Seiten
ISBN 3-88619-939-8

Florian Nelle
Kalter Frühling
SF - Social Fantasies 2032. 224 Seiten
ISBN 3-88619-932-0

Ulrike Nolte
Jägerwelten
SF - Social Fantasies 2052. 312 Seiten
ISBN 3-88619-952-5

Marge Piercy
Er, Sie und Es
SF - Social Fantasies 2036. 512 Seiten
ISBN 3-88619-936-3

Marge Piercy
Frau am Abgrund der Zeit
SF - Social Fantasies 2015. 448 Seiten
ISBN 3-88619-915-0

Joanna Russ
Eine Weile entfernt
SF - Social Fantasies 2059. 256 Seiten
ISBN 3-88619-959-2

Bruce Sterling
Schismatrix
SF - Social Fantasies 2058. 480 Seiten
ISBN 3-88619-958-4

John Shirley
Es werde Licht
SF - Social Fantasies 2046. 336 Seiten
ISBN 3-88619-946-0

John Shirley
Stadt geht los
SF - Social Fantasies 2054. 224 Seiten
ISBN 3-88619-954-1

Sean Stewart
Die Nachtwache
SF - Social Fantasies 2044. 352 Seiten
ISBN 3-88619-944-4

SF - Social Fantasies
finden Sie im Internet unter
www.socialfantasies.de